Adiós, Almazán.

EDITORIAL
SHANTI NILAYA

Adiós, Almazán.
D.R. © 2024 | Humberto Rodríguez
Todos los derechos reservados
1a edición, 2024 | Editorial Shanti Nilaya®
Diseño editorial: Editorial Shanti Nilaya®

ISBN | 978-1-963889-04-8
eBook ISBN | 978-1-963889-05-5

La reproducción total o parcial de este libro, en cualquier forma que sea, por cualquier medio, sea éste electrónico, químico, mecánico, óptico, de grabación o fotocopia, no autorizada por los titulares del copyright, viola derechos reservados. Cualquier utilización debe ser previamente solicitada. Las opiniones del autor expresadas en este libro, no representan necesariamente los puntos de vista de la editorial.

shantinilaya.life

Humberto Rodríguez

Adiós, Almazán.

Editorial
SHANTI NILAYA

Para los licenciados Jesús Corrales Vivar y Paulino Olavarrieta Uralde, con todo mi cariño y admiración.

Viva il vino spumeggiante,
nel bicchiere scintillante
como il riso dell'amante;
mite infonde il giubilo!
Viva il vino ch'e sincero,
che ci allieta ogni pensiero,
e che affoga l'umor nero
nell'ebbrezza tenera.

(*Viva el vino espumeante,*
resplandeciente en el vaso,
como la sonrisa de los enamorados;
¡dulcemente infunde alegría!
Viva el vino que es sincero,
que conforta nuestros pensamientos,
y ahoga la oscura melancolía
embriagándonos dulcemente).

Pietro Mascagni, *Cavalleria Rusticana*

Pace, pace, mio Dio!
Cruda sventura
M'astringe, ahimè, a languir;
Come il dì primo
Da tant'anni dura
Profondo il mio soffrir.
Pace, pace, mio Dio!
L'amai, gli è ver!
Ma di beltà e valore
Cotanto Iddio l'ornò.
Che l'amo ancor.
Nè togliermi dal core
L'immagin sua saprò.

(¡Paz, paz, Dios mío!
La desgracia
me hace, ¡ay de mí!, languidecer;
después de tantos años,
mi sufrimiento
es tan profundo como el primer día.
¡Paz, paz, Dios mío!
¡Le amaba, es cierto!
Y Dios le dotó
de tanta belleza y valor,
que aún le amo
y no puedo borrar su imagen
de mi corazón).

Guiseppe Verdi, *La forza del destino* 1

—¡A Peralvillo! –gritó el hombre.

Y comenzó a llover: esa lluviecita finita e inocua que de repente, en algunas ciudades grandes, puede transformarse y empezar a caer en torrentes de agua interminable; y aun así, por segunda vez, el hombre soltó su anuncio, un poco socarrón, como si fuera la última llamada:

—¡A Peralvillo! ¡Vámonos!

La reverberación se fue extinguiendo por los recovecos de la casa poco a poco, sin obtener respuesta; sólo quedó el eco de la voz sorda, informe.

—¡Dos minutos, Tirso! ¡Se hace tarde! *¡Andiamo!, ¡andiamo!*

La silueta de su madre apareció ante sus ojos, caminando por el cuarto, abriendo y cerrando los cajones de la cómoda para guardar ropa recién planchada. Vio que su madre lo veía con ternura:

—Otra vez te va a llevar a ese lugar —en voz baja, frunciendo el entrecejo—. ¡Qué va! Tú no quieres ir, ¿verdad, m'hijito?

Pero él dijo que sí, estirando los brazos, bostezando apenas. Después de doblar y guardar la última prenda, la madre se acercó a su hijo, sentándose en la orilla de la cama. Le acarició la cabeza, el cabello rizado. Lo tomó de las manos:

—Si no te gusta ir, deberías decírselo.

Y él dijo que sí le gustaba, aunque hubiera tierra y polvo por todos lados. Una vez pisó excremento de caballo ensuciando sus zapatos de charol. Melinda le ayudó a limpiarlos. La madre le susurró al oído:

—Yo sé que no te gusta ir, m'hijito, pero todo sea de Dios —y lo acarició otra vez, sus rizos castaños, las mejillas coloradas, la barbilla diminuta.

Escucharon que el padre subía las escaleras y ella prefirió meterse al baño del cuarto, entrecerrando la puerta solamente. Escuchó esa voz, profunda e imperiosa:

—Vamos, hijo, a Peralvillo. Hoy corre Fortunata. Vamos. En dos minutos estoy en el Hupmobile. Me voy sin ti. ¡Hupmobile! ¡Hupmobile!

—Ya voy, papá.

El padre atravesó el pasillo zumbando como un moscardón, pero alcanzó a divisar a su esposa, a un lado de la puerta del baño:

—Me llevo al niño, Aurora.

No vio el gesto de ella, sus muecas, la mohína desdibujando su rostro suave y perlado. No pudo contenerse:

—José Luis, por favor...

—Me llevo al niño, no discutas, por favor. Haz que se apure que no quiero llegar tarde. Llama a Melinda.

—José Luis..., ni siquiera le gusta...

—¿Tú qué sabes? ¿Te ha dicho algo? Claro que le gusta. Y si no..., pues ya le gustará...

—Por favor, déjalo en casa. Regresa todo lleno de lodo y con la ropa sucia. Por favor... Y ya está lloviendo...

Hizo como si no la escuchara, como si no existiera, ni siquiera la volteó a ver.

—Melinda —dijo él, abriendo la puerta de la cocina—, ve por el niño por favor. Que se apure. Está en su cuarto. No quiero llegar tarde.

—José Luis —dijo la madre—, que no se ensucie tanto. Que no meta sus manitas sucias a la nariz o a la boca. Con tanta tierra y polvo, Dios mío... Llévate el paraguas...

Melinda fue por el niño. Bajaron juntos la escalinata, muy de prisa, lo más aprisa que pudieron. El pequeño llevaba un saco azul marino y pantaloncitos cortos, como la última vez. Salieron de la casa los tres mientras la madre decía, detrás de ellos:

—Melinda, por favor, que no se ensucie tanto. La última vez fue una cosa desastrosa. Hay que bañarlo cuando regrese. Y que no pise caca de caballo…

Subieron al auto sin volverse para ver la cara aflictiva de la madre, el gesto adusto, su cuerpo inmóvil, bajo el dintel de la puerta.

No supo cuándo se quedó dormido. No hubiera querido perderse el largo paseo en auto, pero en cuanto su padre arrancó el automóvil apoyó su cabecita en el regazo de Melinda y se quedó dormido. Ni siquiera las explosiones del motor impidieron que se quedara profundamente dormido.

Después de una hora de camino, habiendo sentido en entresueños el baloteo incesante del automóvil, los hoyancos perpetuos y las frenadas imprevistas, sintió, ya despierto, que pasaban justo encima de la vía del ferrocarril: entonces supo que estaban por llegar al hipódromo. Levantó la cabecita y Melinda le acomodó sus rizos entrelazados. Dejó de llover, y él contempló el cielo azul despejado, sin lluvia; los caseríos esparcidos por las calles aledañas, las vecindades insólitas y putrefactas, los árboles frondosos que pasaban uno tras otro; los postes solitarios que corrían a lo largo del camino, y por fin llegaron, con el resplandor del sol iluminando la tarde limpia y plácida. Su padre se estacionó muy lejos de la pista oval, donde empezaba el terraplén. Apenas se bajaron del auto, un vientecillo ligero levantó un poco de tierra: era inevitable, pobre Aurora, pensó el niño…

—No lo lleves donde están los caballos. Que ande por aquí un rato y luego llévalo al salón de lectura, a ver si hay algo para niños, o que vea cómo tiran bolas en el boliche. En dos horas lo subes al comedor, por favor, ahí voy a estar yo.

—Sí, José Luis —dijo ella—, como tú digas. Vamos, cariño, ven conmigo. Aquí hay mucha tierra.

[ ]

Adiós, Almazán | 11

Un autobús ruidoso y desvencijado se detuvo en la Avenida Juárez, casi enfrente de la Alameda. Tomás Donaciano bajó del autobús, con parsimonia, sintiendo el dolor de sus articulaciones; se flexionó con dolor y le costó trabajo descender las escalerillas. El humo del camión lo sofocó momentáneamente y segundos después se echó andar por Juárez y Madero. Se detuvo frente a la Catedral para tomar un poco de aire. Respiró un aire gris, polvoso, que contrastaba con el cielo azul que se veía a través de los edificios coloniales, sin nubes, traslúcido. Se detuvo para contemplar el escenario: la Plaza de la Constitución repleta de campesinos que levantaban tiendas y pancartas para reclamar derechos de propiedad ejidal. Caras sin rostros, cuerpos fantasmales que circundaban en las afueras de la monumental iglesia. Observó que algunos limosneros se sentaban sobre unas mantas de yute cerca de Corregidora. Vendedores ambulantes pasaron enfrente de él caminando hacia el otro extremo de la Plaza.

Caminó lentamente por Monte de Piedad y siguió de largo hasta 16 de Septiembre, alcanzando la esquina de Pino Suárez, donde se detuvo para mirar su reloj: las dos de la tarde. Miró el edificio monumental, el palacio monumental, con tristeza, con ironía, con resentimiento.

La masa abigarrada de campesinos no hacía ruido, como si estuvieran celebrando alguna ceremonia silenciosa, como una procesión quieta y misteriosa. La mayoría de ellos estaban vestidos con ropas blancas y llevaban sombreros de paja. Lo blanco de sus ropas contrastaba con el ambiente gris de la tarde. Caminó sobre Pino Suárez sintiendo que abandonaba el aire funesto y tenso que exhalaba el gigantesco Zócalo.

Cuando entró al Salón Veracruzano, el mozo lo saludó cortésmente y él le entregó saco y sombrero. Se sentó en una mesa cerca del portón. Respiró el aire austero del restaurante y alcanzó a oler los aromas que despedía la cocina. En la pared que tenía enfrente colgaban algunos cartelones de corridas de toros, enmarcados con el mismo estilo, y el olor de la calle se confundía con el de los guisados. Intentó adivinar: ¿pescado a la veracruzana?, ¿chilpachole de jaiba?, ¿chiles rellenos?

Diez minutos después, llegó Julián Soriano y lo saludó sonriente mientras el mozo le ayudaba a quitarse el saco. Se sentó junto a la ventana exhalando aire y se limpió el sudor de la frente con un pañuelo, cerrando los ojos.

—Está un poco denso el aire, ¿no? —pestañeó, se pasó las manos entre el pelo negro, opaco, ligeramente seboso—. Aquí adentro no hace tanto calor. Afuera es un horno.

El mozo se acercó nuevamente. ¿Una cervecita fría? ¿Tequila, mezcal, coñac, whisky? ¿Qué se les ofrecía, caballeros?

—Solamente dos naranjadas con mucho hielo, señor. Estamos esperando a otras personas —dijo Tomás Donaciano.

En una de las paredes colgaba una pizarra con el menú del día y Julián lo revisó con cuidado.

—¿Sí vienen los señores? ¿Ahora de qué se va a tratar el asunto, Tomás?

—Pos..., lo mismo. Tú qué creías. No hay a quién irle...

—Vamos a ir con Almazán, ¿no? No podemos seguir con estos comunistas. Es la mejor opción, ¿no?

—Ellos no piensan lo mismo, ya te lo había dicho —y Tomás Donaciano dobló su periódico; luego incorporó medio cuerpo, y lo miró de frente—. Fíjate, el otro día vino Justino Reyes a decirme que mejor no votáramos por Almazán, que mejor no votáramos por nadie. Eso me dijo. Me dijo que Almazán no era de fiar porque su jerigonza es confusa, que tenía por costumbre cambiar de bando y que era un hipócrita. Yo le dije que estaba equivocado, que ya habíamos decidido votar por Almazán. Ni modo que votáramos por Sánchez Tapia o por Ávila Camacho, ¿verdad? Nomás no podemos ponernos de acuerdo con los de Acción Nacional. No quieren mezclarse con grupos cristeros.

—¿Qué dice el jefe? —abrió los ojos Julián Soriano.

—De ninguna forma la UNS va a estar supeditada a los de Acción Nacional.

—Y tiene razón —dijo Julián—. Acción Nacional debe estar bajo las órdenes de la UNS.

—Ahorita discutimos eso —dijo Tomás Donaciano—, si es que se abren de capa... ¡Chist! Ahí vienen, acaban de entrar.

—Buenas tardes, señores —se acercaron a la mesa Luis Ibarrola y Manuel Herrera. Saludaron cordialmente, y Tomás Donaciano y Julián Soriano se levantaron de la mesa para corresponder el saludo. Los cuatro hombres se sentaron lentamente, arrastrando las sillas que rechinaron seco contra el piso de madera.

—¿Cómo está Manuel Zermeño? —preguntó Ibarrola.

—Muy ocupado —contestó Julián Soriano—, reorganizando la Base. Ya somos más de mil sinarquistas aquí en la capital. Michoacán y Guanajuato siguen siendo los más fuertes. Estamos presentes en todos los estados.

—Todos son campesinos, ¿no es así? —dijo Manuel Herrera.

—Así es, la mayoría —dijo Tomás Donaciano—. Yo fui campesino, señores, y lo digo con orgullo. Para los empresarios y banqueros del país..., está Acción Nacional. Nosotros... somos gente del campo... Dos frentes pa' acabar con los jacobinos, don Manuel. Por eso creemos que debemos ir con Almazán...

—Pero..., ¿lo conocen realmente? —dijo Luis Ibarrola.

—Podría decirse que sí —dijo Julián Soriano—. Un contrapeso, quizá, como una reacción a lo que estamos viviendo, ¿no creen? México necesita eso: un contrapeso.

—Nosotros no sabemos bien si ustedes representan un grupo meramente social —dijo Ibarrola— o un grupo político, o un partido, o simplemente desean ir con el candidato Almazán.

—Más que nada —dijo Tomás Donaciano—, somos una fuerza política, un grupo disidente, contrarrevolucionario.

—Si Acción Nacional no va con Almazán —interrumpió Julián Soriano—, ¿por qué no lanzaron un candidato suyo?

—Acción Nacional —dijo Ibarrola— sólo debe definir el cauce político del país, desde afuera, redefinir las estructuras sociales, las instituciones… No estamos interesados en lanzar candidatos para la presidencia. No seguiremos tolerando gobiernos socialistas. En mi opinión, lo que necesitamos es a un hombre como Franco, en España.

—Para nosotros —dijo Tomás Donaciano—, para mi sector, señores, como lo dijimos la última vez, lo fundamental es la educación de los niños mexicanos. Si es verdá lo que dice, Almazán respetará la libertad que tienen los padres de educar a sus hijos en las escuelas que mejor les parezca. El gobierno no debe intervenir en la educación de los niños. Es la Iglesia Católica la que debe ocuparse de la educación. México es un país católico. El país está hecho un desastre. Desde Juárez hasta el día de hoy hemos recibido puros madrazos, con el perdón de Dios.

—¿Desde la época de Juárez? —dijo Manuel Herrera—. Desde mucho antes, señores. Desde Iturbide, cuando los yorkinos tomaron el poder en este país. Mala sangre, señores.

El mozo se acercó con los platillos que habían ordenado los cuatro hombres. Luis Ibarrola dijo:

—Que quede claro una cosa, señores, nosotros también opinamos que la educación básica debe ser un tema central para las nuevas políticas del país.

—Creo que estamos de acuerdo en que la educación no puede ser socialista —dijo Manuel Herrera—. No más. Eso es una herejía impuesta por el gobierno.

—Hemos visto —dijo Luis Ibarrola— que el general Almazán ha dado muestras de intención para abolir las políticas comunistas del gobierno.

—Dios lo oiga —dijo Tomás Donaciano—. Ese es uno de nuestros proyectos para la unidad nacional. Lo defenderemos hasta la muerte.

—Lo único que no nos gusta de Almazán —dijo Manuel Herrera— es que no tiene una ideología política muy clara. Por ejemplo, a estas alturas del partido, sería un error dar marcha atrás a la expropiación petrolera. Sentimos que le gusta jugar un poco con los intereses gringos.

—No creemos que Almazán se atreva —dijo Tomás Donaciano.

—Es parte de su juego político —dijo Ibarrola— acercarse un poco con el gobierno gringo, revertir políticas, buscar acercamientos. Lo entendemos bien.

—Los gringos siempre han querido imponernos condiciones, don Luis —dijo Tomás Donaciano—. No vamos a entrar en un juego de componendas ni de acercamiento con los americanos.

—Perdón la pregunta, don Tomás —dijo Ibarrola—, pero, siendo sinceros, y no nos dejarán mentir, con el perdón de los señores, el apoyo al general Almazán, por parte de su grupo…, no es unánime, ¿verdad?, es decir, no es definitivo.

Los otros dos dudaron un instante, pero fue Tomás Donaciano el que dijo:

—Señores, es algo que también estamos discutiendo dentro del grupo, pero no por ello queremos dejar de informarles, de comunicarles cuáles son, hasta el día de hoy, nuestras intenciones para las próximas elecciones.

—Y es muy probable que el gobierno permita el fraude electoral, como hizo con Vasconcelos…

—Lo sabemos bien, y es por eso que, en mi humilde opinión, deberíamos hacer frente común.

—No tenemos duda de eso, señores.

—¿Entonces? ¿Qué le comunico a la Base?

—Pues…, creo yo…, simplemente lo que hemos platicado el día de hoy… Por el momento no podemos confirmarles una postura definitiva…, creo que…, ustedes podrán comprenderlo…, habrá que discutirlo con los líderes del partido…

—¿Cuándo? —dijo Tomás Donaciano—. Consideren, señores, ustedes y los miembros del partido, que si gana el candidato oficial y siguen las mismas políticas anticatólicas va a ver otra revolución, digo…, pa' que lo vayan sabiendo…, pa' lo que es pronto, yo ya tengo listo mi caballo, la carabina y mi revólver, al igual que muchos de mis compañeros.

—Lo sabemos bien, Tomás.

—Qué bueno que lo saben.

Los dos hombres que llegaron después de ellos, se levantaron de la mesa, se despidieron de mano, sin abrazos, sin emoción.

—Que pasen buena tarde —dijo Luis Ibarrola—. Herrera los llamará la siguiente semana.

—Eso esperamos —dijo Tomás Donaciano.

Eso esperamos, pensó, como si repasara o juzgara lo que acababa de decir, como si toda la conversación del Salón Veracruzano transitara instantáneamente por su cabeza. Eso esperamos, y lo dijo así, como insensible, como impávido, a sabiendas de que nunca lo llamarían, de que nunca lo volverían a contactar, como así ocurrió, de hecho, y hasta lo comentó con Julián Soriano días después, semanas después, diciéndole:

—Te lo dije. Yo lo sabía. Si llegaron a hablar con alguien de nosotros, pos sepa Dios con quién fue.

[ ]

Por tercera vez en la noche, cantaba *Noche Criolla* dentro del salón principal, con el cigarrillo en la mano, sentado junto a la cola del piano, creyendo que nadie lo escuchaba, inspirado, con esa voz blandengue que desentonaba en cada compás, acompañado por el maestro Adrián, quien imaginaba que aquellas notas fuera de lugar se debían a la botella de tequila que había estado bebiendo desde hacía rato, animándose a cantar, intentando atrapar en sus manos (y en su voz) aquellas cadencias sensuales y armoniosas, imposibles de seguir, difíciles, sugestivas; y un poco después de la media noche se siguió con *Lamento jarocho* y luego con *Dueña mía*, mientras Rosario lo veía con ternura y ensoñación. Cada vez que pasaba junto a él le acariciaba el hombro.

Y aun así, la joven trigueña de piel aperlada atendía a otros clientes, sin ocultar la sonrisa, yendo de aquí para allá, administrando el esfuerzo, moviendo a las otras muchachas, acomodándolas, instruyéndolas, aconsejándolas, como una buena madre, como una hermana cariñosa, y cuando el salón se llenaba de clientes, hasta tomaba en tres o cuatro mesas al mismo tiempo, a diferencia de las otras, que cuando mucho solamente tomaban en una o dos mesas. Y ya cuando la noche avanzaba para pasar a esas horas que empiezan a ser prohibitivas, buscaba refugio en la mesa de Alfonso Urbina, y hasta se tomaba las últimas copas con él, ya en la madrugada, cuando el maestro Adrián tocaba sus últimas canciones, aquellas que, bajo los efectos tóxicos de la noche, llegaban muy dentro del alma.

Antes de la una de la mañana intentó entonar *Palabras de mujer*, pero esta vez de plano no pudo, acongojado, desmoralizado, aun y cuando el maestro Adrián lo ayudaba con los tonos, con los ritmos, diciéndole cuándo entrar y cuándo salir, con paciencia, y cada vez que el maestro le indicaba el yerro él bebía de su copa, de un solo trancazo.

> *Palabras de mujer*
> *que yo escuché cerca de ti*
> *junto de ti muy quedo*
> *tan quedo como nunca.*
> *Las quiero repetir*
> *para que tú, igual que ayer*
> *las digas sollozando*
> *palabras de mujer*

No, le decía el maestro Adrián, ahí cambiaba de tono, mi querido amigo, justo ahí, de menor a mayor, para que pudiera entrar el estribillo con toda su fuerza, con toda su pasión, como si anunciara algo muy bello, como el preámbulo de una serie de frases desgarradoras, como el preludio tonal que desemboca en un mar de querencia y sufrimiento…, *Aunque no quieras tú, ni quiera yo, lo quiso Dios, hasta la eternidad te seguirá mi amor*, todavía no, todavía no, Alfonsito, porque si cambias el tono ahí pos no puedes dar cabida a la siguiente estrofa, que escuchara el tono, escúchalo por favor:

*y hasta la eternidad
te seguirá mi amor.*

Es el mismo tono, ¿te das cuenta? Parco, moderado, hasta sobrio diríamos, como si el tipo estuviera muy seguro de lo que dice, con autoridad, con decisión, como si no hubiera nada en el mundo que pudiera hacerle cambiar de opinión.

*Como una sombra iré,
perfumaré tu inspiración
y junto a ti estaré
también en el dolor.*

¿Se daba cuenta? ¿Te das cuenta de lo que dice? Irá como su sombra, perfumando su inspiración, y no sólo eso, muchacho, estará con ella, con la mujer amada, en las buenas y en las malas, como si el tipo estuviera dispuesto a todo, ¿sabes?, a soportar las inclemencias del tiempo, la lluvia inexorable, el sol asfixiante, el desierto interminable… ¿Alguna vez en su vida él había querido así, Fonsito?

Aunque no quieras tú
ni quiera yo, lo quiere Dios
y hasta la eternidad
te seguirá mi amor.

Pero justó ahí, Fonsito, hay que cambiar el tono otra vez, ¿sabes?, si no, pos nomás no puede entrar el último estribillo, la última estrofa. Vamos, vamos:

Hasta en tus besos me hallarás
hasta en el agua y en el sol
aunque no quieras tú
aunque no quiera yo.

—Uy, mi amor, si intentaras hallarme en todos mis besos acabarías exhausto —y Rosario se aleja, riéndose como una niña.

Él la miró, embelesado: la espalda recta, la caída del vestido, el vaivén de las caderas...

—Inténtalo otra vez, mi amor —le dijo una de las jóvenes—, inténtalo, cariño, es mi canción favorita.

—Vamos a cambiar de canción, maestro, con el perdón de usté, y con el perdón de la señorita linda que está aquí justo a mi lado, ¡hic!, porque estos cambios tonales..., pos como que me están mareando... Vámonos con *Lamento Jarocho*.

El pianista lo miró embelesado, acariciando apenas las teclas del piano... ¡Pues que lo intentara! ¡Qué más daba!

Fatal. Tampoco pudo con *Dueña mía*.

Y ya se lanzaba osadamente con *Farolito*, mirando arrobado las sombras que se acortaban y se alargaban sobre la pared blanca del fondo, iluminada por un candil suave, cuando sintió que lo tocaban firmemente en el hombro derecho obligándolo a voltear: frunció el ceño, se restregó la barbilla y pues no, no era un fantasma, ni un espectro, ni siquiera una sombra; simplemente su amigo, Orvelino Aguilar, el panzón Orvelino.

—Hola, Urbina.

—Hola, mi panzoncito, ¿qué te trae por acá? ¡Hic!

—Sabía que estarías aquí.

—Pero si es martes, compañero…

—Miércoles, para ser exactos. Es casi la una y media. ¿Qué tomas?

—Pepito Cuervo, amiguito, ¿o qué pensabas? Mira, ten esta copa…, sírvete una copa, pinche panzón…

—Gracias, Urbina. ¡Salud! ¿Qué cantabas tan del carajo?

—*Farolito*, maestro, ¿o cuál pensabas? ¿Qué? ¿Se oía muy mal, de plano?

—Bueno, ahora que la está tocando el maestro Adrián y él mismo la canta, se oye de primera, pero…, tú sí que la estabas masacrando, ¿no?

—Lo sé… No me importa… No soy cantante prosefional, digo…, profesional. ¡Hic!

¿Por qué no escogía canciones más fáciles, más asequibles? ¿Por qué no intentaba cantar otro tipo de boleros? Una rancherita lúcida pero manejable, una cancioncilla popular, algo tradicional, algo más sencillo, cualquier cosa, todo menos Lara, por favor. ¿Qué acaso… sentía dolor? ¿Seguías pensando en ella, Urbina? ¿No renunciarías nunca?

—¿Pero te digo una cosa, panzón? Algún día voy a cantar las canciones de Lara como nadie, ¿sabes? No me importa lo que cueste, no me importa cuánto tiempo me tome, pero lo voy a lograr, amigo, ya verás…

—Claro, claro. Te siento un poco herido…

—¿Herido yo? ¿De qué, mi hermano?

—Tú sabes de qué, Alfonso, tú lo sabes. Seguro va a estar en la fiesta de Lorenza Villalpando, el viernes. No intentarás nada, ¿verdad?

—Tú no te preocupes.

Y prendió un cigarrillo, lentamente, como si estuviera meditando lo que acababa de decir, con la mirada sombría, el rostro sombrío; los hilachos grasientos de pelo que caían por su frente le imprimían un aire melancólico y funesto. Se sirvió otra copa y le sirvió otra a su amigo. El maestro Adrián seguía tocando, pero ya no cantaba: apenas un murmullo tenue, como el mar lejano. Orvelino puso la mano en el brazo de Urbina, apretujándolo un poco:

—No voltees para atrás, pero ahí está el tío, sentado atrás de nosotros.

—¿El tío? ¿El tío de quién?

—Con discreción, Urbina. Haz como si buscaras a alguien. 'Orita no nos ve. Mira, viene con tres de sus chanchos. Míralo bien. Sí es, ¿verdad?

—No lo alcanzo a ver, panzoncito...

—Sí que lo es. El tío de Tere...

—¡No digas!

—Sí, sí te digo. Hace rato nos miraba. Y cuando llegué, vi su silueta pasar en la penumbra, pero no me vio. Finjamos demencia.

—A mí no me importa quién venga a aquí y quién no..., ¡hic! Que cada quien haga lo que le dé su rejodida gana.

—¿Y si raja con Tere?

—Pos que raje, panzón. Tere y yo no somos nada... En todo caso, qué hace él aquí ¿verdad? A ver, ¿qué hace aquí? Pos no que tan católico.

—La vida es una broma, Alfonso.

—¿Por qué no bailas con una de las muchachas, mientras que yo conserv... conser..., ¡converso! un ratito con Pepito Cuervo?

—No creo que se acerque a saludarnos. ¿Sabes?, siempre he creído que es como un pacto de caballeros, ¿no?

Rosario se acercó a ellos, sonriente, jovial:

—¿Qué no bailan los muchachos? ¡Qué aburridos! Pura plática. ¿Qué no ya platicaron durante todo el día?

—Muchas gracias, Rosarito —dijo Orvelino—, pero ya casi nos vamos, nomás nos acabamos esta. Ya es un poco tarde.

Alfonso Urbina brincó de su asiento como si le hubieran dado un puyazo; se acodó holgadamente en la cola del piano y le lanzó a su amigo una mirada insólita y amarga.

—¿Qué?, ¿eres mi pilmama? —preguntó, ácido, reacio—. ¿Acaso eres mi pilmama, pinche panzón? Yo no me voy cuando tú digas, ¿estamos de acuerdo en eso? Sí me voy a ir, nossss vamos a ir, Rosarito, pero no ahorita, ¿me entiendes?

—Urbina…

—Primero voy a cantarles *Aventurera*. ¡Maestro Adrián! ¡Venga de ahí!

2

—Buenas noches, mi general —lo saluda Carmelo, mostrando su dentadura espléndida—. Les tengo su mesa de siempre.

—Gracias, Carmelo —dijo el general Sepúlveda—. ¿Dónde está Rosario?

—En la cocina, general, cenando. ¿Desea usted que la mande llamar?

—No, no, deja que termine de cenar. Háblale a Blanquita, que venga, que traiga dos amigas para los señores, por favor.

—Como usted diga, general.

Sonrió y se sentó con parsimonia, como si estuviera un poco cansado, como si el trajín del día lo hubiera agotado. Pero se sentía feliz, ilusionado. Su misma mesa, junto a la misma barra, frente al mismo espejo. Se sentía cómodo dentro de aquel recinto, donde la luz era tenue. En la luz opaca de los candiles, se enredaba sutilmente el humo de los cigarrillos.

—¿Una botellita de coñac para los señores? —preguntó Rosario.

—El mejor que tengas, Rosarito —dijo el general—. Queremos brindar contigo, mi amor.

—¿Por qué, general? Todavía no es mi cumpleaños.

—Ya lo sé, florecita, pero..., estamos muy contentos, ¿sabes?, y queremos brindar por el inminente triunfo del generalísimo don Manuel Ávila Camacho, nuestro mero y absoluto gallo.

—Viva el general Ávila Camacho —dijeron los tres hombres que habían llegado con el general Sepúlveda.

—Válgame Dios, general —dijo Rosario—, 'ora sí vienen enjundiosos los muchachos. ¿Qué las elecciones no son hasta julio?

—¡Claro que son hasta julio, Rosarito! —dijo el general—, las elecciones oficiales; pero desde hoy, escúchame bien, desde hoy, el general Almazán está muerto, frío, es un fantasma, ha cometido pecados imperdonables, ¿sabes? Ni idea tienen de lo que les va a pasar...

—No me diga, general —dijo Rosario—. Pos es que yo..., más bien..., pos como que yo he visto un poco preocupados más bien a los de su partido, ¿no cree?

—Qué preocupados vamos a estar, florecita —dijo el general—. Almazán no va a ser presidente de México. Ya vas a ver, florecita... Mejor tráenos esa botella de coñac que nos ofreciste la última vez y pregúntale a Carmelo cómo va con lo de las muchachas que pedí.

—Enseguida, general.

Minutos después se acercó Carmelo con una charola trayéndoles una botella de coñac y copas de cristal muy elegantes. También les trajo una caja de habanos y un platito lleno de pistaches.

—¿Y pa' cuándo las muchachas, Carmelito? Digo, pa' que brinden con nosotros, ¿no crees?

—Ya están casi listas, general.

Los otros no hablaban, sólo asentían o movían la cabeza. Escuchaban atentos a lo que decía el general Sepúlveda, como si escucharan las parábolas de algún profeta vivo.

A uno que le decían el Negro se le atoró el coñac en la garganta y comenzó a toser violentamente como si tuviera una tuberculosis insalvable. Otro de los hombres del general comenzó a darle palmaditas en la espalda, mientras le decía: "Ya estate, compañero, es poco a poco".

—Déjalo que se ahogue —dijo el general—. ¡De algo se tendrá que morir!

Los otros dos soltaron risotadas, como si resucitaran de la nada. El general prendió uno de sus habanos, paciente y ceremonioso.

—Oye, Negro —dijo, echando bocanadas de humo—. No vayas a hacer semejante espectáculo cuando se sienten las muchachas, ¿me oyes? Espero que te comportes como todo un caballero.

—No se preocupe, general —dijo el Negro—. Lo que pasa es que el primer trago...

—Lo que pasa es que no toma mucho, general —dijo otro.

—¿Ah, no? Pues tiene cara de... ¿Y las mujeres tampoco le gustan?

Los tres hombres rieron, más discretos, sin hacer mucho escándalo.

—Yo tengo dudas, general —dijo el otro, con tono de sorna.

—¿Y tú cómo sabes? ¿Han estado juntos?

Las risas otra vez.

Como una sombra iré,
perfumaré tu inspiración
y junto a ti estaré
también en el dolor.

El general se quedó en silencio un instante y carraspeó un poco antes de llamar a Rosario. Ella se acercó a él, de lado, inclinándose un poco y acercando su rostro al del general...

—Oye, florecita.

—Dime, general.

—¿Quién es ese joven que está cantando?

—¿Por qué, general?

—No, nomás. Es que canta como lo pollos desafinados, ¿no crees?

—Un poco general —sonrió Rosario—. Será por el tequila.

—Ya no le sirvas, m'hija, mira que atreverse a cantar con el maestro Adrián... Está canijo, ¿no?

—No canta mucho. 'Orita se calla, ya va a ver.

—¡Válgame Dios! No, pos está del carajo.
—Es buen muchacho —dijo Rosario—. Lo de hoy es muy raro. La verdad es que casi nunca se anima a cantar. Debe estar dolido.
—Pos está bien que esté dolido y lo que quieras, mujercita, pero nosotros y las demás personas que estamos aquí ¿qué culpa tenemos?
—No se preocupe, general, él solito se calla, ya lo verá.
—¿Y cómo se llama el cantante dolido?
—Alfonso Urbina, general.
—No..., pos no me suena, pero su cara se me hace conocida. ¿Va a seguir cantando un rato más?
—No, general. Ya 'orita se calla. Ya lo verá.
—Eso espero, florecita, porque está fregando esa canción. Mira que...
—¿Te sirvo otra copa?
—...
—¿Te sirvo otra copa, mi general?
—Pos yo creo que sí, mi reina, y veme trayendo otra botella porque nuestro gallo cantor ahora se va a echar *Farolito*. ¡Qué bárbaro!
Rosario no pudo contener una risotada:
—No te apures, general. ¡Nunca la termina!
—Que Dios te oiga, mujer...

[ ]

Abandonó el Salón Veracruzano despidiéndose apenas de Julián Soriano y decidió dar una caminata por el centro para tomar un poco de aire. Esas pláticas lo aturdían, lo encabritaban, y estaba convencido, además, de que no habría ningún provecho de nada, como los llanos áridos de su tierra natal. Frente al Zócalo pudo ver otra vez la mancha blanca abigarrada de campesinos que ahí se apilonaban.

Otra vez por Madero, de regreso, sin prisa, veía las tiendas y los comercios de esas calles, los anuncios de cigarros, de refrescos, de cerveza, cartelones pegados en las paredes de piedra, algunas droguerías, cantinas, restaurantes, joyerías que pronto cerrarían sus cortinas, y sobre él, la luz del sol que empezaba a engorrarlo con una especie de calor opresivo.

Luego estuvo caminando sin rumbo, dejando que la adrenalina viscosa fuera absorbida por las vísceras de su cuerpo. Respiró hondamente el aire templado que circulaba por la Plaza de la Santa Veracruz y los borbotones de agua cristalina que salpicaban desde la fuente le ayudaron a tranquilizarlo. Decidió caminar hacia la iglesia, para admirar la cruz de cantera y diluir los efectos de un coraje súbito y contrariado. Rezaría profundamente con la audiencia del Señor de los Siete Velos para seguir recuperando todas sus fuerzas. ¿Cómo derrotar a esos masones?, pensó ¿Cómo borrarlos del mapa? Se puso de rodillas cuando llegó al altar y rezó con fervor el rosario que llevaba siempre con él. No sintió el chiflón que se filtraba por los ventanales y la tranquilidad suave del aire lo envolvió en una postración sublime.

Después de rezar el rosario se dio tiempo para contemplar al Señor de los Siete Velos y respirar el aire delicado del templo. Se dio cuenta de que estaba más tranquilo y su respiración se volvía más pausada; sintió que su espíritu podía ser purificado y que quizá podría conseguir el perdón de Dios. No podía evitarlo: su mente bailoteaba de un recuerdo a otro. Miró al confesionario y sintió una punzada súbita en el vientre. *Dios te salve María, llena eres…* Tuvo la visión de una muchedumbre aglutinándose en el altar de la iglesia y sintió un escalofrío incómodo por todo su cuerpo, de la cabeza a los pies.

Abrió los ojos. Por un momento dejó de rezar, pensando que la tranquilidad y el silencio de aquel recinto sagrado contrastaba con el rumor turbulento que tenía ahí en la cabeza, sus diálogos internos, la voz de Isabel; ya ni siquiera se acordaba de la cara del niño...

Y cerró los ojos nuevamente, intentando recordar, imaginar cómo sería el niño ahora, ¿qué tanto habría crecido?, y siguió rezando: *Dios te salve María...*

[ ]

Recordaba ese inmenso jardín apacible y misterioso no como esa noche, no como lo que *era* esa noche, sino como lo había visto antes, y así lo recordaba, con sus dos fuentes de piedra de cantera que resaltaban a primera vista, la primera justo en la entrada y la segunda en el centro del jardín, con sus sendas sinuosas que lo recorrían por todos lados, los árboles que sombreaban durante el día, las enredaderas imbatibles que se ennegrecían durante la noche, como una cortina oscura y enigmática, y los rincones floreados, adornados, en algunos trazos, con piedras de río. De todo ello se acordaba, de aquellos días que había visitado muy seguido la casa de Lorenzo Villalpando, pero que ahora la visitaba muy poco, muy de repente, como esa misma noche fatídica, infestada de gente: un hervidero de invitados que iban y venían, gente irreconocible, meseros apresurados, un par de tríos, cantantes furtivos, el glorioso mariachi, rostros desconocidos, rostros sin forma, siluetas amorfas.

Pero en el centro del jardín, donde brotaba la fuente iluminada, un trío cantaba suaves boleros que contrastaban con el ruido estridente del interior de la casa. Ahí se fue a sentar, cansado, abatido, justo en la orilla de la fuente para escuchar al trío, beberse un whisky en solitario, admirar desde lejos el escenario, sin pensar en nada, sin meditar en nadie.

Ni loco se hubiera quedado jugando billar en ese salón imperial, simplemente ahí parado como una fría estatua de mármol, viendo cómo todas las oportunidades que él había creído tener en sus manos se desvanecían irremediablemente, desapareciendo en ínfimos deseos estériles e irresolutos.

Cuando logró salir, buscó frenéticamente a un mesero para pedirle otro whisky con hielo, aun cuando le dolía la cabeza y le retumbaban en su cerebro agotado las escalofriantes palabras de Orvelino Aguilar, tan frías como el hielo, apáticas e insensibles, justo en el salón donde jugaban al billar, diciéndole, enfrentándolo, sosteniendo un *vermouth* en su manita regordeta, *¿te das cuenta, Urbina?, ¿ahora sí te das cuenta de todo?, yo te lo intenté explicar el otro día, intenté decírtelo, revelarte cómo estaban las cosas, sí, sí, cómo es que realmente están las cosas, pero tú estabas ahí sentado, suficientemente borracho, abstraído, cantando canciones imposibles, viviendo tu sueño imposible,* como si él no se hubiera dado cuenta de nada, ¡qué va!, como si fuera un obtuso imbécil que no se daba cuenta de las cosas, como si no lo estuviera viendo con sus propios ojos, maldita sea, tampoco era un idiota cegatón, por supuesto que veía todo frente a sus ojos y que todo se perdía para siempre, y su amigo el panzón ahí parado, diciéndole *te lo dije, odio decírtelo así, pero te lo dije, o por lo menos intenté decírtelo; ve, mira, míralo con tus propios ojos,* y él veía aquello como si fuera un mal sueño, una pesadilla escabrosa, delirante, llena de angustia y desazón.

> *Como espuma,*
> *que inerte lleva el caudaloso río,*
> *flor de azalea,*
> *la vida en su avalancha te arrastrooó.*

Era mejor el trío, a la orilla de la fuente, con el rumor del agua. Aquella melodía que tanto le gustaba ahora sonaba insulsa, completamente vacía, incluso un poco amarga. ¿Intentaría cantarla con el maestro Adrián la próxima vez que se vieran?

Tu sonrisa… refleja el paso de las horas negras,
Tu mirada,
¡La más amarga desesperacioooooón!

Pero todo tiene un final, pensó. Desde ahí buscó a Lorenza para despedirse de ella pero no la vio, y no quiso ir a buscarla, porque para eso era necesario traspasar y hurgar entre una mancha interminable de invitados: es más, pensó, ella misma lo comprendería, quizá…

Antes de salir a la calle y perderse en la oscuridad de la noche, decidió obsequiar una buena propina a los tres músicos que lo habían deleitado más de una hora, a él nada más. Quizás, los músicos se habrían dado cuenta de la cara de tristeza que traía y que, por eso, posiblemente, habían decidido quedarse un buen rato con él. Se lo agradecieron con amabilidad sincera y se despidieron de él con un abrazo, como si lo entendieran, como si hubieran escuchado su grito silencioso.

En la puerta que daba a la oscura calle, él miró hacia un destino misterioso e incomprensible, y salió de la casa, escuchando el rumor insaciable de la fiesta, y alcanzó a oír que gritaban desde dentro, con los sonidos del mariachi:

—¡Viva México! ¡Viva el general Almazán! ¡Almazán, presidente de México, cabrones!

3

¿Qué le gustaba de él? ¿Su sobriedad? ¿Sus ademanes? ¿Su elegancia? ¿Sus trajes bien planchados, siempre impecables, con esas finas corbatas que jamás repetía cada vez que lo veía? Sintió el aire tibio que se filtraba hacia dentro, el aire tibio enrarecido que venía de San Juan de Letrán. Se dio cuenta de que no contaba las horas que pasaban, ni los minutos, como si algo le inspirara seriedad y tranquilidad. Esa noche habían estado platicando poco más de una hora en el Café Cristal sin darse cuenta de ello, bajo la luz tenue de una lámpara, bebiendo café y chocolate caliente, escuchando el rumor incansable que provenía de las otras mesas.

—Linares —dijo ella—. Se apellida Linares.
—¿Como Linares, España, o Linares, Nuevo León?
Ella sonrió.
—Más bien sería Linares, España. La familia es española.
Adentro del café el aire era más tibio que afuera y el rumor de las otras mesas contrastaba con el rumor austero de San Juan de Letrán.
—¿Llevaban mucho tiempo de novios? —preguntó él.
—Casi un año —contestó ella.
—Me da gusto.
—¿Por Hortensia?
—Me da gusto. Ahora será la señora Hortensia Álvarez de Linares.
—Qué elegante, ¿no?
Él sonrió, con esa sonrisa tenue y amable, y ella acomodó su bolsillo en la orilla de la mesita y vio que él fijaba su mirada en las otras mesas, observando a los demás clientes, escudriñando sus rostros brevemente, estudiando —descifrando— el entorno

completo, viendo quién entraba y quién salía por la puerta del café, percibiendo las voces de adentro, los movimientos, las siluetas, los olores del café y ella también sonrió, mirando las hojas de la hiedra que colgaban de un cesto junto a la ventana.

—¿Te gustó el concierto? —preguntó él.

—Me gustó mucho, Tirso —dijo ella—. Me gustaría venir otra vez. Me gustaría traer a Antonio.

—Claro que sí, Tere —dijo él—. Cuando tú quieras.

Hubo un silencio momentáneo que se rompió cuando uno de los meseros se acercó para saludar a Tirso.

—Qué gusto tenerlo otra vez por aquí, licenciado. ¿Cómo estaba su señora madre? ¿Qué tal el trabajo? Espero que hayan disfrutado de la cena. Y él muy bien, gracias, todo estaba de maravilla, salúdeme a don Francisco que lo vi por ahí muy ocupado, atendiendo otras mesas. El mesero se alejó con un gesto amable, para después regresar con dos cafés americanos.

—Por cierto —dijo ella—. También podríamos traer a tu mamá algún día…

—Tal vez —dijo él.— A donde le gusta ir a mi mamá es al salón para que le arreglen el peinado. No creo que quiera dejar a mi papá.

—Pero tu papá está mejor, ¿no es así? Yo creo que sería bueno para ella salir a distraerse un poco.

—Le gusta más el teatro, o el cine —dijo él—. Es posible que en septiembre la lleve a Nueva York, de compras. Claro, si encuentro quién cuide a mi papá.

Pensó en doña Aurora, en su carita redonda y su figura regordeta, su tez blanca y delicada, casi rojiza, siempre bien vestida, siempre recién salida de un salón de belleza, siempre tan amable con ella, tan amorosa y atenta con Tirso.

—¿Sabes, Tirso?, mi madre me inscribió al Círculo de Formación Familiar para las señoritas de la Parroquia de San Miguel Arcángel.

Él sonrió con discreción, e hizo una mueca un poco graciosa, un gesto que no era muy común en él.

—Qué bien. Instrucción para señoritas.

—Sí —dijo ella—. Nos dan clases de cocina. Nos enseñan a zurcir, arreglar flores, decoración —y se encogió de hombros mientras su boca dibujó una media sonrisa. Jugaba con la cucharita de la taza de café, haciendo círculos como si el café aún estuviera muy caliente.

El local comenzó a vaciarse poco a poco, a medida que se iban atenuando los ruidos de la calle.

—Círculo de Formación Familiar —repitió él—. También reciben catecismo, supongo… Es decir…

—La mayor parte —contestó ella—. A veces leemos pasajes de la Biblia. ¿Tú crees que Almazán sea ateo?

—No sé, Tere…, pero estoy seguro de que con él terminarían muchas cosas —y se sobó la barbilla con suavidad, haciendo una mueca curiosa, como de interrogación—. Pero estos gobiernos… Qué absurdo, ¿no crees? Cerrar escuelas católicas. El surrealismo, Tere; un país de ficción.

—El padre Alfaro dice que es la Iglesia la que tiene que educar a la gente.

—No creo que tenga que ser así —dijo él—. Lo que dice Almazán es que cada quién puede escoger el tipo de educación que más crea conveniente para sus hijos. Creo que tiene razón…

—Pero… ¿no te da miedo? ¿No te da miedo vivir en un país comunista?

—No creo que México se vuelva comunista, Tere —dijo él—. Lo que pasa es que la religión es un problema en este país.

—Ya deberían dejar en paz a los sacerdotes, ¿no crees? –y se mordía los labios, abría los ojos, movía las manos—. Son hombres de Dios. Son los representantes de Cristo en la tierra. Lo único que consiguen es que el pueblo se les rebele.

—Ya ves a los sinarquistas…

—¡Sí, los sinarquistas! Mi papá dice que son una bola de campesinos indigentes, ¿no? Apoyan a Almazán, ¿verdad?

—Puede ser, pero dudan de él, según entiendo. Una parte de ellos ya no quiere apoyarlo, Tere.

—No me digas —dijo ella, estupefacta—. Son un montón de indios que le podrían dar muchísimos votos. Yo no sé para qué hacen tanto lío.

—Son difíciles de entender. No sé si es política... Son algo así como una reacción a la revolución... Pacifistas, pero muy organizados. Están en contra de las ideas socialistas y ateas que vinieron con la revolución.

Ella lo miró a los ojos, pasmada, sin decir nada. Se dio cuenta que había oscurecido y que afuera transitaba poca gente, pasaban pocos automóviles y camiones, dejando una estela de ruido larga y cadenciosa. La noche era calurosa, como las noches en el mes de mayo, sin lluvia, sin humedad, reconcentrando todos los olores de la calle.

Cuando el mesero trajo la cuenta, Tirso dijo:

—Vámonos, no quiero tener problemas con don Roberto, o con doña Angélica.

—Ya no soy una niña —dijo ella, juguetona—. Quisiera que me dejaran de tratar como una niña.

Incorporándose y dándole la mano para que ella se levantara, le dijo:

—Sí, sí eres una niña todavía...

[ ]

—¿Por qué nos persiguen, padre? —preguntó, con voz queda—. ¿Qué hemos hecho para merecer este trato? ¿Qué es lo que quieren? ¿Desaparecer nuestra iglesia, nuestra fe?

—Son los tiempos... —contestó el padre Mejía, dubitativo, acongojado—. Tenemos que rezar mucho para tener fuerzas, hijo mío, para poder resistir...

—Han cerrado iglesias, conventos, hospitales. Expulsan a nuestros ministros... ¡Los corren del país! ¡Como si fueran criminales! ¿Qué es esto?

—Son los tiempos... La era del maligno, Tomás. No solamente querrán limitar nuestro culto, sino que intentarán, con la ayuda de Satán, borrar cualquier rastro de nuestra religión. Intentarán... ¡oh, Dios mío! ¡Ayúdanos! —la voz del sacerdote era trémula, sollozante, como si estuviera a punto de irrumpir en un llanto inconsolable.

—¡En La Piedad quemaron una parroquia, padre! ¡El gobierno! ¡Cómo se les ocurre quemar un lugar santo!

—Baja la voz. Tenemos que resistir, hijo, como Dios manda —angustiado, cansado el padre Mejía. Su voz, por lo común, profunda y decidida, sonaba ahora como un gorgoteo débil.

—Es obvio que lo que buscan es una provocación abierta, un pretexto para arrasarnos. Yo sé que han puesto a nuestros propios hermanos en contra de nosotros. Les han ofrecido tierras...

—Tienes... tenemos que calmarnos para pensar mejor. De nada sirve que estés aquí lamentándote conmigo. Deberías ponerte a rezar.

—También cerraron escuelas y orfanatos —dijo él—. Es como una pesadilla.

—Tenemos que resistir, Tomás. Tienes que resistir y rezar mucho. Es una prueba...

—¿Qué carajo le importa al gobierno si en cada pueblo hay uno, cinco o diez curas? ¿Por qué se tienen que registrar nuestros ministros de Dios como si fueran maleantes, asesinos, delincuentes?

—No arrojes maldiciones, por favor —dijo el padre Mejía, recobrando un poco la autoridad de su voz—. Ahora la ley está en manos del maligno, hijo mío, tienes que entenderlo así. Todos ellos son hijos del demonio. Son las hordas del infierno que vienen a tomar temporalmente el poder sobre la tierra. Son los hijos del averno, ¿entiendes? Así está escrito... desde tiempos inmemorables. Pero tenemos de nuestro lado a la Virgen Santísima María Guadalupe.

—¿Hasta dónde vamos a llegar con esto, padre? —pálido, exasperado, irascible—. Llegará el momento en que no haya un solo sacerdote en los pueblos. Querrán convertir nuestras parroquias en escuelas o graneros o qué sé yo... ¿Cómo recibiremos los santos sacramentos? ¿Dónde confesaremos nuestros pecados?

—Resistiremos hasta donde Dios sabe que somos capaces de resistir –suspiró el padre Mejía—. Tú no conoces ni podrás conocer los designios del Altísimo. Todo esto tiene una razón de ser. Algún día teníamos que enfrentarnos al maligno de la forma en que nos enfrentaremos ahora.

—Yo lo sé, padre, pero... el pueblo no sabe de leyes —dijo él—. El pueblo no sabe de reglas ni decretos. El pueblo no entiende qué es lo que está pasando.

—Dios está del lado del pueblo, Tomás... Siempre...

—No veo cómo —dijo él—. No veo cómo podamos resistir esta infamia, este despojo...

—Sin duda es porque eres débil de fe, débil de corazón.

—¿Qué va a pasar si desaparecen las escuelas, padre, los conventos, los orfelinatos, todo aquello que ha sido, es y será el verdadero hogar de Dios? —sintió la garganta seca, y las comisuras de sus labios expelían una saliva pastosa, amarga—. Quieren que este pueblo sea protestante, padre. Eso es lo que quieren.

—No lo conseguirán, Tomás —con tono tranquilizador, el padre Mejía—. Este pueblo nunca será protestante, nunca, ¿me entiendes?

—¿Qué pasará ahora? —preguntó él, acongojado, inconsolable—. Habrá adulterios, habrá sodomía. ¿Qué límite moral tendrán los borrachos empedernidos? ¿Qué límite tendrán las mujeres disolutas, libertinas, aligeradas..., es decir... todas las mujeres, padre, todas, porque son descendientes de Eva, malignas por naturaleza?

—¡No digas eso! —interrumpió el padre Mejía—. Nuestra Santísima Señora Inmaculada aplastó la cabeza de la serpiente.

—Solamente nuestra Santísima Señora, padre —replicó el hombre—. ¿Qué va a ser de las familias mexicanas? Habrá desenfreno, perversión, fiesta, jaleo, y las mujeres no tendrán freno moral...

—¡No digas tonterías! —gritó el padre Mejía—. Todos somos hijos del señor. ¡Qué me dices de tu propia madre! ¡La insultas con esas necedades!

La amonestación del padre Mejía continuó reverberando por algunos segundos dentro del confesionario. Él prefirió guardar silencio para no seguir encabritando al cura, y sintió miedo, no quiso exasperar al padre y dejó que se tranquilizara un poco. El sacerdote ya tenía demasiado con las expulsiones de religiosos, con el ataque frontal y despiadado del gobierno, con la llegada del maligno al poder... Era demasiado...

—Aquí en Huejuquilla no tardarán en traernos su odio y su rencor —dijo él, controlando el tono de su voz—. Lo único que nos queda es esperar, ¿verdad, padre?

—...

—Padre Mejía...

—Reza tres padres nuestros, el rosario y tres aves marías. Ya puedes irte, Tomás. Déjame solo, por favor.

—Sí, padre. Dispense usted, padre.

[ ]

—Fíjate nomás quién lo iba a decir —dijo Orvelino Aguilar cuando el automóvil se infiltraba por las calles de Veracruz y él pudo ver por la ventanilla algunos vendedores ambulantes que recogían sus puestos para protegerse del aguacero que comenzaba a caer en torrentes de agua polvosa y oxidada—. El general es cliente del Venus, ¡qué caray! Y además…, lo atiende Rosario, tu Rosario, amigo.

Alfonso Urbina sonrió; volteó a ver a Orvelino, con rapidez, pero su amigo no volteó; seguía mirando por la ventanilla del automóvil. Frunció el ceño mientras encendía los limpiaparabrisas:

—¡Qué buen aguacero, panzón!, apenas puedo ver.

Notó que el Buick estaba en buen estado, le daba confianza. "Un buen automóvil", pensó. La gente corría para guarecerse de la lluvia debajo de las cornisas de las casas y edificios. Un típico aguacero de principios de verano, intenso y cálido, de esos que después dejan un sopor húmedo que se transpira por los poros de la piel. Al tomar Chapultepec, el automóvil se sacudió con brusquedad cuando una de las llantas delanteras cayó en un hoyanco miserable, pero continuó indemne por la avenida. Se veían pocos autos y no tardaron mucho en tomar Reforma para llegar, en pocos minutos, a la Avenida Juárez. La Alameda Central se había convertido en un pueblo fantasma, inundada de agua, con sus charcos relucientes a la luz de las farolas, sin gente, sin niños, sin organilleros…

—Quién lo viera —dijo Orvelino—, tan recatado y orgulloso de su familia. Creo que va a misa diario, ¿no?

—Su esposa es la que va a misa diario —dijo Alfonso—. Todos tenemos debilidades, panzón.

—Sí, carajo, pero no me digas que estás los domingos en misa con tu familia, dándote aires de pureza, rezando el rosario, cuando la noche anterior estabas en un tugurio rodeado de mujeres.

—¡Já!, no creo que el general rece el rosario, panzón —dijo Alfonso.

—Lo vi una vez —dijo Orvelino—. En la parroquia de la Sagrada Familia. Estaban afuera él y su familia. No me digas… —sus ojos saltones revoloteaban inquietos detrás de sus espejuelos; se agitaba en el asiento, palmoteaba, se reía, gesticulaba—. Nomás falta que comulgue…

—A lo mejor sólo sigue la corriente. En ese partido hay un montón de rufianes que se creen muy religiosos, pero no son más que una bola de mochos que roban durante el día y rezan por las noches. ¡Qué va!

Mirando por las ventanillas del automóvil se dieron cuenta que el aguacero cobraba más fuerza. Urbina aminoró la velocidad cuando unas mujeres envueltas en rebozos intentaron cruzar la calle, pero se detuvieron. Aminoró aún más la velocidad para no rociarlas con esa agua turbia y lodosa que escurría en las calles como un río caudaloso. La intensidad del aguacero seguía igual, violenta e implacable. No dijo nada por un momento; giró el volante del auto para tomar Mesones y llegar al cruce con Bolívar. Alfonso apagó el motor y las luces del automóvil y esperaron a que la lluvia menguara un poco.

—¿Ya estará abierto, Urbina? No alcanzo a ver nada.

—Ya abrieron, panzón, te lo aseguro.

Alfonso Urbina admiraba en silencio los edificios del centro tras esa cortina de agua interminable. Ya hacía rato que había oscurecido.

—¿Apostamos, panzón?

—¿A qué?

—Si está el general o llega más tarde, tú pagas la noche; si no está o no llega, yo la pago.

—¿En serio crees que llegue el general?

—No lo sé, amigo, pero será divertido. Si te encuentras al general y a toda su tropa, vas y lo saludas y le dices: "Buenas noches, general".

—Estás loco, Urbina.

Alfonso rio a carcajadas mientras abría la puerta del automóvil bajándose con una alegría inesperada, casi como una euforia repentina. Corrió hacia la entrada del salón no sin antes pisar un charco profundo, pero no le importó: una ráfaga de felicidad lo invadió como por asalto.

Entraron al salón percibiendo la iluminación rojiza por los efectos de la alfombra y las paredes amoratadas. Rosario fue a recibirlos con una sonrisa limpia y flamante. Llevaba un vestido rojo muy ajustado, del mismo tono de la alfombra. Besó a los muchachos con cariño poniendo sus manos delicadas sobre la barbilla de cada uno de ellos. A Alfonso Urbina le dijo, cerca del oído:

—Bienvenido, amor.

—Gracias, muñequita.

—Pasen, pasen por acá, jovencitos. Síganme, por favor.

4

Lorenza Villalpando pasó por Tere Sepúlveda a las diez de la mañana para ir de compras:

—Necesito un zorro plateado, amiga; me muero por un zorro plateado.

Y luego comerían en el Prendes con Tirso Estrada. Por la tarde irían al Cine Rívoli en Santa María la Ribera.

—¿Un zorro plateado? —preguntó Tere cuando desayunaban.

—Está para morirse de envidia, Teresita, créemelo, te lo juro; es una cosa divina.

Lo llevaría a la boda de Hortensia y Juanito. ¿Por qué no se compraba uno la niña Tere? Te verías divina, bombón.

Primero irían a Madero y después al Palacio de Hierro. Dependiendo de la hora podrían ir también al Puerto de Veracruz a comprar sombreros; el día era espléndido y hacía mucho calor. Lorenza se veía fresca y elegante: llevaba un vestido floreado de manga corta y un suéter ligero que contrastaba con el estampado del vestido.

Cuando subieron al automóvil de Lorenza, le ordenó al chofer:

—A la calle de Madero, Sebastián, donde le dije.

Tere no se dio cuenta, pero, con un movimiento ágil de manos, su amiga abrió un periódico que llevaba en el asiento trasero.

—¡Mira!, la cena del sábado en mi casa, ¡salió en el *Excélsior*! —y leyó el encabezado:

"Cocktail Social. Ayer por la noche la familia Villalpando ofreció fastuoso cocktail en su formidable residencia de las Lomas de Chapultepec, sita en las calles de Sierra Nevada, en compañía de familiares y amigos, acompañados por increíbles orquestas y grupos musicales, incluyendo una deliciosa selección de bocadillos…"

Y en la lista de invitados aparecía tu nombre, Teresita, ¿lo veía?, y también aparecía el nombre de Tirso Estrada y todos sus amigos.

Tere leyó toda la nota. A Lorenza le fascinaba que sus reuniones aparecieran en los periódicos de la ciudad.

Felicidades, le dijo Tere, todo había salido perfecto, de maravilla, pero en realidad se interesó más en un aviso que estaba en la columna contigua:

"No se exponga tomando productos acerca de los cuales no sepa nada, ni busque un alivio temporal cuando haya necesidad de un buen sedante uterino, como el Nuevo Compuesto Vegetal de Lydia E. Pinkham, hecho especialmente para mujeres con saludables hierbas y raíces. Deje que el Nuevo Compuesto Vegetal de Lydia E. Pinkham desarrolle su benéfica acción y que de este modo ayude a calmar sus dolores para reducir las penas producidas por algunos desórdenes funcionales femeninos y hacer así la vida más digna de vivirse".

Nuevo Compuesto Vegetal de Lydia E. Pinkham, memorizó mientras veía cómo el automóvil tomaba Juárez para adentrarse en Madero. Y entonces llegaron, a medio día, bajo un sol intenso y un cielo claro: Madero 49.

Dentro de la tienda, Lorenza se veía graciosísima dando vueltas y vueltas frente al espejo y comenzó a revisar los otros abrigos que le habían bajado de los mostradores, sin quitarse el que traía puesto. Tere también miró y se probó uno que otro abrigo, sin mucho interés: comenzó a sentir un cólico espantoso en el abdomen. *Conseguiría el compuesto vegetal de la señora Pinkham a como diera lugar,* pensó. ¿Y si mejor iba a una botica? ¿Y si mejor buscaba a un doctor?

—¿Qué te parece este, amiga?

—Se te ve hermoso.

Lorenza iba para largo en aquella tienda calurosa y era impensable, casi imposible cancelar la comida con Tirso Estrada. Posiblemente si rezaba en silencio... *Dios mío, Dios mío, Virgencita mía...*

—¿Se traerá algo entre manos el señor Tirso Estrada, Teresita? —risueña, medio bromista, como misteriosa Lorenza Villalpando, y le guiñaba un ojo reflejada en el espejo junto al escaparate. Y entonces sí que se distrajo y se olvidó de sus molestias por algunos segundos.

—¿Algo entre manos?

—Sí, amiga —como en broma, como en secreto—. No te hagas...

—No sé de qué hablas, bombón.

Y se acercó a ella, acariciando el abrigo que acababa de probarse.

—¿No viste a Tirso platicar un buen rato con Juanito Linares? En mi casa, la cena por la noche.

—Sí, reina, pero no sé de qué platicaron.

—Yo sí sé —ya un poco más seria, pero seguía enigmática, sonriente, indescifrable—. Me lo dijo Hortensia.

—¿Y entonces?

—Pues... que estuvieron hablando de brillantes, amiguita. Largo y tendido.

—¿Y?

—¿Y? Pues que fue Tirso el que precisamente ayudó a Juanito a comprarle el anillo a Hortensia, sonsa. ¿No sabías?

—No, la verdad que no. Pero sé que Tirso sabe mucho de eso.

—¿Tendrá ya el tuyo, mi reina?

—¡No creo! Es muy pronto… ¡Vamos!

Y se alejó de ella, riéndose, hacia el mostrador de la tienda. Por fin se había decidido por un abrigo. ¡Vaya! ¡Qué cosas se le ocurrían a esta muchacha! Sí que tenía ingenio. Pagó el abrigo y salieron de la tienda. Lorenza tomó de la mano a Tere buscando su automóvil.

—Nomás nos da tiempo de ir al Palacio de Hierro, muñeca, muy rápido, porque tenemos que llegar con Tirso a las tres de la tarde. ¿Te pasa algo?

—No, nada. Vámonos, tampoco quiero llegar tarde con Tirso.

[ ]

Más de cincuenta hombres y mujeres se arrodillan en el atrio enlosado de la parroquia de Huejuquilla el Alto para recibir las bendiciones del padre Eusebio Mendoza. Las mujeres se han cubierto con sus rebozos y rezan con fervor para que sus maridos, hijos, hermanos y parientes sobrevivan al combate que está por comenzar. Algunos hombres se han quitado sus sombreros dejándolos en una hilera junto a los mezquites y arbustos que rodean la parroquia. Los fusiles verticales, sostenidos con sus manos, y con las culatas sobre el piso, semejan árboles secos que han sido despojados de sus ramas, ofreciendo un paisaje árido y estéril. Las sombras de las mujeres y niños que se han hecho presentes en aquella eucaristía improvisada se proyectan sobre las paredes descascaradas de la parroquia. En las ventanas del edificio adyacente han acomodado piedras de cantera donde el humo provocado por un incendio ha ennegrecido las paredes y cornisas de barro resquebrajado.

La mayoría de los hombres llevan camisas blancas de manta, donde los rayos candentes del sol se reflejan intensos sobre sus espaldas. El calor ardiente ha provocado sudor en sus mejillas morenas, cobrizas, arremetiendo sobre sus molleras cubiertas por pelos encrespados y endurecidos por el aire seco y arenoso. Muchos de ellos llevan carrilleras, aferrados a las carabinas y machetes; con la mirada contemplativa e hipnótica ya no sienten el dolor del piso pedregoso que se incrusta en las rodillas. El aire seco y arenoso les ha cuarteado los labios y absorbido la saliva amarga y pastosa, y los rostros son inexpresivos y uniformes, arrojando miradas espectrales hacia algún punto fijo, hacia la parroquia o hacia el cielo; rostros ásperos y contritos que reflejan el paso de las horas, sucumbidos en penitencia y arrobamiento. El silencio implacable y sepulcral se interrumpe con el murmullo cadencioso del sacerdote, monótono, apenas audible para los hombres y mujeres que están arrodillados lejos del altar. Algunos hombres han cerrado los ojos para intentar escuchar la voz unísona del párroco, acompañada ocasionalmente por los ladridos lejanos de algún perro, por los aullidos de perros fantasmales que presagian el combate venidero, cuando el llano se cubra de sangre.

Cubiertas por sus rebozos, las mujeres llevan pañoletas y rosarios en las manos, y traen en la mirada largas horas de cansancio y angustia acumulada. Sus rebozos negros impiden que se refleje la luz del sol, y algunas de ellas cierran el puño y rezan con los labios entreabiertos, dejando escapar de sus gargantas un ligero zumbido que apenas se escucha. El sacerdote de la parroquia se ha acercado a ellas para ofrecerles la comunión, caminando entre los hombres, mujeres y niños arrodillados; entonces el silencio absoluto se ha apoderado de aquel grupo guerrillero, enmudecidos por el momento sublime de la eucaristía. Reciben en sus labios la hostia que ofrece el sacerdote y se persignan con movimientos obsesivos, transfigurando sus rostros y cierran los ojos para imbuirse en su oración. Muy pocos perciben que el padre Mendoza tiene las manos temblorosas y la mirada taciturna, como si estuviera contrariado, lleno de contradicciones y perturbación.

El cuerpo de Cristo, el cuerpo de Cristo, el cuerpo de Cristo....

Concluida la comunión, el sacerdote regresa al altar para ofrendar las últimas oraciones y bendiciones. Bendice a los guerrilleros con la expresión contrita, y sólo algunos feligreses se dan cuenta de que el sacerdote comienza a orar para sí, en silencio, para que nadie lo escuche, para que nadie escuche su plegaria delirante y apesadumbrada. Los dedos entrelazados de sus manos, unidas con fuerza, y el ceño fruncido describen la turbación de su ánimo, como si lo hubiera invadido el desaliento y la desesperación. Todavía con el rostro suplicante, afligido, besa un crucifijo que ha tomado del altar y pone una rodilla en el suelo mientras su frente roza el borde de la mesa. Se persigna con los ojos cerrados y, cabizbajo, abandona el altar para adentrarse en la parroquia, avanzando impasible y de prisa, para que nadie se le acerque. Los hombres y mujeres se levantan persignándose y los soldados de Cristo Rey se aprestan a organizar la escaramuza en los descampados aledaños al pueblo de Huejuquilla el Alto.

Huejuquilla el Alto, donde comenzó todo, a punta de machete y de fusil, la tierra de los sauces verdes, del gato montés, la coralillo y el guajolote...

Huejuquilla el Alto...

[ ]

—¡Salud! —dijeron los caballeros al unísono—. ¡Que tengas una larga vida, Rosario!

—Lo mismo les deseo a ustedes, muchachos —dijo ella, levantando su copa de tequila.

Alfonso acariciaba su rostro con delicadeza, y se dio cuenta del cutis tan fino y delicado que tenía la joven. Ella se levantó de la mesa:

—Voy a recibir a otros clientes, mis amores —dijo—. Ahorita regreso.

Orvelino fumaba, y el humo del cigarrillo ascendía lentamente en forma de volutas, dispersándose en el techo.

—Es guapa la Rosario, ¿verdad? ¿No será novia del general?

—Rosario no es novia de nadie, panzón, es libre como el viento, como un pájaro que vuela libremente.

Alfonso bebía coñac, "Bar La Tour"; su garganta se abría y se cerraba con el paso de la bebida candente y destilada. Una silueta amable y voluptuosa, surgida de quién sabe dónde se detuvo al lado de los jóvenes.

—¿Me regala un cigarrillo, señor?

La muchacha era guapa, y sonreía. Tenía los ojos muy grandes, enmarcados con cejas firmes pero bien recortadas. El vestido negro entallado provocó un sobresalto en Orvelino, y giró la cintura para ofrecer el cigarrillo que le pedían. Por el rabillo del ojo alcanzó a ver la sonrisa pícara de Alfonso Urbina.

La mujer prendió el cigarrillo recogiéndose el pelo con la mano que le quedaba libre. Orvelino no pudo evitar admirar aquel cabello negro y sedoso que caía muy suave sobre sus hombros desnudos. Quiso decir algo, pero no pudo. Observó que Alfonso lo miraba con ojos inquisidores, risueños, clavando sus pupilas en sus movimientos torpes y temblorosos. La mujer se quedó de pie junto a la mesa, observando a los dos jóvenes, fumando con tranquilidad. Tenía las manos delicadas, los dedos delgados; las uñas estaban pintadas de un rojo intenso y ellos pudieron admirar su silueta delgada, desdibujada por unas caderas amplias y firmes.

—Bonito vestido —dijo Orvelino.

—Gracias, caballero —dijo ella.

El gesto de Alfonso Urbina le causaba incomodidad. Él sonrió también, dándole un trago a su cerveza.

—¿No vas a invitar a esta bella dama a sentarse con nosotros? —dijo Alfonso—. Señorita, ¿podría acompañarnos un momento?

—Por supuesto que sí. Me llamo Ana Luisa. Ana Luisa Montero.

Los dos jóvenes se presentaron y le ofrecieron la mano. Era muy joven y así tan cerca, Orvelino pudo ver que sus ojos negros tenían el mismo tono que el cabello sedoso y ondulado. Su piel era suave y apiñonada. La mujer sonrió mirando a Orvelino, ladeando un poco la cabeza y se acercó a él, rozando su mano, como por descuido, y Urbina llamó a uno de los mozos que andaba por ahí.

—Una copa para la dama, por favor. ¿Qué te gustaría tomar, linda?

—Lo mismo que tú, coñac.

El mozo asintió con la cabeza y desapareció por el pasillo. Orvelino notó que había más gente en el salón y, sin tener conciencia plena, como un instinto súbito, comenzó a acariciar el brazo de Ana Luisa, dejándose llevar por esa piel suave y delicada. Ella no dijo nada y eso le provocó más admiración. El mozo regresó con una copa de coñac sobre su charola y él aprovechó para pedir lo mismo que ella, lo mismo que tomaba Alfonso Urbina: "Bar La Tour".

¿Qué edad tendría la muchacha? ¿Diecinueve, veinte años? Mojaba sus labios cada vez que le daba un trago a su copa de coñac. Sintió deseos de pedir la botella entera y quedarse toda la noche con esa mujer.

¿De dónde venían los jóvenes?, preguntó la joven. Ella ya los había visto la otra vez. Habría querido acercarse a ellos antes, pero ellos no la habían visto, y sus pupilas arrojaban un brillo especial, como cristalino, brilloso.

—Mi amigo no tenía muchas intenciones de venir —dijo Urbina—, pero míralo ahora, con esa cara de bobo por culpa tuya.

—¿Por qué no querías? —dijo ella—. ¿Te daba miedo? Te aseguro que no te voy a morder.

—No es por eso, créeme…

—¡Ah! ¿Eres casado, amor? Es eso, ¿verdad? Eres casado y tu amigo te sonsaca con mujeres.

—¿Casado? ¡Já!, no estoy ni cerca de eso. Me casaría contigo, mejor…

—Qué gracioso eres.

De súbito, a Orvelino le cambió la expresión de la cara, como si hubiera visto un espectro informe.

¿Qué pasaba, licenciado? ¿Te sentiste mal de repente? Se acercó a Alfonso sin soltar la mano de Ana Luisa y le susurró al oído:

—No vayas a voltear la cara, pero acaba de llegar el general con su chofer y sus esbirros.

—¡No me digas! —dijo Alfonso.

Y, sin hacer caso de lo que le había dicho su amigo, giró todo el cuerpo para constatar lo que le decía. Volvió a girar el cuerpo para mirar a Orvelino con una sonrisita ácida.

—¿Por qué no vas y lo saludas?

—Estás loco, Urbina. A ver, levántate tú y salúdalo. Quiero verlo…

—Tranquilos, mis amores —dijo ella—. No es de caballeros saludar a una persona sólo para exhibirla. Los caballeros no se echan de cabeza cuando se topan en estos lugares, ¿no es así?

Los dos amigos rieron, levantando las cejas.

El maestro Adrián había comenzado a tocar un son veracruzano y el ambiente del salón tomó fuerza, inesperadamente. Algunas parejas ya bailaban sobre la tarima que estaba junto al piano. Casi todos los hombres vestían con traje y corbata; mujeres ataviadas de terciopelo que Alfonso y Orvelino no habían visto jamás, bebían risueñas, sentadas en una mesa cercana a ellos.

—Si estás cómodo conmigo…, entonces sácame a bailar, cachetoncito. ¡Tienes unos ojitos bellos detrás de esos espejuelos!

Orvelino se levantó de la mesa sin soltar la mano de Ana Luisa. Alfonso recorrió un poco su silla para permitirles el paso. Miró cómo la pareja se alejaba hacia la tarima y aprovechó para mirar de reojo a la mesa del general: Rosario se había sentado a su lado y sintió una punzada de celos cuando vio que el general le acariciaba la espalda. ¡Qué carajos importa!, pensó. Cruzó la pierna mientras disfrutaba lo que quedaba de su copa de coñac. Sonrió cuando vio a Orvelino bailar muy abrazado de Ana Luisa, apoyando su barbilla en el hombro de ella. ¿No que no venías, panzón? Ya no sería el panzón, ahora sería el cachetoncito, el panzoncito. Ya tendrían de qué reírse el resto de la semana.

Escuchando con atención los ritmos del danzón que ahora tocaba con sensualidad el maestro Adrián, sintió que dos brazos regordetes lo asían por el cuello, suavemente, y él, con amabilidad y como un reflejo instantáneo, acarició una de las manos también regordetas que lo tomaban del hombro. Sintió un aliento cálido y penetrante con olor a whisky

—¿Por qué tan solito, amor? —le dijo aquella mujer—. ¿Me invitas una copa?

Cuando la mujer lo soltó, él la miró sorprendido, con el ímpetu de huir y dejar ahí mismo a Orvelino con Ana Luisa, bailando como dos enamorados. La mujer era de caderas muy anchas y la redondez de su figura provocaba que el vestido le luciera muy ceñido. Dos hoyitos simpáticos se formaban en los brazos, a la altura de los codos. Él bebió de su copa, sin dejar de sorprenderse por esa visita inesperada. Solamente suspiró y dijo:

—Por supuesto que sí, cariño. Siéntate.

5

¿Dónde conoció a Juanito Linares? Hortensia, ¿dónde lo conoció? Pues dónde más, Lorenza, en el Club España, los papás de ella eran españoles, ahí los presentaron unos amigos de ella que también eran amigos de él, la historia perfecta, como de ensueño, y el restaurante Prendes era una vorágine humana, pasadas las tres de la tarde, mientras Tirso Estrada revisaba la carta de vinos y les preguntaba si deseaban alguno en especial.

—Tienes que ver mi zorro plateado, Tirso.
—¿Dónde lo compraste? En Madero, seguro.
—¡Pillo! Tienes buen gusto para todo.
—Ahí le he comprado como tres abrigos a mi mamá.
—¡Qué bello eres, bombón! Siempre pensando en tu madre —sonrió Lorenza.

Tere dejó de sentir dolores en el abdomen, en el vientre bajo, como si desaparecieran por arte de magia, momentáneamente, pero seguía sin apetito, un poquito desganada, ligeramente pálida, pero sonreía y seguía la plática de Lorenza Villalpando. ¿Qué zapatos le irán a mi vestido esmeralda, amiga? ¿Negros, verdes, muy cerrados, con tacón de punta? Después irían al Cine Rívoli, ¿verdad Tirso? Exhibían *Esposa del Día* con Tyrone Power, y a Lorenza le fascinaba Tyrone Power.

—¡Está hermoso el vestido de novia de Hortensia! Tere, tienes que verlo. Qué vestido tan bello.
—¿Es cierto que lo mandó a hacer? ¿A una casa? ¿En Madrid?
—¡Sí, claro, amiga! No sabes qué hermoso está. El encaje, el velo, la caída, como una cascada de seda interminable. Esta niña se va a ver… ¡bueno!

Y suspiró, profundamente, con la carta sobre el pecho, como imaginando su propia boda, ordenando ella también su vestido de novia en la casa de Madrid.

—Y él también se va a ver guapísimo —dijo Tere.

—Juanito Linares es muy guapo, amiga, como buen español, de buena cuna. Esta niña es una suertuda.

Tirso sonreía, divertido, entretenido.

—Seguro que se va a ver muy guapo el caballero —dijo—, pero hay que recordar que la fiesta es de ella, señoritas.

—No –dijo Lorenza—, es de los dos, mi rey, los dos se están casando por la buena de Dios.

—Sí, claro –dijo él—, pero la fiesta, en realidad, es de ella. El novio no es más que una figura decorativa...

Las muchachas se rieron con él.

—¡Es cierto! —dijo Lorenza.

—Muy cierto –dijo Tere—. El novio nomás está de adorno.

Tirso Estrada movió la cabeza mostrando media sonrisa. Ellas lo veían por el rabillo del ojo, como auscultándolo.

—Tirso, ¿te gustó mi fiesta de la otra noche?

—Me encantó. Nadie como tú para organizar fiestas.

—Gracias, Tirso. ¿Qué tanto platicabas con Juanito Linares esa noche?

Tere sintió un ligero puntapié en la pantorrilla.

—¿Con Juanito?

—Sí, pillo, con Juan Linares. Anda, dinos.

—Pues..., cosas de su boda.

Lorenza le guiñó un ojo a Tere, pero Tirso no la vio.

—¿Listas para ordenar?

—¡Uy, todavía no! —dijo Tere—. Veamos. Todo se ve tan bueno...

Y apenas acababa decir esto cuando sintió que regresaban esas punzadas en el abdomen, como retortijones secos, fríos, inoportunos. Palideció un poco y pensó levantarse de la mesa.

—¿Te pasa algo, Tere? —preguntó su amiga.

Ella dijo que no moviendo la cabeza. Sonrió y siguió revisando la carta. Lorenza dijo:

—No sé ni qué pedir, Tirso. Con tanta hambre… Ir de compras me da muchísima hambre. ¿A ti no, amiga?

Y Tere volvió sonreír, con un poco de esfuerzo, pero ellos no lo notaron.

—Mucho, amiga.

[ ]

—De modo que ya no eres aparcero —dijo el padre Mejía—. Ya dejaste la aparcería. Ahora estás con el ejército de Cristo Rey.

No lo había saludado. No le dio la mano, como era su costumbre. Fue lo primero que le dijo cuando lo vio entrar a la sacristía.

—Sí, padre —dijo Tomás Donaciano—. No hubo de otra. Esto se ha esparcido como un reguero de pólvora, ¿sabe? Somos miles. Si el gobierno no entiende por las buenas, entonces entenderá por las malas.

El hombre llevaba una camisa blanca de manta, con cuello cerrado. Los pantalones también eran de manta; bailoteaban, porque le quedaban holgados. Los botines estaban desgastados, ungidos con lodo y pasto, como si viniera de algún pastizal húmedo y lodoso.

—No creo que resuelvan nada a punta de balazos.

—Es la única forma, padre. Estamos bendecidos… La Santísima Virgen María de Guadalupe está con nosotros. También nos bendicen los ángeles del cielo.

—¡Vaya! ¿Has hablado con los ángeles del cielo? ¿Has estado conversando con las huestes celestiales? Te dieron su aprobación para esta guerra, para que mataras gente, soldados, gente del gobierno. ¡Vaya!

—Así es, padre. Tenemos mandato providencial. Yo ya no soy aparcero, ahora soy soldado de Dios.

—¿Soldado de Dios?

—Sí, padre. Ahora nuestro general máximo es nuestro Señor Jesucristo, hijo único de Dios.

—¡Ah, caramba! O sea que nuestro Señor te dijo que te enrolaras en el ejército de Cristo Rey.

—Tuve visiones, padre, sueños por las noches, voces...

—Ya veo. ¿Y qué va a ser de Isabel, tu esposa, y de tu hijo?

—Isabel está ayudando como todas las mujeres. Ayudan con lo del aprovisionamiento, padre. Se encargan de alimentar la tropa; hacen frente en las iglesias, organizan la propaganda, declaran la guerra. Aquí no hay pa' dónde hacerse. Me duele que no esté de acuerdo con esta santa insurrección. No se le digo como feligrés, sino de hombre a hombre, si me permite usté.

—Te permito.

—Debería entender que somos los libertadores del pueblo. Cristo es nuestra bandera, nuestro redentor. Con la ayuda de nuestra Santísima Virgen venceremos a esta punta de cabrones protestantes.

—Cuida tu vocabulario —dijo el padre Mejía, moviendo su mano derecha en señal de desaprobación—. Perdóname que insista, pero más violencia va a traer puras desgracias a este pueblo. Ustedes no son más que campesinos, arrieros, peones... ¿De dónde van a sacar tanto armamento para hacer frente a una revuelta de este tamaño?

—Usted no se preocupe por eso. No nos menosprecie. Les hemos impuesto a los hacendados ciertas condiciones, ¿sabe? El que se rehúsa lo paga muy caro, pa' qué le miento. El armamento se lo hemos quitado a algunos destacamentos que protegen las haciendas. El dinero se lo sacamos a los ricos de los pueblos y a los cochinos caciques que están del lado del gobierno. Forman una coalición, ¿sabe? Nos menosprecian… Nos humillan… Han tenido el descaro y la estupidez de armar a unos campesinos que se dicen agraristas. Los usan como carne de cañón. A estos campesinos no les interesa la revuelta, solamente les han prometido tierras.

—Sólo dime una cosa, ¿tu grupo guerrillero estuvo metido en el incendio de Los Sauces?

—¿Qué dice?

—Lo que estás oyendo. Sé que tus hombres quemaron algunas rancherías de Pénjamo, devastando la cosecha y matando gente. Hay límites, Tomás. No creo que nuestro Señor Jesucristo esté muy de acuerdo con lo que ustedes están haciendo…, y pos…

—Mire, padre, fuimos con el hacendado a pedirle una ayuda para nuestra gente. Nos recibió a balazos. Luego regresamos y vimos que tenía a unos campesinos armados para seguir recibiéndonos a balazos. En Los Sauces, ¿sabe usted? Yo nomás recibí órdenes de mi jefe, Aurelio Barrales. El ganado fue requisado, lo mismo que la cosecha. Así es la guerra, señor cura.

—¡Por Dios, Tomás! ¿También tu jefe Barrales te dijo que fusilaran a don José Escandón? ¿Que ahorcaran a don Francisco Tejeda, de Los Membrillos? ¿Qué no pueden hacer las cosas de otra manera?

—Eso se lo buscaron por estar del lado del gobierno. Nos empiezan a tener miedo y eso es lo que mesmamente queremos. Que nos tengan miedo.

—El ejército federal está muy bien organizado. Ellos son profesionales, militares de carrera; ustedes no. El ejército federal está bien alimentado. Así no se puede combatir… ¿Se la van a pasar haciendo guerrillas todo el tiempo, sabotajes, escaramuzas?

—Mire, padre, yo empecé con un escuadrón y ahora somos un regimiento. Pronto seremos una brigada. Para que sepa bien, nuestro objetivo es quitar al general Calles del gobierno y a la bola de rateros que lo acompañan.

—¿Por qué ahorcaron a don Francisco Tejeda? No creí que estuvieras involucrado en eso. ¿No te gustaría confesarte? Que Dios te perdone. ¿Acaso no trabajaste para él antes de que fueras aparcero? ¿No fuiste peón de su hacienda?

Tomás Donaciano se rascó la cabeza mientras su cuerpo se contorsionaba: su rostro dejó escapar un gesto de impaciencia, como si no hubiera querido escuchar lo que le estaba preguntando el padre Mejía.

—Escuche, padre..., es por su bien que se vaya acostumbrando a oír este tipo de cosas. El asunto está muy violento... Yo sólo vine aquí porque quiero pedirle, de la manera más cordial y respetuosa, que bendiga a mi regimiento.

El sacerdote abrió los ojos de asombro. Guardó silencio por un instante, escrutando la mirada del hombre, tratando de asimilar lo que le acababa de pedir. Afuera de la iglesia se escuchaba un rumor de voces. Sintió la presencia de una muchedumbre abigarrada en el atrio de la iglesia. Sintió miedo y desolación, como si una ráfaga de desesperanza lo inundara por todo el cuerpo, de la cabeza hasta los pies.

—Quiero que sepas —dijo el sacerdote, tragando un coágulo de saliva amarga— que Francisco Tejeda era mi amigo. Quiero que sepas que no comulgo con la forma en que ustedes están procediendo. Por las bendiciones no te preocupes... Espero que les sirvan de algo... Que Dios te bendiga y te perdone.

El padre Mejía bajó la mirada, con tristeza; sus ojos se volvieron inexpresivos y, con un gesto típico de él, comenzó a alisarse el cabello con la mano, como si no supiera qué pensar. Los músculos de la cara se tensaron y sintió que las quijadas se le endurecían, desfigurándole la cara; de forma involuntaria se le dibujó un rictus de fastidio. Ya no quería seguir hablando con Tomás Donaciano, pero dijo:

—Quiero saber por qué ahorcaron a don Francisco Tejeda. Sólo eso. Y qué fue de su familia.

—Padre..., sus hijos también están muertos.

Arrugó la frente, frunció el ceño, el padre Mejía sintió una punzada en el estómago.

—No sabía que sus hijos también estuvieran muertos. Dime, ¿qué también los ahorcaron?

—No, padre.

—¿Cómo murieron?

—Trataron de escapar, ¿sabe usted?, trataron de ir a pedir ayuda. Estaban armados con pistolas. Fueron baleados como Dios manda. Con sus cuerpos hicimos una fogata...

—¿Una fogata? ¿Era necesario hacer eso?

El padre Mejía cerró los ojos:

—Quiero saber si don Francisco Tejeda tuvo derecho a la extremaunción, si tuvo derecho a los santos óleos.

—No estoy seguro...

—Sólo quiero saberlo, Tomás. ¿Te cuesta tanto trabajo decirme qué fue lo que pasó?

—No estoy seguro, padre... No es que no le quiera dar cuentas de lo que me está preguntando, pero no estoy seguro. Además..., quiero pedirle otro favor...

—¿Otro favor? ¿No te me estarás volviendo medio soberbio y loco?

—Mire, padre..., necesitamos una cooperación. Le voy hablar con franqueza. Necesitamos que nos ayude con un poco de dinero.

El padre Mejía movió la cabeza con los ojos cerrados, pero aun así percibió la mirada agria e inquisitiva del hombre, y sintió miedo, y también un sentimiento extraño, como de absoluta desolación, algo que nunca había sentido en su vida.

—Hazme un favor —dijo, con voz cansada—, regresa por la noche. Ahorita no quiero verte ni hablar con nadie. ¡Ah!, y cuenta con lo que me pides, siempre que no me sobrepase, piensa muy bien lo que me vas a pedir, no tengo muchas opciones.

El otro no dijo nada y salió del recinto, pisoteando la duela de madera, ensuciándola con manchas de lodo y pasto.

Adiós, Almazán | 61

[ ]

Se apagaron algunas lámparas y farolas, pero Alfonso Urbina se quedó inmóvil como una estatua de mármol, sentado en su silla, con la mirada fija hacia el piso, como si estuviera recordando algo, o meditando, sin darse cuenta que ya todos los clientes se habían ido del Venus, incluso Orvelino Aguilar, y Ana Luisa Montero, y ya ni siquiera Rosario andaba por ahí: sólo tenía enfrente de él media botella de coñac "Bar La Tour" y más de un cuarto de tequila. Ni siquiera se dio cuenta que el maestro Adrián había dejado de tocar el piano. Sólo quedaban ellos dos. El maestro enfundaba el piano y preparaba su saco y algunas cosas personales para salir del salón. La noche llegaba a su fin. Tal vez...

Cuando pasó cerca de la mesita que ocupaba Alfonso se acercó a él, sorprendido:

—¡Joven Alfonso!, ¿todavía por aquí? No me había dado cuenta, discúlpame, amigo.

Y él salió de su ensimismamiento.

—¡Maestro! Aquí andamos todavía... ¡Hic! ¡Nomás usted y yo! Qué cosas de la vida, ¿verdad? Mire usté... hasta nos dejaron algunas lámparas prendidas. Qué amables, ¿no cree?

—Sí, claro. Por lo general Carmelo y yo cerramos el lugar, pero hoy se tuvo que ir temprano. Creo que era su aniversario...

—¡Salud, maestro! ¡Salud por Carmelo! Véngase pa' acá, siéntese aquí, todavía tenemos coñac y tequila. Brindemos por ese Carmelito que es el mejor hombre que existe sobre la Tierra... después de usté, claro está... ¡Hic!

—Pos nos la tomamos, mi amigo, quién nos lo va a impedir, ¿verdad?

—¡Eso es todo, maestro! Por eso lo quiero... ¡Salud!

—Por el señor Carmelo y su aniversario.

—Y por usté, maestro, que cada día toca mejor el piano.

Bebieron, alumbrados tenuemente por una lámpara de pie que estaba detrás de ellos. Alfonso le ofreció un cigarrillo al maestro Adrián y ambos fumaron en silencio.

—¿Te dejó tu amigo, Alfonso?

—Me dejó aquí, maestro, se fue hace rato. Me dejó y se llevó mi auto, ¿usted cree?

—Qué barbaridad. ¿Y cómo te vas a regresar a tu casa?

—Todavía no sé, algo se me ocurrirá, ya verá usted —y rio, estornudó, carraspeó, se talló los ojos.

—¿Se fue solo? Tu amigo Orvelino.

—Nop. No se fue solo, maestro..., por eso me pidió el auto.

—¡Ah!, entiendo...

—¿Otra copa, maestro?

—Venga. Está muy bueno este coñac.

—Sin duda... La mejor compañía cuando uno está solo, maestro, como me encuentro hoy.

—Entiendo, pero espero que mañana sea un mejor día para ti, Alfonso.

—O si no pasado, maestro.

—¡Por un futuro mejor! Y que encuentres a la reina de tus días.

Y él no pudo contener una risita ácida, punzante. Comenzó a toser y el maestro Adrián le dio unas palmaditas en la espalda. El silencio era solemne, abrumador. El salón vacío ofrecía diferentes matices, una vida diferente, mortecina, en el silencio de la soledad. El maestro Adrián sintió una ráfaga de afecto inusitado, de compasión incómoda.

—Bueno, Alfonso... Tenemos coñac, tenemos cigarrillos, tenemos tequila, y lo más importante, mi amigo... tenemos un piano.

—¡Y eso es todo lo que se puede pedir, maestro!

Las pupilas de Alfonso se desviaban inconscientemente provocando una mirada ausente y vidriosa.

—¿Quieres cantar algunas canciones antes de irnos a descansar?

—¿Seguro, maestro?

—Claro que sí, mi amigo.

—¿No se enojan los vecinos?

—¿Cuáles?

Los dos hombres soltaron una risotada estentórea. Estaban cansados, pero un destello de felicidad les inundó el ánimo.

—¡Aránquese, maestro! Yo le destapo el piano...

6

Doña Angélica posó sus ojos pálidos y taciturnos sobre las flores de migajón que le traía Amalia Prado: flores secas y frías, amarillas y azules, pintadas día tras día en tardes lánguidas y angustiosas, escuchando la lluvia interminable de las tardes de verano. También traía algunos cuadros pequeños, galletitas rellenas de mermelada y una que otra joya que había rescatado de su propio alhajero. Pero esto último no lo dijo. Las dos mujeres se sentaron en el comedor: doña Angélica en la cabecera y Amalia junto a ella. Una luz mortecina por el tiempo nublado entraba por los ventanales, iluminando a las dos mujeres con tonalidades grisáceas y opacas.

—Es una pulsera muy bonita, Angélica —dijo Amalia—. Mírala. Es artesanal, de filigrana.

—Es muy bonita, Amalia —dijo doña Angélica—. Me fascina la filigrana… ¿Te gustaría tomar una taza de café? ¿Un chocolatito caliente?

Con los anillos que había sacado del alhajero, Amalia formó una hilera junto a las pulseras de oro y plata que mostraba con orgullo y un poco de nostalgia.

—Déjame decirle a Emilia que nos traiga café —dijo doña Angélica levantándose de la silla. Cuando regresó a su lugar le preguntó a Amalia:

—¿Hace cuánto que Filomeno se quedó sin trabajo?

Amalia movió la cabeza desconsolada, preocupada; juntó sus manos regordetas sobre la mesa, entrelazando los dedos.

—¡Ay, Angélica, no quiero ni decirte! Ya lleva más de cinco meses buscando trabajo. Nunca pensamos que…

—¿No tiene nada en ciernes?

—Algunos proyectos. Algo por allá, algo por acá. Quiere trabajar otra vez en una empresa farmacéutica. Es ingeniero químico, tú sabes. ¡Qué difícil! Su hermano nos ha estado prestando dinero. Si Filomeno no encuentra nada aquí en México nos regresamos a Córdoba.

—¿Y qué haría en Córdoba?

—Trabajaría en las tiendas de su hermano. Está desesperado el pobre. Y es que con este Cárdenas, vaya, todo está muy deprimido, ¿no crees?

—Vas a ver que sí encuentra algo, Amalita —sonrió doña Angélica—. Dios proveerá. Rézale mucho a San Judas Tadeo, el santo patrono de los trabajadores. También rézale a Santa Eduviges. Es muy milagrosa. A mí me ha concedido muchos favores. Gracias a ella, Roberto y yo conseguimos el dinero para comprar el rancho Los Almendros, ya sabes, el de Tenayuca. Recé y recé todas las noches hasta que nos ayudó. Un milagro. ¿Quién sino ella, Amalia?

—Gracias, Angélica —dijo Amalia con tristeza—. Gracias, por tus consejos. Y sí... he rezado mucho.

Doña Amalia fijó su mirada en la pulsera de filigrana y acarició con suavidad uno de los anillos de plata.

—Si tú quieres, Angélica —dijo Amalia—, si te gusta la pulsera, me puedes pagar en tres partes, ¡vaya!, como tú quieras...

—Me encanta la filigrana, y la plata —dijo doña Angélica, sorbiendo su café—. Mi madre me regaló un collar precioso. De veras que es un trabajo único.

Doña Angélica revisaba y miraba las flores de migajón, y las dos mujeres se quedaron en silencio, escuchando el péndulo del reloj de pie que dividía la pared del fondo. Un rayo repentino iluminó el cuarto creando una imagen azulosa y brillante de las dos mujeres, como dos siluetas que son atrapadas por el destello de una luz incandescente. También se iluminó el cuadro antiguo que colgaba sobre una de las paredes del comedor; sus figuras religiosas cobraron vida por unos instantes, como si la luz proviniera del cuadro, y como si los tonos claroscuros del lienzo se aclararan por el destello del resplandor. La tarde languidecía, lentamente. Por los ventanales del comedor comenzó a filtrarse una luz lívida, con tonos mortecinos.

—Déjame prender una luz, Amalita, porque nos estamos quedando en tinieblas. ¿No quieres cenar algo? Emilia preparó unos tamales de dulce. Están deliciosos.

—No quiero crearte molestias, Angélica. Ya tuviste mucho con recibirme a mí… con todas estas cosas. Te lo agradezco.

—No es ninguna molestia, mujer —dijo doña Angélica. Se levantó de la silla y se dirigió a la puerta de la cocina. Cuando regresó, prendió el candil del comedor.

Amalia se quedó en silencio tratando de ver por el ventanal la intensidad de la lluvia. Por unos instantes se quedó viendo el cuadro religioso que colgaba sobre la pared. Escuchando el sonido del péndulo, tuvo la sensación de que respiraban las figuras sacras del cuadro. Sintió que el tiempo avanzaba muy despacio.

—¿Quieres otra taza de café? –preguntó doña Angélica–. ¿O una taza de chocolate caliente?

—Mejor dame una taza de chocolate caliente —contestó Amalia. Comenzó a guardar las flores de migajón en la bolsa de tela de donde las había sacado y guardó las joyas en el alhajero, dejando afuera la pulsera de filigrana—. Estoy preocupada por mi marido, Angélica, creo que se quedó solo.

—¿No se quedó con Filomeno chico? ¿O con Ernesto?

—No sé, fíjate —dijo Amalia—. Me quedo con el pendiente.

—Tómate tu taza de chocolate tranquila —dijo doña Angélica—. Al hombre no le va a pasar nada.

Las dos mujeres bebieron en silencio el chocolate caliente, servido en tazas de barro. Segundos después, Amalita hizo un movimiento para levantarse de la silla, tomando los objetos que había puesto sobre la mesa.

—Pues ya me voy, Angélica —con voz tímida, tenue—. ¿Qué opinas de la pulsera? Me puedes pagar como tú quieras.

Doña Angélica guardó silencio por unos instantes, reclinando un poco su cuerpo sobre la mesa, y con un tono pausado le dijo a Amalia:

—Ahorita, por lo pronto, me quedo con las galletitas horneadas. Me encantaron, Amalita, están deliciosas... Lo de la pulsera..., me fascina, déjame decirte, pero... esto sí quisiera platicarlo con Roberto, ¿te parece?

—Claro que sí, Angélica —dijo Amalia—. Lo que tú digas.

Doña Angélica pagó las galletitas horneadas sacando unas monedas del cajón de una consola y se despidió de Amalia con un beso en la mejilla.

La lluvia había aminorado, pero seguía cayendo, continua, monótona; había perdido fuerza al llegar la noche, y los relámpagos caían más espaciados, como si se fueran alejando.

[ ]

Los ángeles del cielo bajaron presurosos para ayudarnos a combatir aquella tarde contra las fuerzas del maligno; desplegaron sus alas radiantes como la luz del sol y nos deslumbraron con el brillo de su ejército. Yo mismo los vi bajando a través de una cortina de humo espurio, como neblina, desenrollándose por todo el cielo, dejando entrever a la corte celestial entre las nubes, filtrándose entre las nubes, comandados por San Miguel Arcángel, nuestro máximo soldado, ahuyentando a esos perros miserables con su espada de fuego, subido en un carruaje dorado con ruedas de fuego, lanzando sus llamas certeras, impregnadas de castigo y purificación. Gracias, Señor, gracias por enviar a tus santas huestes a socorrernos en esa batalla encarnizada y ayudarnos a que las tropas federales reciban su castigo, todos ellos, fieles a Belcebú, Lucifer, el ángel negro que arrojaste del cielo para escarmiento de todos tus adversarios. Alabado sea el Señor.

Yo vi a los ángeles y a los arcángeles bajar del cielo, luchar cuerpo a cuerpo de nuestro lado, ayudar a nuestro pelotón a desarmar a los soldados del ejército federal.

También vi a nuestra Señora de Guadalupe, nuestra Santísima, asomarse entre las nubes con su manto blanco y una corona dorada en su cabeza, arriba de los ángeles, mucho más arriba de los ángeles, protegiéndolos a ellos y ayudándonos a nosotros, enviándonos sus bendiciones, fortaleciéndonos entre aquella balacera, para que nuestra emboscada avanzara como la habíamos planeado.

Justo cuando un escuadrón de soldados federales fue atarantado por los disparos de nuestras carabinas en pleno desfiladero, los hombres de nuestro pelotón, que cargaban pistola y machete, se precipitaron sobre esos malditos despojándolos de su armamento, rifles largos y máuseres que cayeron en nuestro poder, igual que los caballos y algunos cartuchos, con la ayuda de los ángeles del cielo, porque no pudieron responder a tiempo a nuestra emboscada y sus cráneos fueron cercenados por el filo de nuestros machetes y sus cuerpos perforados por nuestros fusiles.

Nos apoltronamos silenciosos arriba del monte, teniendo a nuestra vista el terraplén terregoso que se divisaba en las inmediaciones del desfiladero. Durante la noche habíamos planeado cómo arredrar a las fuerzas federales. Nosotros conocemos el paraje de por acá; ellos no. Por eso los íbamos a embestir con toda la fuerza de nuestro escuadrón, cuando dieran las primeras horas de la tarde y estuvieran al alcance de nuestros fusiles. Nos sentíamos vigorosos y esperanzados, llenos de luz por haber recibido las bendiciones del padre Mendoza, que también bendijo nuestro armamento y nuestras carabinas.

Esos mismos que nos han encasillado como andrajosos y descamisados, con toda su soberbia y displicencia, con su altanería imprudente, esos mismos que nos han quitado nuestras iglesias y parroquias, ultrajando nuestra religión, los mismos que se han atrevido a desafiar *el reinado absoluto de Dios, comenzaron a gritar y correr desgañitados cuando sus cuerpos impuros comenzaron a sentir el impacto de nuestros proyectiles, traspasando sus uniformes y salpicándolos de sangre, la sangre rojiza que podía haberse evitado de no haber sido por su intimación disoluta, por su afrenta intransigente. Quisieron retraerse, pero no pudieron. Yo mismo vi cómo sus rostros se llenaron de angustia y desesperación, rodeados por el escarnio que brotaba de nuestro escuadrón.*

Los rayos del sol se reflejaron en el filo de nuestros machetes, cercenando gargantas y mutilando aquellos cuerpos, y los gritos despavoridos de los federales imploraron misericordia; pero esta guerra es santa y en la guerra santa no puede haber misericordia, porque hemos decidido reimplantar en nuestras tierras el reinado de Cristo Rey. Por eso no tuvimos misericordia.

Cuando los federales dejaron de moverse, nuestro pelotón se apresuró a asistir a nuestros soldados heridos. Perdimos seis hombres, seis: José Martínez, Onésimo Talavera, Juan Moscada, Rosendo Juárez, Fulgencio González y Feliciano Rovira. Seis hombres. Los ángeles del cielo tomaron sus almas para redimirlas ante la Divina Providencia mientras nosotros tomábamos el armamento de los federales. Nos hicimos de sus caballos y demás pertrechos y enfilamos hacia el pueblo con nuestros ropajes manchados de tierra y sangre.

Y luego vi cómo los ángeles del cielo desaparecieron entre las nubes, entre remolinos de humo y viento arenoso...

[ ]

La noche era esplendorosa y los jóvenes salieron felices de la Arena Nacional. No había llovido y el cielo azulado mostraba una bóveda limpia saturada de estrellas. Para redondear la noche, cenarían en el Puerto de Tampico: camarones al ajillo con pescadillas fritas y cerveza helada. Todavía recién llegados al restaurante siguieron con su plática atolondrada y pueril, con la cerveza en la mano y picando totopos bañados en salsa de chipotle.

Todo iba bien hasta que Joaquín Ardura le preguntó a Alfonso Urbina si el general Almazán era su gallo.

—Mi querido Joaquín —le dijo—, Almazán no va a ganar las elecciones, no va a llegar a la presidencia, ni de casualidad. Lo siento mucho, de verdad.

Los ojos de Joaquín Ardura se posaron filosos sobre los de Alfonso, y la sonrisa de su boca se tensó en la comisura de sus labios. Era de complexión robusta y su caballera castaña, casi rubia, hacía juego con sus azulados ojos, dándole un aire de aristócrata.

—¿Y tú cómo sabes? ¿Eres astrólogo o vidente?

Orvelino Aguilar los miró divertido y aprovechó para pedirle al mozo una Carta Blanca bien fría, lo más fría que se pueda, don, que de tanto gritar en la Arena Nacional nos ha dado mucha sed.

—No, no va a ganar, Joaquín. El gobierno no va dejar que Almazán sea presidente de México. El PRM no se va ir, punto.

—Estás muy equivocado, compadre, o fuera de la realidad. ¿Qué no lees el periódico? El general Almazán está imparable en toda la República, lo apoyan todos los mexicanos, es la salvación de este país.

—Querrás decir la salvación de la clase media y los burgueses, de los empresarios ricos que hicieron su fortuna a costa de la Revolución, igual que él.

—Precisamente, amigo, precisamente…, tú mismo lo estás viendo sobre tus narices. Fíjate…, una persona humilde, hijo de artesanos, que siempre sale airoso de los avatares de una revuelta nacional y que más temprano que tarde llega a entender de negocios y llevarlos a buen camino. Eso es tener éxito, Urbina.

Además, nadie puede negar sus habilidades, primero como soldado de la Revolución y luego como empresario y político. ¿Cómo te explicas que durante la Revolución lo hayan querido fusilar en múltiples ocasiones y siempre haya salido airoso?

—¡Bah! Eso no demuestra sus virtudes, mi amigo, sino su inconsistencia y mezquindad.

—¡Mezquindad! ¿Mezquindad? ¡Joven mozo!, tráigame otra cerveza, por favor.

Orvelino bebía su cerveza feliz, como si todavía estuviera en la Arena Nacional, disfrutando de la lucha libre. Sentía que el líquido espumoso y helado bajaba refrescante sobre su garganta. La bebida perfecta para aquella noche calurosa. Él solito se había terminado los totopos y la salsa de chipotle que les habían puesto en la mesa, y ahora arremetía sobre el pan con mantequilla y llamaba nuevamente al mozo para pedirle unas chalupas con salsa verde.

—Si Almazán no gana —sentenció Ardura—, va a haber otra revolución en México.

—No me hagas reír, compañero. Aquí no puede haber otra revolución si los gringos no nos dan permiso. ¿Por qué crees que el general Cárdenas no apadrinó a Múgica?

—Porque estamos hasta la madre de comunismo, compadre, de gobiernos anticatólicos. Necesitaba un contrapeso para tranquilizar a la clase media y que la gente siga viendo al PRM como una opción viable. Sólo que esta vez Almazán está imparable, Alfonso.

—Vamos, vamos, tú no sabes de lo que es capaz el PRM. No sean inocentes, por favor, es cuestión de logística. Almazán puede prometer muchas cosas, pero no las va a cumplir, tú mismo sabes que siempre ha demostrado destreza pa' jalar donde mejor soplan los vientos.

—Urbina, la inestabilidad nunca estuvo ni ha estado en la personalidad de Almazán, sino en la situación política del país, ¡por favor!

Orvelino le acercó a Joaquín los pambazos jalapeños que había estado saboreando él solo, no solamente para que no se los terminara él, sino para que Joaquín Ardura se aplacara un poco: había empezado a palmotear y a levantar demasiado la voz. Después de darle un mordisco a uno de esos pambazos, mirando a Alfonso Urbina con ojos inquisitivos, Joaquín continuó:

—¿Sabes una cosa?, la lealtad de Almazán por los ideales democráticos de los Serdán lo redime de cualquier cosa, cualquier tendencia política, cualquier traspié. Es más, su anticarrancismo también lo reivindica de cualquier otra cosa.

—¿Ah, si? —exhaló humo de su cigarrillo Alfonso Urbina—. ¿Cómo justificas que haya trabajado para Victoriano Huerta?, uno de los máximos traidores que ha habido en este país. ¿Pus no que muy cercano a Aquiles Serdán, a su hermano Máximo?, ¿no que muy maderista?, ¿no que muy antiporfirista, muy zapatista? ¡Por favor!

—Carajo, Urbina, deberías entender el contexto histórico de todo eso. Te explico. No hay duda de que Almazán apoyó a Madero, siendo muy amigo y seguidor de Aquiles Serdán, ¿no es así?

—Cierto.

—Cuando comenzó la Revolución, Almazán tomó la penitenciaría de Puebla, ¿estás de acuerdo?

—No hay duda de eso, mi amigo.

—Cuando sitiaron la casa de Aquiles Serdán, en Puebla, Almazán trató de entrar a la casa, arriesgando su vida. Escucha esto: *arriesgando* su vida, ¿ajá? Como era estudiante de medicina, intentó que atendieran a Serdán en el hospital militar. Dime, Urbina, ¿ese acto heroico y de lealtad absoluta no justifica cualquier cosa del general Almazán, dentro de su carrera política y militar? Es más, Urbina, seguramente no lo sabes, pero Almazán intervino en las autopsias de Aquiles y Máximo Serdán.

—Eso no me consta...

Adiós, Almazán | 73

—¡Fue cierto, carajo! ¿No te parece conmovedor, magnánimo, generoso? ¿Eh? Cualquier otra cosa que me quieras decir lo redime.

Alfonso Urbina se rascó la barbilla; parpadeó, esperando a que Joaquín Ardura continuara con su apología.

—Como empezaron los balazos, Almazán fue a Estados Unidos para organizar una invasión en Guerrero. Por falta de armamento, los maderistas le encomendaron que se uniera a Carranza como jefe de servicios médicos en una expedición que avanzaría desde el norte de México hasta la ciudad de México... ¿Ajá?

—Ahí empezaron los problemas con Carranza —dijo Orvelino Aguilar, levantando el dedo índice—. Creo que se dio cuenta que el viejo barbón traía sus propios planes, ¿no?, sus propias ambiciones. Traía arreglos con Bernardo Reyes, seguro.

—Realmente no sabemos por qué se enemistó con Carranza —dijo Alfonso Urbina.

—Bueno —dijo Joaquín—, cualquier cosa que haya sido, ¿no?, te lo digo, eso también lo reivindica. Ahí tienes: nunca fue carrancista. *Ahí* mismo está la congruencia que tanto discutes.

—Alguna congruencia había que encontrarle, mi amigo —sonrió Alfonso Urbina.

—Carajo, Urbina, a fuerzas tienes que encontrar el frijol negro en el arroz —exasperado, Joaquín Ardura, mirando a las otras mesas, y entonces hizo una mueca de disgusto y puso las manos sobre sus rodillas. Alfonso, sin decir nada, le dio un mordisco a la chalupa que tenía en su plato y que se había enfriado de tanto tenerla ahí.

A diferencia de sus dos amigos, Orvelino seguía sintiendo mucho apetito, como si tuviera un agujero en el estómago. Ladeando un poco el cuerpo, sin querer interrumpir la conversación, llamó al mozo para ordenarle un estofado de pollo. Alfonso Urbina lo volteó a ver abriendo mucho los ojos y levantando las cejas: te vas a enfermar con todo eso, panzón, en el coche traigo sal de uvas por si necesitas.

Eran más de las nueve de la noche y un aire tibio rondaba por el interior del restaurante; un aire tibio impregnado del olor a pescado y pollo frito, aceite de maíz, vinagre, clavos de olor, pimientas negras, jitomate asado, cebolla, orégano, alcaparras, mantequilla y mariscos. Joaquín Ardura había dejado en su plato un pambazo jalapeño sin terminar y aprovechó la pauta para ir al baño: con permiso, señores, 'orita regreso.

Los otros dos se quedaron sentados en la mesa mirándolo alejarse en dirección del baño. Desapareció por la parte trasera del restaurante.

Alfonso Urbina se acercó a Orvelino como si fuera a revelarle un secreto. Puso su mano en el hombro y le dijo:

—A ver, maestro, ¿qué hiciste con Ana Luisa el otro día en el cabaret que tuve que tomar un taxi?

Orvelino no contestó; sonrió un poco, apagando en el cenicero su cigarrillo a medio terminar.

—Está guapa la señorita, ¿verdad? La volví a ver al día siguiente, compadre… Gracias por dejarme tu carro, por cierto. Yo creo que terminando esta cena va a ser momento pa' que regresemos al salón, ¿no crees?

—¿Y que me dejes otra vez sin coche? Yo creo que más bien te vas al carajo, ¿no?

Cuando Joaquín regresó del baño, frotándose las manos como si tuviera frío y sentándose muy despacio a la mesa, continuó con su plática:

—Los avilacamachistas, como tú, Urbina, dicen que nosotros, los almazanistas, somos reaccionarios. Pero a estas alturas del partido, compadre, son ustedes los reaccionarios, los irracionales.

—Momento, momento —levantó la mano Alfonso Urbina—. No me confundas. Tampoco soy avilacamachista. Dios me libre. ¡No me jodas!, un hombre totalmente gris, sin ideario político, títere de Cárdenas... ¡Por favor!

—¡Vaya! Lo típico en ti: un hombre que no se compromete con nada. ¡Un iconoclasta!

Orvelino Aguilar notó que Joaquín Ardura comenzaba a dar señales de ebriedad. Tenía los ojos rojos, vidriosos, y la lengua se le comenzaba a trabar. Él también se sentía un poco mareado, pero decidió ir por los tequilas y pedirles unos a sus amigos.

—Mis ideas políticas no están sujetas a discusión esta noche, Ardura. Mejor dime: ¿cómo es que Almazán se le volteó a Madero y comenzó con sus perfidias?

—Te pido más respeto por el general Almazán —dijo Joaquín Ardura—. No se vale hacer descalificaciones.

Los ojos vidriosos de Joaquín se posaron con fiereza sobre la humanidad de Urbina.

—¡Salud, amigos! — dijo Alfonso Urbina—. Sin descalificaciones, por favor.

—¡Salud! —dijeron al unísono Joaquín y Orvelino, levantando sus botellas de cerveza vacías, en tanto esperaban las copitas de tequila que habían pedido.

—No es precisamente antimaderismo, compadre, no es eso, simplemente... el general Almazán... me pongo de pie... —y así lo hizo, sentándose enseguida—, obviamente... se amistó con el general Zapata..., y tan es así que juntos arremetieron contra Ambrosio Figueroa, servidor de Díaz, allá, por los rumbos de Morelos. ¡Hic!

—Ajá, así fue —dijo Alfonso—. Entonces..., como podemos ver..., y según así parece..., ¡ora resulta que el general Almazán era de izquierda cuando era un jovenzuelo pendenciero y hoy por hoy representa, por mucho, los intereses de la burguesía y la clase media! ¡Fíjate nada más! Qué cambios da la vida, ¿no?

—La vida es como la ruleta, Urbina —dijo Orvelino.

—¡Chiiiist! –exclamó Joaquín—. ¡Silencio los dos! Primero, ¿qué no estabas de mi parte, pinche panzón? Segundo, todos sabemos por qué Zapata se alebrestó contra Madero, ¿cierto? ¡La cuestión agraria, amigos! ¡He ahí una línea de pensamiento congruente en el general Almazán!

—Una pregunta, Ardura —dijo Alfonso Urbina, poniendo cara de interrogación—: ¿Qué no los maderistas nombraron a Almazán, perdón, generalísimo Almazán, una especie de comisionado para legitimar a Zapata como caudillo de la Revolución en Morelos?

—Claro, maestro —dijo Joaquín, poniendo cara de fastidio—, pero eso fue antes, antes de que surgiera el problema agrario. Es que el Plan de San Luis no resolvía la cuestión agraria, carajo.

—Más bien nada, ¿no? —interrumpió Orvelino.

—El general Almazán prefirió seguir al lado de Zapata —continuó Joaquín—, es natural, un muchacho idealista, comprometido con sus ideas, las de Zapata… El maderismo ya no le convencía… Es natural…, vaya…

—Lo que me extraña, Ardura —dijo Alfonso Urbina—, lo que no entiendo, es que luego…, poco tiempo después…, ¡el general Zapata haya querido fusilar a Almazán! Está muy raro, ¿no crees? A ver, dinos, ¿'ora con quién se amistó para escabullirse de esa?

En lugar de responder, Joaquín Ardura se terminó de un solo trago la copita de tequila que había estado baileteando entre sus manos. Sus amigos hicieron lo mismo y Orvelino ladeó una vez más el cuerpo para pedir otra ronda de tequilas.

—Lo traicionaron, Urbina —dijo de repente Joaquín Ardura, saliendo de su ensimismamiento—. Lo traicionaron. Fue… una especie de contubernio entre los soldados zapatistas y los criados de Madero.

—Ajá.

—Madero lo metió a la cárcel —continuó Ardura—. Y eso que eran amigos, ¿eh? ¿Te das cuenta? De alguna forma había que apaciguar a ese muchacho enjundioso, ¿me entiendes? ¡Estaba joven, Urbina!

—Explícame lo del contubernio —dijo Alfonso— Y si me convences... te juro por mi mamacita santa que votó por Almazán.

—Te estás burlando, ¿verdad? Te estás burlando de mí, ¿verdad?

—¡No! No me estoy burlando, Ardura. ¡Cálmate! A ver, haz de cuenta que soy un perremista empecinado, al que tienes que convencer de las bondades del PRUN y del general Almazán.

—Es que eres precisamente *eso*, cabrón, un asqueroso perremista, un avilacamachista deleznable.

—¡Cálmate, Urbina! —irrumpió Orvelino—. Deja de decir estupideces y mejor contesta lo que te pregunta Urbina.

—¡Tú cállate, cabrón! No tienes ni idea.

Orvelino sintió una punzada dolorosa en el estómago, justo donde termina el esófago. Cerro los puños para contener la cadena de insultos que en ese momento cruzaron por su mente para expulsarlos —¿vomitarlos?— sobre la persona de Joaquín Ardura. La expresión de su cara se transformó abandonando el gesto amable y divertido con el que había llegado al restaurante, adquiriendo un tono sombrío, enfadado. Respiró hondo y quiso recuperar el buen humor, terminándose de un solo trago la copa de tequila que tenía entre sus manos.

—Calma, calma –dijo Alfonso Urbina—. A ver, Ardura, explícame lo del contubernio. ¿Cómo es que Zapata mandó ajusticiar a Almazán? ¿Cómo se escabulló nuevamente ese intrépido muchachote de un merecido fusilamiento a manos de los soldados de su compadre?

—¿En qué habíamos quedado, Urbina? —dijo Joaquín.

—'Ta bien, compadre —dijo Alfonso—. Disculpe usted.

Joaquín Ardura puso los codos sobre la mesa y juntó las manos como si fuera a decir una oración:

—Fueron las intrigas, los cochinos chismes, los malditos rumores. Fue el propio Almazán quien presentó las demandas de Zapata cuando De la Barra aceptó llegar a una tregua con él, ¿ajá? Pero Zapata había hecho muchos desmanes, mucha rapiña, mucho bandolerismo. Es obvio…, tenía que pagar los daños, pero no quiso. Continuó con su revolución.

—Me imagino —lo interrumpió Alfonso Urbina—. Almazán tenía arreglos con Zapata y con el gobierno de De la Barra, y seguramente con Madero. Típico, compadre.

—No me interrumpas, Urbina, estoy tratando de explicarte qué fue lo que pasó. —Joaquín le dio el último trago a su copita de tequila y continuó—: Almazán planeó con Zapata para que compraran armamento en Estados Unidos. ¡Hic! Tenía que convencer a Pascual Orozco para que se pasara del lado de Zapata y luchar contra Madero. La suerte estaba echada, Urbina. Entiende, entiéndanlo los dos, Almazán ya no era maderista.

—¿Cómo le iba hacer Almazán para ir a Estados Unidos? —dijo Alfonso Urbina—. A ver, ¿cómo? Seguro tenía arreglos con el gobierno de De la Barra, ¿no?

—Eso no importa, Urbina —se desesperó Joaquín Ardura—. Su posición junto a Zapata estaba bien firme. Seguía luchado por sus ideales. ¿Dónde está la incongruencia?

—Todo el mundo sabe —interrumpió Orvelino— que Madero le ofreció dinero a Almazán para que 'ora se le volteara a Zapata. Deberías decirlo con franqueza, Ardura. No estás hablando con imbéciles…

—¡Tú qué sabes, pinche panzón! —levantó la voz Joaquín Ardura—. ¡Tú qué sabes! 'Ora resulta que conoces todos los detalles de la vida del general Almazán y los pones en tela de juicio, ¿no? ¡Vete a la mierda!

—El hecho de que vaya a votar por Zapata —contestó Orvelino—, digo, por Almazán… no quiere decir que me ponga una venda en los ojos, maestro. Todos sabemos cómo son los políticos. La política es una mierda.

—¿De qué te encabritas, compadre? —dijo Alfonso Urbina, dirigiéndose a Joaquín Ardura—. Aquí lo tienes. En esta mesa estamos sentados tres tipos de los cuales dos, seguro, van a votar por Almazán, seguro, y sólo te falta convencer a uno. A mí.

—Me importa una mierda si votas por Almazán o no, vételo sabiendo. Me importa una caca de perro si votas por Almazán, porque, ¿sabes una cosa, imbécil?, de todas formas va a ganar, va a ganar con tu voto o sin él. Almazán va a ser el próximo presidente de México.

—No estés tan seguro —dijo Alfonso—, un voto puede ser la diferencia. Yo te garantizo el mío si me convences. Te lo firmo en esta misma mesa.

—Síguete burlando, Urbina —amenazó Joaquín Ardura—. ¿Nunca te han partido la cara? ¿Nunca te han partido esa narizota de judío marchante que tienes en tu carita de hipócrita que no pierde oportunidad de reírse de los demás?

—Antes de que me partas la cara, o la nariz, o lo que quieras —rio Alfonso Urbina—, explícame lo del contubernio. ¡Explícame por qué Zapata mandó fusilar a Almazán!

El mozo que los había estado atendiendo se acercó a la mesa para preguntarles si deseaban pedir algo más porque el restaurante estaba por cerrar. Los tres jóvenes protestaron al mismo tiempo y le pidieron al mozo que en vez de copitas de tequila, mejor les trajera la botella. Le dijeron que sería recompensado con la mejor propina del mundo. El mozo les contestó que tenían que cerrar el restaurante, que no se trataba de la propina o alguna otra cosa, que ésa era su casa y que podían regresar cuando quisieran. Los tres jóvenes insistieron en quedarse ahí adentro. Incluso, llamaron al capitán de meseros para insistirle en lo que pedían.

Joaquín Ardura aprovechó para levantarse al baño otra vez mientras Alfonso Urbina y Orvelino Aguilar prendían tranquilamente otros cigarrillos. El mozo regresó a la mesa con la botella que le habían pedido. Los jóvenes festejaron el detalle magnánimo y juraron dejarle la mejor propina de su vida.

—¿Cómo ves, compadre? —se acercó Alfonso Urbina a Orvelino, poniendo la mano sobre su hombro y llenando las copas de tequila—. Me llevo a Rosario a Veracruz, ¿sí o no?

—¡Qué más da! —dijo Orvelino—. ¡Salud, Urbina! ¡Llévatela de paseo!

—Sí, ¿verdad? ¡Qué más da!

—Oye, ¡chist! Ahí viene de regreso tu dizque compadre. Ya no lo hagas encabritar, por favor. Ten cuidado…

Joaquín Ardura regresó a la mesa tambaleándose. Alfonso y Orvelino voltearon a ver a su amigo percatándose de que se había rociado la cara con agua, como si hubiera puesto la cabeza bajo el grifo del lavabo. Traía los ojos llorosos por el humo del cigarro, el rostro desencajado y taciturno. Se había aflojado el nudo de la corbata y el saco de su traje estaba muy arrugado. Cuando se sentó a la mesa parecía tranquilo, pero poniendo la mano sobre el hombro de Alfonso Urbina le dijo muy enfadado y con tono amenazador:

—¿Quieres que te explique lo del contubernio, Urbina?

—Sigo esperando, compadre —contestó Alfonso—. No me he ido. ¿O sí?

—¿Quieres que te explique lo del contubernio? —repitió Ardura—. Mira, qué te parece si 'ora que gane Almazán la presidencia te explico lo del contubernio.

—¡Já! Mi voto puede ser fundamental, Ardura —rio Alfonso Urbina—. Qué tal si el general Almazán pierde por un voto: el mío. No me has convencido todavía.

—Yo no tengo que convencerte de nada —refunfuñó Ardura—. Tú puedes votar por quien se te dé tu regalada gana, ¿sabías? Puedes hacer lo que te venga en gana, ¡pinche avi…, avu…, a-vi-la-ca-ma-chista de mierda!

Y como si no hubiera escuchado los insultos que le restregaba en la cara Joaquín Ardura, Alfonso comenzó a reírse a carcajadas

Adiós, Almazán

mostrando toda su dentadura blanca y los tejidos más recónditos de su garganta. Palmoteó divertido varias veces sobre la mesa provocando que la botella de tequila se tambaleara con brusquedad a punto de caerse sobre el mantel. Orvelino Aguilar alcanzó a asir la botella hábilmente impulsado por un reflejo automático. Con el cuerpo agitado, por la risa espasmódica, Alfonso Urbina alcanzó a decirle a Joaquín:

—…y todavía falta que me expliques cómo compró a Almazán el borracho de Victoriano Huerta, digo, si los tequilas no te han nublado la mente, la memoria y la razón.

Joaquín Ardura no contestó. Orvelino Aguilar sostenía la botella de tequila e intentaba quitar las arrugas del mantel cuando en ese mismo instante, Ardura se levantó de la mesa y le propinó a Urbina un puñetazo implacable en la quijada, tan contundente que lo hizo caer de espaldas al suelo, llevándose consigo la silla, el mantel y las copas de tequila que quedaban sobre la mesa. Los mozos del restaurante voltearon a ver la escena, asombrados; escucharon el ruido aparatoso que hicieron la silla de Alfonso cuando golpeó el suelo y las copas quebrándose en mil pedazos. Como si tuviera un resorte en las piernas, Orvelino se levantó de su silla con la botella de tequila en la mano sin creer lo que sus ojos estaban viendo. Le gritó a Joaquín Ardura que se calmara y que se estuviera quieto, pero tampoco pudo evitar que, ya de pie, con la punta del zapato, le asestara a Alfonso un puntapié a la altura de las costillas, que lo hizo gemir de dolor. Con la ayuda de los mozos, Orvelino alcanzó a sujetar la humanidad corpulenta de Joaquín Ardura antes de que suministrara otro puntapié.

—¡Quítenme a este animal! —gritó Urbina—. ¡Hijo de…!

—¡Ya estate! —gritó Orvelino sujetando por la espalda a Joaquín Ardura, asistido por los mozos del restaurante. Entre todos, con mucho esfuerzo y a punta de jaloneos, lograron sacar a Ardura del restaurante. Afuera, Orvelino alcanzó a ver el rostro furioso de Joaquín, bufando como un toro embravecido. Uno de los mozos corrió dentro del restaurante para tomar el saco y el sombrero del joven embravecido, pidiéndole que se fuera, que ya no ocasionara más problemas. El muchacho rabioso se puso el sombrero de mala gana y le arrebató al mozo su saco, para después alejarse muy deprisa por las calles de Tampico, desapareciendo como un espectro nocturno.

Cuando Orvelino se cercioró de que Joaquín se había ido, corrió hacia Alfonso Urbina preguntándole ¿estás bien, compadre? Te dije que no hicieras encabritar a este cabrón.

—Este tipo está loco —gimió Alfonso Urbina.

Muy adolorido y cerciorándose que la nariz no le estuviera sangrando, sintiendo la quijada hinchada y enrojecida por el puñetazo, Urbina logró ponerse de pie, asiéndose de la silla y del brazo de su compañero que lo ayudaba a levantarse. Ya de pie, se apoyó contra la pared sacando su pañuelo para limpiarse el sudor de la cara. Con la expresión acongojada, Orvelino sacó su billetera de unos de los bolsos del pantalón para pagar la cuenta.

—Yo pago, yo pago —dijo Alfonso, atarantado por los golpes—. Disculpen, señores. Por favor…, discúlpenos.

Uno de los mozos corrió a la cocina para regresar, segundos después, con un pedazo de hielo envuelto en una servilleta, presuroso, tembloroso; se lo alcanzó a Alfonso Urbina quien lo tomó agradecido, poniéndolo sobre su mejilla amoratada. Disculpen, señores, disculpen. Vámonos, panzón, este hijo de puta debería ser boxeador en vez de político. Y Orvelino: te dije, compadre, te lo dije.

Cuando se dirigían al automóvil de Alfonso Urbina, caminando sobre la acera de Tampico, sintieron el aire amable de la noche. Iban despacio porque Alfonso estaba muy adolorido y se sujetaba del brazo de su amigo. Orvelino seguía sorprendido, desconcertado, y sintió que la borrachera se le había diluido por completo. Joaquín Ardura había desaparecido como una sombra fantasmal.

Ya más tranquilos y haciendo pausas en su recorrido, Orvelino tomó del brazo a Alfonso Urbina para que pudiera andar sin tanta dificultad. Sonriendo apenas, le dijo:

—Ardura está muy loco, compadre. Me consta y te lo dije. Es muy fanático. Nunca es bueno hablar de política con los amigos.

—Ese pendejo nunca ha sido mi amigo. Vámonos. Ahí adelante está el carro.

7

Un río de gente llenaba los corredores de La Merced, arrojando un vapor húmedo y seboso, entremezclado con el olor de las flores; doña Angélica y Teresa caminaban con dificultad, cargando bolsas de yute llenas de verdura y fruta fresca. Emilia caminaba detrás de ellas, cargando bolsas también, tratando de esquivar los fuertes empellones que recibía de la multitud que se movía confusa, a contracorriente, en sentido contrario al que intentaban avanzar las tres mujeres. El vapor húmedo y cálido que despedía la multitud se atenuaba con el olor fresco de las flores que se exhibían en los puestos del corredor: azucenas, gardenias, rosas, malvones rojizos y blancos, crisantemos, despidiendo sus fragancias dulces y perfumadas. Teresa respiró hondo y en esos momentos, olvidándose del gentío abigarrado, admiró los arreglos florales que se exhibían en cada uno de los locales. Se maravilló también con las flores artificiales que se exhibían en algunos locales, espigas y follajes para los arreglos y centros de mesa. También había listones de manta y de yute, canastas de mimbre, floreros de cerámica y barro, todos ellos decorados al gusto de los marchantes que agitaban sus brazos detrás de los tendajos, ofreciendo los mejores precios, invitando a la clientela agarrotada y confusa:

—¡Pásele por acá, señito, pásale por acá, acérquese, llévese la docena!

—Voy a comprar crisantemos —dijo doña Angélica—. Luego, nomás compramos chile morita y cascabel y nos vamos a misa. Quiero ir a la iglesia de la Purísima Concepción a dejar flores y prender unas veladoras. ¡Caramba, nos hacen falta más brazos y manos para cargar tanta cosa!

Doña Angélica abrió su monedero y pagó los crisantemos. Continuaron caminando hacia los pasillos donde estaban los locales de especias. Teresa notó cómo cambiaban los olores y abandonaban el aroma fresco de los estantes de flores. Se sintió aturdida, de repente, escuchando que Emilia se espantaba al ver una rata andar de prisa por uno de los estantes en donde vendían alfajores y tarugos. Ahora olía los dulces que se exhibían en los tendajos y no pudo evitar un mareo leve que le nubló la vista por segundos. Las tres mujeres habían llegado al mercado muy temprano. ¿Cuántas horas habían pasado ya?

Emilia se detuvo discretamente a comprar dulces de cajeta mientras doña Angélica y Teresa seguían caminando buscando los locales de especias. Cuando llegaron a los estantes donde vendían todas las variedades de chiles, Teresa respiró hondo dejando las bolsas en el piso; se arregló el cuello de la blusa y pudo ver que el marchante del local asomaba dos ojillos curiosos y vivarachos entre los cajones y bolsas de periódico donde estaban dispuestos los chiles.

–Tengo ganas de hacer mole —dijo la señora Angélica mientras regateaba con el marchante del local.

Tere sonrió mirando a su madre, que una vez más abría su monedero, despacio, parsimoniosa, y contaba las monedas y billetes con sus manos regordetas, con el cuidado y atención de una mujer frugal que cuida hasta el último centavo. Ella era la que iba a la Merced, al mercado de San Juan, a la Viga, jamás mandaba a Emilia o a Hilario; era ella la que iba a los mercados ambulantes, a las tiendas del centro, siempre dispuesta, como si fuera una diversión, el escape necesario de su vida diaria. Llevaba puesto un vestido de manga larga, almidonado, de color gris con cuello chino. De alguna forma, el tono del vestido combinaba con el color grisáceo de sus cabellos, recogidos en un eterno chongo discreto.

—Nomás que me diga tu papá qué día va ir a comer a la casa entre semana para prepararle el mole. Con eso de que anda bien ocupado...

—Prepáralo de todas formas, mamita.

Sin perder la concentración, doña Angélica sonrió mientras metía las bolsitas de periódico que contenían los distintos tipos de chiles, cuidando que no se desperdigaran dentro de las bolsas de yute. El pasillo del mercado seguía lleno de gente; hombres, mujeres y niños caminando despacio, como si formaran parte del mismo ritual.

Ahora volvían a esquivar empellones y pisotones mientras buscaban el pasillo de salida. Afuera de La Merced las esperaba Hilario en el Buick de la señora Angélica. Antes de subirse al automóvil, se detuvieron en un puesto de la calle para comprar agua de horchata. Estaba fresca y muy dulce. Un camión de pasajeros se detuvo enfrente de ellas arrojando humo negro por el escape. Las llantas chirriaron con aspereza al dejar de girar y las tres mujeres tomaron sus bolsas del mercado para dirigirse al automóvil, estacionado al lado de una hilera de camiones de carga, llenos de cajas y bolsas, donde una multitud de hombres con sombreros de paja iban y venían bajando los cargamentos rumbo a las inmediaciones del mercado. Hilario se acercó a ellas para ayudarlas con las bolsas, mientras las mujeres se subían al automóvil de prisa, temerosas de ser arrolladas por algún chofer distraído. Cuando finalmente arrancaron, las tres mujeres comenzaron a reír por la sensación de descanso y tranquilidad del interior del auto, y la felicidad de estar sentadas después de haber caminado durante más de dos horas recorriendo los puestos y locales del inmenso mercado. Emilia llegó a sentir que en algún momento iba a ser devorada por tanta gente y por tanto ruido, por los mercaderes y los tendajos, y ahora, la sensación de estar sentada en el asiento trasero del automóvil le traía la idea de haber renacido súbitamente a una vida nueva.

Como era domingo, había mucha gente caminando en la Plaza de Tlaxcoaque, niños jugando alrededor de los árboles y parejitas enamoradas comprando elotes con crema y dulces de mango. El cielo estaba limpio de nubes y los rayos del sol se filtraban incandescentes entre los edificios y las ramas de los árboles.

Dentro de la iglesia, las tres mujeres se sentaron muy juntas, rozando sus rodillas y sus hombros. Habían llegado a tiempo: todavía no se leía el evangelio y el sacerdote leía una de las cartas de San Pablo que Tere no entendió nada. Se levantó de la banca y le dijo a su madre que iría a confesarse. Alcanzó a ver que doña Angélica sostenía entre sus manos dos veladoras pequeñas. En el suelo había dejado el ramo de flores.

El confesionario le pareció oscuro y frío. *Yo confieso ante Dios que he pecado mucho, de pensamiento, palabra, obra y omisión...* Sintió una soledad indescriptible, *Ave María Purísima*, como si sus palabras sonaran huecas dentro del confesionario, como si fuera otra persona y no ella la que estuviera allí, *sin pecado original concebido...*

Después de su confesión se sintió aliviada y feliz. Estaba libre de pecados, y Dios la había perdonado. Fijó su mirada en la Virgen María y el niño santo. Pensó en lo milagroso que podía haber sido una concepción inmaculada, el milagro inconmensurable que sólo podía venir del Altísimo.

La paz sea con vosotros... y con vuestro espíritu...

Besó a su madre en la frente y le tendió la mano a Emilia con afecto, y ambas mujeres sonrieron, y Emilia estiró su cuerpo para ofrecerle su mano a doña Angélica, que rozó apenas y también le sonrió.

Después de ingerir la hostia que le había ofrecido el sacerdote, *el cuerpo de Cristo*, doña Angélica se acercó a la banca donde habían estado sentadas, y recogió las veladoras y el ramo de flores para dejarlos junto a la imagen de la Virgen María, ligeramente empotrada en uno de los pasillos de la iglesia. Con mucho cuidado, prendió las dos veladoras y se puso a rezar, mientras a su lado, la esperaban Teresa y Emilia. Le dejó el ramo de flores a la Virgen y tomó a las dos mujeres del brazo para que salieran juntas de la iglesia.

Afuera, el sol seguía brillando con luz intensa. Todavía había mucha gente alrededor de la plaza. Se oían voces y gritos de niños, los mismos que escucharon cuando llegaron. Los puestos de fritangas, dulces y elotes seguían ahí, como si no hubiera pasado el tiempo. Una señora vestida con harapos y sandalias raídas se acercó de improviso a las tres mujeres para pedirles una limosna. Doña Angélica siguió caminando de frente, jalando del brazo a Teresa, que todavía la tenía asida, pero Emilia, soltando con delicadeza su brazo, se detuvo para regalarle una moneda a aquella mujer.

—El gobierno debería hacer algo para acabar con tanto zaparras…, digo… con tanta gente pobre —dijo doña Angélica—. Últimamente he visto más gente pobre que nunca. Aunque tu papá diga lo contrario, Tere… Pero mejor ni le discute uno…

Teresa y Emilia no dijeron nada. Avanzaron las tres juntas donde Hilario las esperaba en el automóvil. Fumaba un cigarrillo apoyándose en el cofre del auto.

—Llévanos a la casa, Hilario —ordenó doña Angélica.

En el trayecto de regreso, Tere apoyó la cabeza sobre el cristal del automóvil. Viajaba en el asiento trasero junto a Emilia, que iba muy derechita mirando hacia fuera, como si no hubiera caminado todo lo que había caminado. A la altura de Chapultepec, Teresa notó que se le cerraban los ojos. No había dormido bien y se sentía cansadísima. Además, tenía un hambre feroz. Todavía tendría que esperar a que Emilia preparara la comida. Pobre Emilia, pensó, no había tomado su día de descanso por acompañarlas al mercado, pero no se quejaba ni decía nada.

Cuando no pudo evitar cerrar los ojos, alcanzó a oír que su madre le decía a Emilia:

—'Orita que piques la verdura, mujer, no vayas a usar la que compramos hoy en La Merced. Usa los jitomates y la cebolla que todavía tenemos porque deben estar buenos. Nomás fíjate que no estén rancios, porque el jitomate muy pasado nomás aceda la comida.

—Sí, señora, como usté diga.

—Y tú, Tere, le ayudas a Emilia a preparar el arroz. A ver qué tanto has aprendido…, Tere…

—Ya se quedó dormida la niña Tere, señora.

[ ]

Aquella tarde calurosa de mayo los ángeles del cielo no acudieron a ayudarnos en la refriega sangrienta que enfrentamos contra los soldados apóstatas del gobierno. Aquella tarde bañada en sangre a la luz del sol, los ángeles y arcángeles del cielo no pudieron impedir que el ejército del maligno nos arrasara a punta de balazos y que nuestro pelotón se diezmara dolorosamente, como si aún tuviéramos que pagar penitencia por nuestros pecados y ser ajusticiados por voluntad de nuestro Señor Jesucristo. Aquella tarde, nuestro pelotón perdió hombres, municiones, carabinas y pistolas; pero sobre todo hombres. Fuimos despojados de nuestro armamento y los soldados de Belcebú tomaron a algunos de nuestros soldados como prisioneros. Dos días después vimos sus cuerpos sin cabeza colgados de unos postes de teléfono, como queriendo escarmentarnos. Estoy seguro que quisieron cobrar venganza por los federales descabezados que aventamos a un barranco en las afueras de Huejuquilla el Alto, el día de nuestra gloriosa victoria en las inmediaciones de este pueblo santo.

Yo mismo fui herido en una pierna y me volaron media oreja con un machete. Los muy malditos; si supieran que desde este mismo instante ya están en el infierno… Ya los veo quemándose y ardiendo a gritos como se incendia un bosque de mezquites, o los cardillos y la mala hierba de una parcela, chisporroteando como arden las hojas secas del maíz, los cobertizos y los techos de paja.

Los federales nos rodearon cerca de Villa Guerrero, justo cuando nuestra intención era sorprender a otro grupo de federales en una emboscada. Los sorprendidos fuimos nosotros cuando una columna de ellos vino en auxilio de otro grupo que iba en retirada después de que los habíamos expulsado de un campanario cerca del pueblo. Me di cuenta que nosotros empezábamos a ser puntería de balazos y que los tiros no venían del grupo aquel, que se retiraba en huidiza; una lluvia de tiros se cernía sobre nosotros, que llevábamos delantera en el ataque y que sólo era cuestión de minutos para que aquellos hombres fueran fusilados a plena luz del día, no sin antes cortarles la lengua y los dedos. Antes de que la columna aquella nos rodeara para tomarnos prisioneros, ordené la retirada, grité como nunca antes había gritado en mi vida, grité hasta quedarme sin voz. Nos quitaron todo el armamento y cinco caballos. El mortero había explotado y el cañón de madera tronó como truenan los cuetes en nuestras fiestas de Semana Santa.

Aunque hayan diezmado mi pelotón, se volverán a reclutar soldados campesinos, ávidos de libertad y justicia. Cada día tenemos más hombres y mujeres al servicio de nuestro santo ejército. Éramos muy pocos cuando don Pedro Quintanar se levantó en armas en las tierras de Valparaíso. Luego lo siguió Rodolfo Gallegos en Guanajuato y nuestro general Victoriano Ramírez en los Altos de Jalisco. Y nuestro grito de justicia se esparció como un fuego que incendia todos los rincones de la tierra. Ahí empezó todo, ahí comenzamos esta lucha sin cuartel, sin hombres, sin armas y sin dinero. Seguimos sin tener dinero porque ni siquiera los gringos nos quieren aprovisionar armas.

Nos hemos dado cuenta de que el ejército federal prefiere usar maniobras y tácticas mezquinas que combatir cuerpo a cuerpo con nosotros, los soldados de Dios; nunca nos vencerán en estas tierras porque no las conocen, porque no son de aquí, porque no tienen idea de las extensiones de nuestros llanos y montañas, nuestras laderas y bosques, ni tampoco la gente de los pueblos se aprestará a socorrerlos en sus maniobras de guerra.

Ya sin aire en los pulmones, llegamos hasta el pueblo, los que pudimos huir de aquel atentado, de aquel ataque mezquino que sorprendió nuestras espaldas. Después de que nuestras mujeres limpiaron nuestras heridas, me pusieron un vendaje en la oreja. El padre Ramos se aprestó a oficiar misa para que todos nosotros comulgáramos y rezáramos el rosario.

Tuvimos que apresurar los santos sacramentos y nuestras oraciones, porque un grupo de hermanos campesinos nos alertó anoticiándonos que todavía por los alrededores del campamento circundaba un grupo de soldados federales. Por eso tuve que dejar el rosario y el crucifijo que sostenía en mis manos ensangrentadas. Tomé el primer fusil que encontré cerca de mí, que también manché de sangre.

Y otra vez, un rato después, estaba sonando la balacera en las inmediaciones de Villa Guerrero. Otra vez alzábamos nuestros machetes que resplandecían bajo el reflejo del sol, y otra vez, nuestros rostros y ropajes se salpicaron de sangre y de sudor santo. Ayúdanos, Señor mío... ¡ayúdanos!

[ ]

Un sol majestuoso ofrecía sus rayos incandescentes sobre el mar plateado de Veracruz. El mar luminoso escurría olas espumosas sobre la playa, y Alfonso Urbina besaba el cuello de Rosario, tendidos sobre la arena pastosa del puerto. Desde ahí, por la claridad del día, podían divisar Isla de Sacrificios, como un pedazo de tierra misterioso a mitad del océano. Algunos niños corrían entre las olas inocentes de la playa, removiendo bajo sus pies la arena lodosa, grisácea. Con el paso de las horas, las tonalidades del mar cambiaban como un juego de espejos, primero un mar azul y cristalino, luego verdoso, luego plateado...

Habían llegado por la mañana y lo primero que hicieron fue ir a desayunar a los portales. Pidieron café de olla y durante todo el desayuno estuvieron muy alegres, riéndose a cada rato del incidente bochornoso con Joaquín Ardura, la nota de la semana. Saliendo de la cafetería se fueron a registrar a un hotelito cerca del malecón, a unas calles del Faro de Venustiano Carranza.

—Vamos a la playa, Rosario, vístete para que te bañes en el mar.

Cuando llegaron a la playa, Alfonso consiguió dos cervezas frías en un tendajo que encontró cerca de ahí, donde también vendían comida, y preparó, con mucho cuidado, dos cigarrillos de marihuana porque sabía que a Rosario le gustaba ese vicio. Preparó un solo cigarrillo para él, solamente para acompañar a Rosario, porque sabía que fumar esa hierba nomás le revolvía el estómago. Pero se sentía feliz de haberla complacido. Disfrutaría del viaje como nunca antes había disfrutado uno. Se olvidaría de todo. Se olvidaría del mundo de una vez por todas.

Terminaron sus cervezas y los cigarrillos, y se quedaron dormidos, tomados de la mano, tendidos a la luz del sol. Despertaron una hora después, amodorrados pero renacidos.

—Todavía tienes inflamado tu cachetito, amor. ¿Qué más le dijiste al tal Joaquín como para que te pusiera ese moquetazo?

—¿Ese imbécil? Está loco. ¿Quieres otra cerveza?

—Sí, mi amor.

Alfonso se levantó sacudiéndose la arena de los pantalones. Traía el torso desnudo y los pies descalzos. Eran cerca de las dos de la tarde y el calor vibraba en todo su esplendor.

—Gracias, amor —dijo Rosario cuando Alfonso le acercaba otra cerveza—. Me relajó ese cigarrito.

Alfonso evitaba mirar con descaro a Rosario porque se veía demasiado hermosa en traje de baño. Tenía los muslos firmes y las pantorrillas muy torneadas, como cinceladas por un artista genial; los brazos delicados, el busto firme y unas manos delicadas que despedían una tibieza fascinante cada vez que ella lo acariciaba. Después de tomar su cerveza, ella dijo:

—¿Es muy fanático tu amigo?

—¿Quién? —preguntó Alfonso, recostándose sobre su costado, con el antebrazo apoyado en la arena.

—El tal Joaquín.

—Él y muchos —contestó Alfonso—. Es gente que está harta de Cárdenas, ¿me entiendes? Creen que Almazán es una especie de salvador profético.

—¿Y tu amigo se enojó contigo porque tú no vas a votar por Almazán?

—¡Bah! —exclamó—. Le dije algunas verdades de Almazán, nomás pa' hacerlo enojar.

—¡Válgame! —se sorpendió Rosario—. Pos pa' que te haya dado ese moquetazo y luego esas patadas de burro de veras que lo hiciste enojar.

—Te digo que está loco —dijo Alfonso, bebiendo su cerveza, y se quedó un rato callado, contemplando el mar.

Luego dijo:

—Joaquín nunca ha sido mi amigo, Rosario. Ya te diste cuenta de que no. Orvelino sí es mi amigo.

—Ese muchacho es un encanto de hombre. ¿Por qué no lo trajiste? Pudimos haber invitado a Ana Luisa para que estuviera bien acompañado.

—¡Já! –rio—. Los sábados y los domingos tiene que comer en su casa, con su familia.

—¡Ah!, es niño de familia, hijito de familia decente.

—Muy católicos, mi amor. Al panzón se le remuerde la conciencia por todo.

—¿Tú también eres de familia muy católica?

—Algo hay de eso, cariño, como todas las familias mexicanas clase medieras.

Se volvió a quedar callado por unos instantes, pero al rato dijo, recostándose cómodamente en la arena:

—Todas esas familias son las que van a votar por el general Almazán ahora en las elecciones...

—Si yo pudiera votar..., votaría por Almazán...

Alfonso lanzó una mueca graciosa.

—No sé..., me cae bien el tipo. ¿No te enojas por eso?

—¡Qué va, linda! Es increíble que las mujeres no puedan votar en este país.

Ella se acodó sobre la arena, medio cuerpo ligeramente erguido. Sonrió y se sintió feliz, admirando aquel mar plateado, verdoso, azuloso, aquella isla misteriosa, lejana y cercana a la vez.

—¿Qué vamos a hacer en la noche, Fonsito?

—Te voy a llevar a bailar danzón al zócalo. ¿Quieres?

—¡Claro que quiero! Gracias, bello.

Se quedó callada unos instantes, sin poder disimular su alegría. Luego dijo:

—¿Al ratito me preparas otro cigarrito, amor?

—Lo que tú quieras, mujer.

Ella acarició ligeramente la barbilla de Alfonso y se quedaron dormidos nuevamente, escuchando en entresueños el oleaje suave del mar, las risotadas de niños que se alejaban al compás de una brisa cálida; el sonido lánguido del viento, como si aquella tarde se hubiera detenido en el tiempo, eternamente...

8

La puerta de la habitación estaba cerrada, pero hacia el vestíbulo de la casa se filtraba una música densa y solemne, arrojando entonaciones complejas y variadas, a veces intensas, a veces inaudibles. Por debajo de la puerta también se filtraba una luz frágil y amarillenta, iluminando apenas la alfombra gris del corredor. Más allá del vestíbulo, donde iniciaba un pasillo oscuro y estrecho, se escuchaban los quejidos de un hombre. También se escuchaban pisadas lentas y pausadas. Las pisadas iban y venían. Segundos después, chirriaban las puertas de una alacena que se abría y se cerraba, y el agua que corría por el fregadero de la cocina se confundía con la lluvia densa que caía insistente desde hacía algunas horas. Un viento ligero golpeaba contra la puerta de la entrada, como un sonido fantasmal.

La mujer tocó la puerta con las yemas de los dedos, aprovechando que la música había bajado de intensidad. Nadie contestó, como si la habitación estuviera vacía, invadida solamente por esas sonoridades sinfónicas. Volvió a tocar la puerta un poco más fuerte y esperó de pie, escuchando su propia respiración. Cuando una voz afable pero impaciente se escuchó desde dentro, la mujer abrió la puerta con mucho cuidado, dejando asomar la mitad de su cuerpo robusto.

—Aquí traigo tamalitos recién calentitos —dijo.

—Gracias, mamá.

Tirso Estrada estaba recostado sobre la cama cuando vio entrar a su madre; se incorporó con dificultad, restregándose la cara. Después de bajar el volumen del fonógrafo se sentó al pie de la cama. Traía una camisa blanca con la corbata desanudada y el botón del cuello desabrochado. La lámpara de la cómoda estaba encendida y su luz amarillenta iluminaba el cuarto con suavidad. La madre de Tirso caminó hacia el interior de la habitación, con pasitos cortos, dejando al pie de la cama una mesita de madera sobre la que dispuso una bandeja de barro con algunos tamales envueltos en hoja de plátano. A pesar de la hora, la mujer llevaba un vestido negro de algodón muy elegante, adornado con flores de colores, y el cabello muy bien peinado, como si fueran las primeras horas de la mañana.

—¿Hoy no has ido a ver a tu padre?

La mujer clavó su mirada sobre la botella de vino francés que tenía Tirso sobre el buró de la cama. Un instante después se inclinó hacia la mesita que acababa de traer para asegurarse de que no se tambaleara y estuviera bien apoyada sobre la alfombra. De repente, cuando la madre de Tirso desenvolvía algunos tamales para ordenarlos en la bandeja, fuera de la habitación se escucharon otra vez esos gemidos guturales que intentaban articular el nombre de la madre de Tirso.

—Ahora regreso por la mesa y la bandeja, m'hijo. Buen provecho. Voy a ver qué quiere tu padre. Es hora de darle sus pastillas de la noche. No ha dormido bien, ¿sabes?

—¿Cómo sabes que no duerme bien? —preguntó Tirso.

—Lo sé porque desde mi habitación escucho todo lo que intenta hacer cuando está despierto. Luego trata de levantarse de su silla sin que nadie lo ayude, mueve objetos y abre y cierra cajones sin sentido, como si estuviera buscando algo, ¿sabes? El otro día quería su permiso para conducir, ¿tú crees? Me dijo que ya se sentía lo suficientemente bien como para conducir un automóvil. Yo me reí mucho. ¿Y sabes qué me dijo? Que yo le había escondido el permiso, que era una mujer mala y desagradecida, y que seguramente también le había escondido el automóvil o que lo había vendido a quién sabe quién.

—¡Ay, mamá! —dijo Tirso, desenvolviendo un tamal de dulce—. No le hagas caso.

—Pero está lúcido, Tirso, dice todas esas cosas cuando está bien lúcido. Tú mismo lo has oído, parece que todo lo dice en serio. No sé si esté fingiendo, ¿sabes? ¿No se estará haciendo el enfermo?

—No creo, mamá —dijo Tirso.

—Hace mucho que no platicas con él.

—Al rato platico con él. Te lo prometo.

—¡Ay, m'hijo!, siempre me dices lo mismo. Deberías platicar con él algunas veces, te lo digo en serio. Aunque parezca que no te entienda. Yo creo que sí entiende todo, ¿sabes? Luego veo cómo abre los ojos y avista la mirada cuando quiere poner atención a las conversaciones.

—No creo que esté interesado en oír conversaciones.

—¿No? Por supuesto que sí, hijo.

Una vez más se escucharon más allá del pasillo los gemidos y sonidos guturales ininteligibles, intentando articular palabras, frases incoherentes.

—Te está llamando otra vez.

—Voy a ver qué quiere. A ver si ahorita que regrese me regalas una copita de vino.

La madre salió de la habitación dando pasitos cortos, como había entrado, y su figura regordeta desapareció por el umbral de la puerta hacia el pasillo oscuro.

Tirso se incorporó de la cama y caminó hacia la ventana de su habitación. Se asomó a la calle reclinándose un poco, apoyando sus antebrazos sobre el muro de la ventana. Respiró el aire fresco de la noche, cerrando los ojos y sintiendo algunas gotitas de lluvia impactándose sobre su frente. Cruzó los dedos y así se quedó un rato mirando las luces de afuera que parpadeaban bajo un cielo espeso de nubes. En la esquina de una avenida alcanzó a ver que dos personas caminaban con paraguas en las manos, como dos figurillas perdidas en las inmediaciones de la noche y de la lluvia. Su pelo encrespado también se había humedecido un poco y un viento ligero refrescaba la noche. Con la mirada fija en la lluvia intentó poner su mente en blanco, para no pensar en nada ni en nadie. No lo logró. Se restregó los ojos y acarició su frente con las yemas de los dedos. Sin cerrar la ventana, se dirigió al baño de su habitación para secarse las gotitas de su rostro. Salió del baño secándose las manos y se dirigió a la puerta de su habitación.

El pasillo quedó a oscuras después de que cerro tras de sí la puerta de su habitación. No prendió la luz del techo. Conocía el camino de memoria. Alguna vez ese pasillo había estado decorado con un sillón de terciopelo fino, mesas de mármol con patas de caoba tallada, libreros labrados con argollas de metal, alfombras importadas y lámparas de porcelana. Ahora las corrientes de aire que se internaban en la casa circulaban libres por aquel pasillo y Tirso recordaba su decoración cada vez que subía las escaleras para alcanzar el segundo piso o salía de su habitación.

Cuando llegó al cuarto de su padre él estaba solo sentado en un sillón de piel junto a la ventana. El sillón estaba viejo, endurecido y carcomido por el tiempo. Su madre había salido del cuarto.

—¿Dónde está mi mamá? —preguntó, por decir algo.

El padre de Tirso no contestó. Miraba a la ventana con los ojos fríos y la cabeza un poco ladeada. Una manta sobre su regazo cubría sus piernas y sus pies. Vestía un chaleco de lana y zapatos de charol negros. Sobre el buró de la cama tenía un joyero abierto con sus píldoras y medicinas. La habitación de su padre era austera y en la pared frente a la cama sólo colgaban dos fotografías del día de su boda. Él también miraba la lluvia incesante. La habitación olía a bálsamos y vapores medicinales.

—¿Ya cenaste? —preguntó—. ¿Tomaste tus medicinas?

¿En qué pensará? ¿En qué pensará cuando pone esa cara tan extraña, con las pupilas inmóviles y los párpados paralizados? ¿Todavía reconocería a doña Aurora, su esposa? ¿En qué mundo vives, papá?

Tirso salió de la habitación de su padre para dirigirse a su cuarto. Otra vez el pasillo oscuro y solitario, el vientecito inaudible. Entró en su habitación para recostarse en la cama; dejó la puerta abierta esperando a que su madre regresara. Se sirvió otra copa de vino, suspirando, acariciándose el pelo con la mano que le había quedado libre. El cuarto se había impregnado un poco del olor de los tamales, por lo que se incorporó de la cama para sacar la bandeja y la charola.

—No bajes la bandeja, hijito —dijo su madre, apareciendo en el pasillo oscuro como un espectro súbito—. Yo me la llevo a la cocina más al ratito. ¿No se les ofrece otra cosa? ¿Me regalas esa copita de vino que te pedí hace ratito?

Tirso le sirvió a su madre una copa de vino. Ella se sentó al pie de la cama. Seguía muy peinada y con el mismo vestido.

—¿Qué hacías, mamá? Fui a ver tu marido y no estabas con él.

—¿Fuiste? —sonrió la madre de Tirso—. Qué bueno, hijo. ¿Sabes?, a veces pregunta por ti.

—Por favor —dijo Tirso—, jamás pregunta por mí. No sé..., creo que prefiero aquellos días cuando no regresaba a la casa por estar jugando bacará. Por lo menos no tenía que toparme con él.

—No digas eso —dijo ella, angustiada—. Ve nada más todo el problema que ocasionó el maldito juego. Todo eso se acabó, aunque tu padre esté enfermo, es mejor así. Es la voluntad de Dios.

—Sí, pero tenerlo todo el día ahí sentado...

—Tienes que aceptar la voluntad de Dios.

Doña Aurora acarició el pelo de Tirso con ternura. El brillo de sus ojos se llenó de admiración y complacencia. Tomó la mano de su hijo con un suspiro y movió la cabeza con un gesto de resignación.

—¿Le pagaste a esos señores?

—Sí, mamá, les pagué. Dicen que todavía se les debe. Si siguen viniendo vamos a tener que cambiarnos de casa.

—¿Y dejar esta casa, mi cielo? Tenemos que ver el modo de pagarles y salir de este problema. Tirso, por favor.

—Por el momento no queda más que esperar. Vamos a ver si regresan.

Doña Aurora enmudeció por un momento. Sonrió apenas, una sonrisa triste y melancólica. Se incorporó, despacio; tomó la copa de vino que en ese mismo momento le alcanzaba su hijo y salió de la habitación, cerrando la puerta con esmerada delicadeza.

La música continuaba con una melodía densa pero tranquila, como un remanso misterioso que presagia una tormenta plagada de ritmos violentos y armonías disonantes. Tirso bebió de su copa y cerró los ojos. Cruzó los brazos y apoyó la cabeza contra la cabecera de su cama. Escuchó que le decían:

—¿Quieres que recemos por tu padre?

[ ]

—Dime una cosa: ¿fue necesario todo aquello? ¿Colgar los cuerpos de los árboles, desollarlos? Dímelo, Tomás. Te pasaste del límite y mereces penitencia.

Había estado hincado largo rato, recibiendo la comunión en los pastizales que rodeaban la capilla, a la sombra de un encino, sujetando el fusil con la mano izquierda y persignándose con la mano derecha, y por eso se sacudió el pasto y la tierra de los pantalones de manta y se acomodó el jorongo arriba del hombro, como si estuviera orgulloso de su uniforme cristero. El sombrero de paja lo tenía sujeto a la altura de la cintura, con un cordel de yute y el padre Mejía pudo ver las sandalias deshilachadas y corroídas por tanto uso, por tantas correrías y emboscadas; la expresión hostil, encallecida por el aire seco de los montes, esa mirada curtida pero triste. Lo miró largo rato, con ojos expresivos, intentando percibir algún gesto de remordimiento, queriendo leer los movimientos de sus pupilas, casi inmóviles, áridas, estériles, con su expresión distante, dominando cada uno de los músculos del rostro para evitar cualquier gesto que revelara fastidio o desesperación.

El padre Mejía movió un poco la cabeza, esperando escuchar alguna respuesta, cualquier cosa, algo que resonara en esa tarde árida y lúgubre, algún sonido gutural, cualquier sonido que proviniera de esa garganta estéril y rencillosa. Pasaron algunos segundos antes de que Tomás Donaciano fijara la mirada en los demás soldados que seguían arrodillados en dos hileras, frente a frente, y entre las dos columnas se dibujaba un pasillo de yerba amarillenta, deshidratada por la tarde calurosa de abril, por donde deambulaba un séquito que sostenía estandartes e imágenes religiosas. Algunos soldados permanecían de pie, detrás de las columnas de hombres arrodillados, mirando el cortejo, con ojos impávidos e inexpresivos. A la sombra de unos mezquites, algunas mujeres arrebozadas con mantas de colores mortecinos bisbiseaban sus rosarios, enjutas, prendidas de sus rosarios, ladeando sus cuerpos arrebozados, con los ojos cerrados, absortas en sus rezos y predicamentos. El sol de la tarde resplandecía sobre la capilla, un sol quemante, haciendo estragos sobre los pastizales descoloridos. Después de un rato, él respondió, sombrío, con voz taciturna:

—Tuvieron su oportunidad, padre. Se les advirtió. Pregúntele a Fidencio Soria. Eran mercenarios del gobierno y merecían morir.

Y entonces se acordó del rostro desvaído y macilento de su tío, Tiburcio González. Algunos meses atrás le había dicho al hermano de su padre:

—Las parcelas que le dieron estos asquerosos eran de irrigación, pero ahora no son más que un tapete carcomido por el polvo y las hormigas.

—Es cuestión de tiempo, sobrino, ya vas a ver, cuando vengan las lluvias.

—No diga eso, tío, esas tierras no sirven para la cosecha, apenas una hectárea…

—Así lo decidió el comité, Tomás, hubo que dividir las tierras para fincar parcelas. Así ha venido trabajando el gobierno.

—No me diga eso. Esas tierras son de dotación. Pertenecían a la hacienda de Cieneguilla y es por eso que el comisario ejidal va a sufrir las consecuencias.

—Ustedes hagan su guerra, sobrino. Su guerra contra el gobierno. No se metan con los jefes ejidales.

—Si los jefes ejidales son el gobierno, pos también son nuestros enemigos, tío. ¿Qué no lo sabe?

Aquella tarde los ojos de Tiburcio González todavía centelleaban con un poco de luz, exiguos, pero aun así brillaban, intimidados quizá por la intensidad punzante que reflejaba la mirada endurecida y cortante de su sobrino. Afuera lo estaban esperando Julián Soriano y Fidencio Soria, de pie junto a los caballos. No intervinieron en la plática de Tomás Donaciano y su tío porque les había dicho que mejor se quedaran afuera de la choza, expectantes de cualquier movimiento sospechoso, no fuera que los sorprendieran en pleno reclutamiento.

—Fueron víctimas del gobierno, Tomás —dijo el padre Mejía—. No veo la necesidad de que ahora ustedes los victimaran de esa forma… Contéstame.

Pero no contestó. Prefirió contar uno por uno los zopilotes que sobrevolaban por encima de la capilla. *Ha de haber un animal muerto*, pensó. Intentó desviar la mirada del padre Mejía, pero finalmente dijo, mirando de reojo al cortejo:

—Fuimos varias veces, padre. Les advertimos…

—Les advirtieron. ¿Qué les advirtieron?

Miró fijamente al padre Mejía, como una invitación para finalizar el diálogo y pasar a otra cosa. Su tío, Tiburcio González, también había intentado desviar la conversación las veces que él había ido a visitarlo para pedirle que se enrolara con ellos, lo mismo que sus hijos y su esposa, que presentara armas ante el ejército de Cristo Rey para que la vida le sirviera de algo, para que dejaran de ser unos mantenidos del gobierno. De eso se acordaba. Así se lo había dicho la segunda vez que fue a visitarlo, semanas después. En esa ocasión solamente se apersonó él, sin acompañantes.

Olvidándose de contar zopilotes y pájaros que sobrevolaban la capilla, decidió terminar con esa plática. Tocó con suavidad el hombro del cura y le dijo:

—Por ahora no le voy a confesar nada, padre. No tengo cabeza para hacerlo. ¿Le digo una cosa? Si usted está vivo es gracias a mí. Los federales del general Cedillo andan tras usted. Si usted está vivo… es gracias a mí. Váyalo sabiendo…

[ ]

Antonio Sepúlveda era un hombre alto y espigado; tenía la nariz aguileña y los ojos grises, como los de un leoncillo recién nacido. Su mirada era profunda y daba la impresión que sus pupilas se encendían por la noche, como dos lucecillas intermitentes que se avistan a lo lejos. No se parecía a su padre, el licenciado Sepúlveda, en lo absoluto, muy moreno y con la cara regordeta; menos alto, robustillo y con la mirada efímera pero densa.

Alfonso Urbina le sirvió un whisky derecho. Llevaban dos horas discutiendo unos contratos de aparecería que el joven Antonio tenía que firmar. Antes de que terminaran de revisarlos, ya estaban hablando de política. No había peligro porque Antonio no era Joaquín Ardura, sin lugar a dudas. Antonio le ofreció un cigarrillo.

—Gracias, señor.

El joven era elegante, sin duda. ¿Se parecía más a la madre? ¿Había heredado la elegancia discreta de su abuelo materno?

—¿Qué pasó en San Luis Potosí, Urbina?

Alfonso suspiró dándole unos golpecillos a su cigarrillo para tirar la ceniza sobre el cenicero que sostenía en la otra mano.

—Tú dime.

—Lo de Cedillo, amigo mío.

—¡Ah! ¿La revueltilla esa?

—Así es. Una sublevación chacotera que hoy me sigue dando risa. ¿Por qué?

—Faltó apoyo militar. Cedillo esperaba otra cosa, pienso yo... Almazán lo abandonó...

—Y eso que, supuestamente, varios empresarios estaban con él —interrumpió Antonio—. Lo apoyaban gobernadores y ex-gobernadores, como el tal Yocupicio. El Congreso del Estado, mi amigo, ¡nomás hizo el ridículo! Cárdenas demostró temple, sabiduría, magnanimidad.

—Vamos, vamos, sofocar esa asonada de cuarta era cuestión de días. Ni siquiera los petroleros le ayudaron...

—¿Y sabes quiénes estaban metidos en todo eso, Alfonso?

—¿Los Camisas Doradas? ¿Los locos esos, fascistas de cuarta? ¡Já, por favor...!

—No, Alfonso, no. —Antonio Sepúlveda miró fijamente a su amigo, como queriendo estar seguro de haber acaparado toda su atención, como si pretendiera impregnar en el ambiente de la oficina un velo de misterio. Fumó su cigarrillo como si fuera el último que se fuera a fumar en toda su vida. Luego dijo—: Los nazis, amigo mío, *los nazis*...

—¿Los nazis? —repitió Alfonso, sin emoción.

—Los nazis, amigo mío. Partido Nacional Socialista. ¡Adolfo Hitler! ¡No pongas esa cara, hombre! Mira, sabemos que los nazis le vendieron a Cedillo ametralladoras, rifles, pistolas y le dieron asistencia militar. Le ayudaron a contrabandear armas.

¡Claro! Tenían contactos con Yocupicio. Nosotros lo sabíamos. ¿Ya viste donde está la relación con Almazán? Eran amigos, *my friend*. Eran compadres… bueno… casi. ¿Qué no fueron ambos los que acabaron con la rebelión de Escobar? Claro, con la ayuda del general Amaro y el general Cárdenas. ¿Ya te diste cuenta dónde está la conexión, amigo mío?

Alfonso terminó su copa de un solo trago. Miró a Antonio por encima de su cabeza, como queriendo leer sus pensamientos. Suspiró al mismo tiempo que se aflojaba el nudo de la corbata. Miró a través del vitral de su despacho: la luz mortecina de la tarde languidecía al impactarse sobre los dibujos y colores de la vidriera. Segundos después, sin decir nada, sonrió. Observó a su amigo y le dijo, un poco risueño, incrédulo, risueño:

—¿Me vas a decir que Hitler es el álter ego de Almazán?

—Te lo estoy diciendo, abogado. Los alemanes no solamente quieren conquistar Europa., ¡quieren conquistar el mundo! ¡Mira lo que están haciendo ahora con los franceses! Son despiadados, implacables, no sabemos si París pueda seguir resistiendo. Creemos que el mundo está tan lejos… Creemos que lo que está pasando en Europa nunca va a pasar aquí. Estamos dormidos… Y también estamos muy cerca de los gringos, Alfonso, muy cerca… Los nazis se quieren infiltrar en los países latinoamericanos, ¿sabías? Eso no es noticia, claro. ¿Has leído los periódicos? Simplemente Uruguay, mi amigo. Ahí están metidos hasta el cuello. La Quinta Columna, le dicen. La gente no lo sabe, pero eso está fuera de control. En Uruguay, el partido nazi tiene una sucursal perfectamente organizada. Para que sepas, en Montevideo, al partido nazi lo dirige un pequeño *führer* que recibe órdenes directas de Berlín. ¿Puedes creer eso? Lo mismo en Argentina, Chile, Bolivia y Colombia. Todos estos países tienen sucursales nazis, amigo mío, pero la gente no lo ve. Los nazis van por todo, Alfonso, no nomás por Europa y por los rusos. ¿No sabías?

Alfonso asintió con la cabeza: escuchaba con atención las palabras de Antonio Sepúlveda, sintiendo extrañeza, desconcierto. Se levantó de su silla para servirse otra copa. Extendió el brazo con la botella para ofrecerle otro trago a su amigo. Él aceptó, levantando su copa a la altura de la botella.

—La nueva Alemania será en América del Sur, *my friend*, aquí en este mismísimo continente. Y luego México… ¿Leíste sobre el cable que envió Edward Tomlimson al *Herald Tribune*? Los propios sudamericanos no tienen idea de cómo detener a los nazis. ¿Y sabes qué?, los gringos no van a poder hacer nada. ¿Quién los va a detener? Y en México…, en México…, también están infiltrados, mi amigo, muy infiltrados. ¿De dónde crees que sacan dinero los sinarquistas? ¿De dónde? ¿De dónde crees que sacan dinero los Camisas Doradas?, ¿y quién crees que organizó la triste asonada del general Cedillo? ¿Quién crees que está financiando a Almazán? Le hubieras dicho eso a Joaquín Ardura para que valiera la pena el puñetazo que te dio… Sabemos que Almazán apoya a los agentes nazis que se han infiltrado en México, aunque lo nieguen los del PRUN. ¿A poco los sinarquistas no te dan un aire… tipo falange franquista, tipo alemán, con saludo y todo? Velos, ¡son igualitos! Nomás que la raza es diferente, ¿verdad? Por supuesto, acá tenemos a nuestros indios, nuestra raza de bronce mezclada con la escoria española, nuestros mestizos, nuestros campesinos y obreros muertos de hambre que están muy lejos de tener los ojitos azules y los ricitos dorados de los soldados del *Führer*. Nuestros pobres indios, Alfonso, ahora liderados por esos fanáticos fascistas, traidores de nuestra revolución. Esos pobres campesinos, víctimas de una burocracia hipócrita, manipulados y extorsionados moralmente, chantajeados con discursos moralistas y religiosos por esa bola de caciques católicos, fanáticos hasta los huesos, intransigentes, intolerantes, que creen que México necesita un movimiento social religioso, un movimiento que dignifique al mexicano, una purga de conciencia. ¿Una especie de contrarrevolución social cristiana? ¡Qué rayos! ¿Quién los entiende, Alfonso? Nomás dime, ¿quién los entiende realmente? Ni siquiera el PAN los entiende. Esos riquillos empresarios mochos que ahora resulta que forman un partido que no está interesado en llegar al poder. ¡Por favor! Tienen muy pocas cosas en común…, me refiero…, los sinarquistas y los panistas…, pero de lo que estoy seguro… es de dos cosas, diría yo…, a saber: lo mocho y lo resentido.

Alfonso Urbina no pudo evitar soltar una risita socarrona. El joven Sepúlveda también sonrió, echándose el cabello para atrás, un gesto típico de él. Alfonso se levantó de su silla para arrojar la ceniza al cesto de la basura. Prendió dos lámparas del despacho porque la luz del atardecer languidecía por los vitrales que adornaban las ventanas. De hecho, la oficina había comenzado a quedar en penumbras. Se sentó con tranquilidad, tomando otra vez su copa entre sus manos y dijo:

—Hablando de los sinarquistas…, yo diría que el presidente Cárdenas sabe que es un movimiento agrario, es decir, un movimiento con trasfondo agrario…

—Claro, Alfonso, claro. Es un movimiento agrario disfrazado de una organización… tipo… tipo… ¿nacionalista, religiosa?, que busca dignificar a México. ¡Por favor!

—Pero hay cierta originalidad en sus postulados, ¿no?

—Es muy confuso, Alfonso. Tú dime…, ¿cómo qué?

—Por ejemplo, dicen que luchan… o más bien… buscan, pregonan la justa distribución de la riqueza; condenan…, no sé, la explotación de clases, la fragmentación de ideologías, cosas así por el estilo. Eso dicen, mi amigo, como bien dices, es muy confuso saber a ciencia cierta qué es lo que quieren y qué posición realmente tienen en estas elecciones, en especial, respecto del general Almazán.

Antonio expulsó humo por la boca. Cruzó la pierna con elegancia mientras miraba fijamente a Alfonso Urbina. Su mirada era profunda y enigmática, sostenida por dos pupilas incandescentes.

—¿Fragmentación de ideologías? —continuó Antonio—. Sus ideologías políticas, espirituales o como sea que sean, que además ni siquiera son claros en eso, han sido, son y serán muy peligrosas. Siempre es muy peligroso pregonar nacionalismos a ultranza. Lo único que se genera es un fascismo absurdo, una fragmentación mundial, una estupidez patriotera. Mira, ha sido difícil para nosotros saber cómo están organizados. Nosotros sabemos todo sobre la UNS, porque es pública, es un movimiento social campesino, muy católico, y que es la parte visible de esta bola de fanáticos, ¿me entiendes? Pero la UNS sólo es una sección de esta organización.

—Son antijuaristas, ¿no? Anticomunistas, antiyanquis, sobre todo...

—Mira, originalmente, en tiempos de la revolución, se crearon varias organizaciones religiosas, entre ellas, estos de la Asociación Católica de la Juventud Mexicana donde estuvieron... ¿Te suena José de León Toral, Anacleto González, Humberto Pro? Luego, unos sacerdotes y religiosos católicos fundaron en Morelia otra organización religiosa conocida como la U, que llegó a controlar todas las asociaciones católicas. ¿Te suenan los Caballeros de Colón, Centros Obreros, las Damas Católicas, etc.? Tú sabes que son bien hispanos, es decir..., siempre han idolatrado todo lo que tiene que ver con España y su cultura, lo que quiere decir que siempre han luchado por enterrar el pasado indígena de México, su pasado prehispánico que, para esta bola de fanáticos, todo eso huele a satanismo, a posesiones diabólicas y pendejadas de esas.

—Ajá —dijo Urbina, expeliendo humo por la boca.

—También había otra organización religiosa conocida como la Liga Nacional Defensora de la Libertad Religiosa. Urbina, todos estos son los que atizaron a los campesinos y obreros para que arremetieran contra el gobierno en su guerra cristera. La U fue disuelta por Pío XI, por ser demasiado reaccionaria, demasiado agresiva..., cómo te diría yo..., demasiado virulenta, ¿me entiendes?

—Es correcto.

—Luego, después de la Guerra Cristera y del desastre de Acámbaro, los católicos organizaron las Legiones en Guadalajara, hace algunos años, con toda la intención de incubar otra guerra cristera en contra del general Cárdenas. Reclutaron mucha gente en Morelia, en Guanajuato, en Querétaro, Jalisco, San Luis Potosí... Reclutaron, entre otros personajes ilustres, al mismísimo Gómez Morín, fundador del PAN, que luego dimitió, quién sabe por qué. ¿Ves dónde está la conexión? Bien, estas Legiones se reorganizaron para crear la Base, o sea, la organización secreta del sinarquismo, que además, según sabemos, se divide en varias secciones. Una de las secciones es, precisamente, la Unión Nacional Sinarquista, sí señor, muy virulenta, que como tú sabes, después del zafarrancho aquel de Celaya, el mismísimo general Cárdenas ofreció a Zermeño el Departamento Agrario para apaciguar las cosas. Sírveme otra copa, mi amigo...

Urbina cumplió el cometido de inmediato. No perdió la concentración. Se sentó de nuevo.

—Estos individuos son muy peligrosos porque tarde o temprano van a desatar otra guerra cristera, aun cuando se las dan de pacifistas, pero son muy peligrosos; y el general Cárdenas lo sabe, y el general Ávila Camacho lo sabe, y el propio Almazán lo sabe, y cree que los sinarquistas van a votar por él... ¡por favor! Cree que van a votar por él... Qué buena broma, Urbina. Todo esto va a terminar pronto, ¿sabes? Todo... los sinarquistas, los almazanistas, los cristeros resentidos, todo. Tú sabes que hay un grupo de sinarquistas que están a punto de agarrar las carabinas y aventar balazos a diestra y siniestra, ¿no?

—Es lo que siempre ha querido Abascal, ¿no?

—Sí, es verdad —murmuró Antonio, levantando el dedo índice—. Así es, amigo mío. Y próximamente... no lo dudes, el líder de los sinarquistas… un fanático de cuidado, un líder nato sin límites racionales. El tipo está en contra de todos, menos los franquistas españoles. Este Jesucristo mexicano está en contra de todos los que no piensen como él. Mira, yo definiría a estos tipos como la línea conservadora más recalcitrante que puede existir en este país. Una especie de ultraderecha retrógrada, bañada de conservadurismo intolerante.

—Es complicado, ¿no crees? —dijo Alfonso—. Hacen política, pero proclaman que no les interesa el poder, que no les interesa la política; pero eso sí, el presidente Cárdenas no puede enfrentarlos, no puede detenerlos.

Almazán cree que puede ganar, *pero no va a ganar*, amigo mío. Creemos que los panistas ya le dieron la espalda.

—Me doy cuenta de eso —dijo Alfonso—. Honestamente, yo también creo que el PAN ya abandonó a su suerte al general Almazán…, lo mismo que los sinarquistas…

—Así es. Y te puedes imaginar por qué.

—Es notorio: el general Ávila Camacho no es comunista. Tampoco es jacobino.

—¡Claro! Él mismo ha declarado que es muy católico, ¿no? Por eso el general Cárdenas no impuso al general Múgica. Eso lo saben todos. Si hubiera impuesto a Múgica, como tú sabes, hubiera habido otra revolución en este país. La burguesía, la Iglesia y la clase media están muy resentidas con el cardenismo, Alfonso. Y es por ello que el general Ávila Camacho es la mejor opción.

—Si gana, Antonio, si gana…

—¡Vamos, vamos! Tú sabes bien que Almazán no va a ganar. El PRM controla todo: campesinos, obreros, sindicatos, agrupaciones, confederaciones, exrevolucionarios, ejidos, industriales… etcétera, etcétera… Almazán puede tener votos, lo sé, mucha gente va a votar por él. Sobre todo en la capital, que siempre ha sido bien reaccionaria, pero ¿sabes qué?, solamente la clase media, algunos empresarios, algunos financieros…, algún resentido, como el general Amaro, los callistas..., comandados por otro resentido, el general Pablo Quiroga, los que siguen al general Pérez Treviño, uno que otro sinarquista...

—Tú sabes que sus propios partidarios están sorprendidos con su campaña. No creo que el general Ávila Camacho la tenga tan segura.

—Por supuesto que la tiene segura, Alfonso. ¿Quién manda en el campo? ¿Quién manda en los ejidos? ¿Quién manda en las zonas rurales? Ahí no tiene pegada el general Almazán.

—Lo sé, lo sé.

—Sabemos que los sinarquistas ya se le voltearon al general Almazán, Alfonso, pero también sabemos que muchos de ellos van a votar por él. Sabemos que muchos, más bien, van a votar en contra del general Cárdenas. Por eso, amigo mío, haber puesto de candidato al general Ávila Camacho fue una jugada maestra. ¿Te das cuenta?

—Me doy cuenta.

—Lo siento por mi primo Eugenio, por mi tía Josefina, por mi tío Abelardo, por tu amigo Orvelino, por Joaquín Ardura, por todos tus amigos de la Libre de Derecho, por todos los burgueses católicos de México..., pero Almazán no se va a sentar en la silla presidencial.

Alfonso sonrió. Después, sin decir nada, Antonio clavó su mirada ausente en el piso, como si repasara en su mente todo lo que la había dicho a su amigo. Se quedó así, algunos segundos, hasta que decidió incorporarse de la silla y estrecharle la mano a Alfonso Urbina. Dejó la copa en la mesita que estaba junto a ellos y antes de abrir la puerta le preguntó:

—Por cierto, ¿vas a ir a la boda de Hortensia el sábado?

—Por supuesto, no podría perderme una boda así.

Había anochecido por completo. Una noche densa y silenciosa había sepultado las calles de Bolívar, sin remedio. Alfonso se asomó a la calle y se dio cuenta que estaba desierta, muy oscura, como si la gente se hubiera escondido en alguna parte. Sólo quedaba el automóvil de Antonio Sepúlveda con su chófer esperándolo abajo. Alcanzó a ver que salía del edificio, dando un ligero tropezón, casi imperceptible. Él sonrió desde su despacho.

9

¿Acaso alguien más podría concebir un edificio tan hermoso, tan majestuoso? El Casino Español se merecía un edificio como éste, pensó Tere cuando caminaba por Isabel la Católica, del brazo de Tirso Estrada, bajo la noche cálida y despejada de junio, un palacio ecléctico, auténtico, entre sevillano y árabe, y francés, suntuoso, elegante: más que un palacio, pensó. Ella llevaba un vestido plisado color amarillo limón y él un traje oscuro, corbata oscura, y zapatos de charol negros. No pasaron desapercibidos para los demás invitados.

Iluminado, como si estuvieran en Europa, antes de llegar al edificio, Tere pudo contemplar las tres portadas que definían la simetría de ese palacio europeo incrustado en las inmediaciones del centro de la ciudad, admirando la portada central, la más imponente, donde remarcaba el portón principal, por donde entraban todos los invitados a la boda de Hortensia Álvarez y Juanito Linares.

Al llegar al portón principal, Tirso miró hacia arriba para contemplar las ventanas sobrias del entrepiso; se dio cuenta que no tenían ornamentación como las otras ventanas, muy elegantes, contrastando con la arquería fastuosa del último piso, con un ventanal central que asomaba al balcón principal del edificio. Tere sintió una emoción extraña, como si fuera su propia boda, su propia noche estrellada; saludaron, besaron a sus amigos, agitaron los brazos, las manos, felices, contagiados por la algazara de la gente, invadidos por un espíritu jovial, como si se hubieran apoderado de esa noche estrellada.

Voces, rumores… provenientes de todos los rincones, el eco de la gente que llegaba al Casino:

…qué hermosa estaba la Iglesia de San Felipe, con tantas rosas, con tantas orquídeas, doña Virginia tiene un gusto…

…y la música, la música, lo más bello que he escuchado…

…y los novios, qué hermosos se veían…

…la novia está de revista, Josefa, de revista, qué vestido tan hermoso, un blanco perlado incomparable…

…lo diseñó un argentino, Carmelita, lo trajeron de Madrid, ¡ay, Dios, qué belleza!, exquisito, exquisito…

…fue un diseñador italiano, Lolita, italiano, mi amor, y no lo trajeron de Madrid, lo trajeron de Roma…

Subiendo la escalinata Tirso admiró los pilares, las columnatas, las medias columnas de fuste estriado, los arcos de medio punto con sus panoplias barrocas, las pilastras adornadas al estilo árabe, las columnas jónicas.

…pero mira quién viene por ahí, escondiéndose en los vanos, ven acá muchacho, no seas tímido…

…Rogelito parece un muñeco con su trajecito de terciopelo, un muñeco de ensueño, qué guapito se está poniendo el muchachito, Perlita…

…qué abrigo tan hermoso traes, Aurora, te ves regia, amiga, como nunca, ¿quién te peinó, corazón…?

…¿te fijaste en el vestido de Sofía…?

…¿te diste cuenta de la piedra que trae colgada Gabrielita, mamá?

…por supuesto que la vi, no estoy ciega, ¿será de fantasía?, ¿será auténtica…?

…está muy recargado este edificio, don Víctor, ¿a quién se le habrá ocurrido mezclar tanta cosa…?

Tirso Estrada posó su mano sobre la cintura de Tere al subir la escalinata; detrás de ellos, el licenciado Sepúlveda y su mujer, doña Angélica. Admiraron el remate del fondo con el escudo de Carlos I de España, subiendo la escalera. Cuando llegaron al corredor del piso principal se toparon con Alfonso Urbina.

—Hola, Alfonso.

—Hola, Tere. Hola, Tirso.

Tirso cambió la expresión, vaciló un poco antes de ofrecerle la mano a Alfonso…

—¡Qué guapa! —dijo Alfonso.

—Gracias —dijo Tere, grácil, sin vanidad.

—Y usted siempre tan galán, señor, como siempre.

—Gracias, joven —dijo Tirso, sonriendo apenas—. Muchas jovencitas vienen solas, Alfonso, a ver si ya te consigues una novia.

—Gracias por el consejo, señor.

—De nada —dijo Tirso, sin cambiar la expresión—. Supe que te pegó Joaquín Ardura, ¿verdad? Por ahí anda. No sea que te quiera pegar otra vez.

—No te preocupes, mi amigo, no pienso hablar con él de política nunca más. Estábamos un poquito pasados ese día, ¿sabes?

—Es que toman mucho, Alfonso, no vayan a beber mucho esta noche por favor, me refiero… es la boda de Hortensia…

—Despreocúpate, mi amigo. Me dio gusto saludarlos.

Alfonso Urbina bajó las escaleras con un poco de prisa, como si estuviera buscando a alguien.

Un mármol reluciente del corredor hizo que el vestido de Tere Sepúlveda luciera más hermoso, arrojando un contraste sutil y delicado. El domo de cristal creaba un efecto fantástico sobre el corredor del edificio; un efecto que contrastaba con la decoración *art nouveau* y el estilo sevillano de los muros, de los arcos, enmarcados con detalles moriscos. Finalmente, llegaron al Salón de los Reyes.

Doña Virginia no había escatimado en la decoración del salón. Se veía elegantísimo, imponente, con los arreglos florales de las mesas, los manteles claros, la sobriedad de las copas, los candelabros…

…no hay un salón más hermoso en todo México…

...chiquilla, chiquilla, todas las mesas están dispuestas, cada quien que se siente en la mesa que le corresponde, por favor

...buenas noches, buenas noches, jovencitos, los quiero ver bailar al rato, ¿eh?, no los quiero ver sentadotes como la otra vez...

...por allá están los Villalpando, Tere, ya los vi, allá, al fondo del salón...

...y todos estos monos de los retratos, ¿son reyes españoles...?

...los manteles de las mesas están bellísimos, Florencia, qué hermoso se ve todo...

...no me has saludado, bribón, ven para acá...

...¡ahí vienen los novios, papá!, ¡ahí vienen los novios!

...un aplauso para los novios...,

...qué hermosa se ve Hortensia con ese peinado...

...¡que vivan los novios...!

...¡un brindis por los novios!

El rumor de las voces, retumbando contra los muros del salón y el murmullo incesante de los invitados, como si aquel barullo se fundiera con el barullo de la fiesta anterior, y éste, a su vez, con el anterior, así, hasta llegar a la primera fiesta que se hubiera celebrado en ese lugar tan espectacular, cuando empezó a funcionar como salón de fiestas, de banquetes, mucho después de lo que albergó algún día: un hospital atendido por monjas católicas.

Después de la cena y cuando la música tocaba con todo su esplendor y hombres y mujeres bailaban danzones y pasos dobles, Tere sintió que unos dedos cálidos tocaban su hombro: hola, Tere, y la sonrisa de Alfonso Urbina, despreocupada, amable: hola, Lorenza; hola, Paula... Las tres muchachas lo saludaron; se miraron por un instante, entre ellas, forzando una risita, bebieron de sus copas, y él se sentó al lado de Tere.

—¿Dónde está Tirso? —preguntó él.

—No sé —dijo Tere—. Ha de estar platicando con sus amigos...

—Claro —dijo Alfonso, y volteó a ver a las amigas de Tere—. Qué bien se ven, señoritas, muy guapas, felicidades.

—Gracias, Alfonso —dijeron ellas al unísono.

—¿Me puedes conceder esta pieza?

Y ella, un poco vacilante, trémula, indecisa:

—Sí, claro...

Cuando Alfonso la tomó por la cintura, ella volteó a ver a sus amigas: con risita burlona ellas le decían adiós con las manos. Al llegar a la pista de baile, sin previo aviso y como una sorpresa, sintió la mejilla de Alfonso acariciando su frente, muy cálida, sus labios rozando el peinado, su brazo rodeando su cintura, sin prisa, acompasado... Ella no supo qué decir, por algunos segundos, pero repentinamente dijo:

—¿Es cierto que te pegó Joaquín Ardura?

Alfonso sonrió, mirando a las otras parejas que bailaban junto a ellos.

—Tonterías. Pleito de amigos, por andar discutiendo cosas de política.

—Pero si son amigos, ¿cómo es que te pegó?

Alfonso volvió a sonreír y suspiró al mismo tiempo.

—A veces los amigos se pelean...

—¿Es cierto que estaban muy tomados?

—Un poco. Nada serio.

Con delicadeza, Alfonso esquivó algunas parejas para deslizar a Tere un poco lejos de su mesa. Se dio cuenta que sus manos sudaban un poco. Su cuerpo giraba lentamente, efímero, pegado al cuerpo de Alfonso, escuchando el vals que sonaba desde el fondo del salón, admirando los arcos de las puertas y los candiles de cristal que colgaban del techo, sonriendo a veces, sonriendo a las parejas que bailaban junto a ellos, percibiendo que le faltaba un poco el aire, el aire tibio que se arremolinaba alrededor de los invitados que bailaban junto a ellos.

Las luces de los candiles parpadeaban intermitentes creando sombras difusas por todo el salón, en cada uno de sus rincones, como luciérnagas en un bosque de rosas amarillas, y Tere se quedó mirando, sonámbula, el humo de los cigarrillos que ascendía en forma de volutas alcanzando los adornos de madera y mármol que se desprendían de la bóveda del salón. Miró la silueta de Tirso Estrada que aparecía y desaparecía entre los invitados, fugaz, entre las mesas del salón, su silueta momentánea que se evaporaba entre las sombras de las parejas que bailaban apacibles, insustanciales, y solo entonces cuando ella había comenzado a sentir sus músculos y huesos distendidos, cuando los labios de Alfonso rozaban su frente, cuando sintió que sus manos ya no sudaban y cuando sintió que su respiración era cadenciosa, solo entonces, dijo:

—Gracias, Alfonso. Voy a regresar a la mesa.

—Claro que sí. Te acompaño.

—No. No me acompañes, muchas gracias.

—Lo siento, Tere, sería una descortesía si no.

Regresaron a la mesa, sin impaciencia, recibidos por la sonrisa de Lorenza Villalpando y la mirada sombría de Tirso Estrada, que en ese mismo instante interrumpía su plática con Antonio Sepúlveda y Pablo Cisneros. Alfonso dispuso la silla para que ella se sentara: muchas gracias. Y luego, con una sonrisa resuelta: buenas noches, caballeros, para después alejarse de la mesa con el mismo ritmo con el que había llegado, caminando complaciente entre los invitados para regresar a su mesa, de donde había venido. Tere sonrió intentando compensar la mirada viscosa de sus amigos, la mirada apelmazada de Tirso. Lorenza y Paula sonreían un poco, y ella retomó la plática con sus amigas, como si nada hubiera pasado. ¿O qué?, ¿había pasado algo? Y ellas no nada, Tere, y le acercaron una copa de vino tinto.

Y detrás de ellas, pero que no alcanzaron a escuchar por el sonido de la música, Pablito Cisneros:

—¿Pero qué le pasa a ese tipo, Antonio? ¿No se da cuenta que tu hermana viene con Tirso?

—Tranquilo —dijo Antonio—. Es solamente una boda. Son amigos.

—¡Amigos! —reclamando, palmeando, gesticulando Pablito Cisneros—. Los *amigos* respetan a las novias de *sus amigos*.

—Vamos, vamos —dijo Antonio, conciliador, tranquilo—. Es una boda, Pablo. Tere no ha bailado en toda la noche. A Tirso no le gusta bailar. No creo que le importe.

—A ver, Antonio —insistió Pablo—, si tú vinieras a una boda con tu novia, ¿te gustaría que un pelmazo la invitara a bailar? No me vengas que es cosa de amigos. Tirso es muy celoso, y eso lo sabe este tipo.

—Ya tranquilízate —atemperó Antonio—. No vas a armar un escándalo por esto. Alfonso también es mi amigo y solamente invitó a bailar a Tere a título de lo que son: amigos. Ya tranquilízate.

El saludo de un señor vestido con traje gris, que puso su mano en el hombro de Antonio, impidió que siguiera discutiendo con Pablito Cisneros, sin darse cuenta de que ya se había levantado de la mesa para acercarse a Tirso Estrada y susurrarle algo al oído.

Por el rabillo del ojo alcanzó a mirar que Pablito había encontrado la mesa de Alfonso Urbina y que platicaban de pie, al lado de la mesa, sin poder escudriñar los gestos o expresiones de ambos jóvenes. Atento a la conversación del señor de traje gris, él seguía alerta, atento a los movimientos de Pablo y Alfonso, intentando traducir la mirada pétrea de Alfonso y los aspavientos, los gestos recargados, ásperos, de Pablito Cisneros, los semblantes de los amigos de Urbina que seguían inmóviles, adheridos a sus asientos, impávidos. Fue entonces cuando el señor de traje gris se despidió de él, y, sin meditarlo, sin ponderarlo, se encarriló a la mesa de Alfonso Urbina, abriéndose paso, gentilmente, entre los invitados que bailaban "Suspiros de

España", intentando alcanzar la mesa de Urbina, sin discernir el momento en que Pablito Cisneros había abandonado la mesa de Alfonso Urbina.

Antonio regresó a su mesa, despreocupado, escuchando "La Gracia de Dios", admirando el ritmo decisivo de los señores y señoras que se deslizaban por la pista de baile. El pasodoble impregnaba los espacios más recónditos del Casino.

Tocó el hombro de Tere y la tomó de la mano:

—Ven —dijo—. Baila conmigo.

Así estuvieron los hermanos bailando al compás de "Amparito Roca", "El Abanico" y luego "Los Nardos", "La Morena de mi Copla", felices, un buen rato de la noche, bromeando, saludando a sus amigos. Cuando regresaron a la mesa, Tirso Estrada seguía sentado, ensimismado con su plática con uno de sus amigos.

Teresa no supo si fue instinto, curiosidad o capricho, pero al compás de las bromas y risas de sus amigos, volteó sobre su hombro para ver si todavía andaba por ahí Alfonso Urbina. Ya después, bien entrada la noche, cuando se dio cuenta de que muchos invitados habían abandonado la fiesta, intentó percibir, discretamente, si Alfonso aún seguía en la fiesta, quizá rondando por las mesas. Pestañeando, discreta y evasiva, revisó fugazmente las mesas en donde había estado sentado Alfonso, pero no lo vio, ninguna pista, ni siquiera su silueta.

Después del baile, no volvió a ver a Alfonso Urbina en toda la noche.

[ ]

Encontró a su tío soplándole a una hoguera para calentar una olla. Lo vio de espaldas, en el rincón del jacal, acuclillado, el cuerpecito amorfo, contrahecho, agitando un soplillo de paja para avivar el fuego. Con el chasquido de la lengua, anunció su presencia. Tiburcio González no se sorprendió. Giró su cuerpecillo giboso y ahí estaba su sobrino, parado detrás de él, silencioso. Ahora traía una pistola atada a la cintura, como una advertencia velada. Su tío no lo saludó, se puso de pie, sosteniendo el soplillo en la mano, esperando que le dijeran algo.

—Qué le dije, tío. Ahora tiene que rendirles cuentas a los estanquillos. Acaparan la semilla, los animales de tiro…

—Tú…, ¿cómo sabes eso?

—Por favor. Esos malditos nomás ven pa' su beneficio. No se haga.

—No me hables así. Tu padre no lo hubiera permitido.

—¿Mi padre? Mi padre está muerto y no puede hablar. Lo que le estoy diciendo es la verdad. Primero le dan tierras yermas y luego le embargan la cosecha. No se haga. La poca cosecha que le queda. No me diga que con eso mantiene a la familia.

—Yo tengo forma de mantener a mi familia. Eso es lo que tengo que hacer y no andar por ahí, descargando balazos como un lunático. Entiende, no voy a enfrascarme en una guerra con ustedes ni contra ustedes. No me voy a pelear con el gobierno.

—No me diga eso… ¿Sabe qué? Le entregaron fusiles. Nosotros lo sabemos. No me quiera tomar el pelo como a un niño. Ustedes son católicos, reciben comunión, pero no tienen agallas para encarar a estos que quieren acabar con la religión. La religión de usted, tío, de sus hijos, de su esposa… Están traicionando al pueblo y por eso van a pagar las consecuencias.

—Nosotros no quisimos esta guerra, Tomás. Yo sé muy bien cómo los azuzan a ustedes los caporales de las haciendas. Y los hacendados. Y luego les roban el ganado. ¿Me vas a decir que ustedes son unas santas palomas?

—A usted no le incumben nuestras tácticas de guerra. En lugar de hacer frente común, ustedes prefieren comer mierda del gobierno, recibir dádivas del infierno.

Sintió resequedad en la garganta, la boca reseca. La mirada de su sobrino era fulminante, pero se animó a decirle:

—Es mejor que robar ganado o andar asesinando gente en las rancherías. ¿Me quieres convencer de que ustedes afrentan al gobierno porque son muy devotos? Ustedes quieren lo mismo que nosotros, ¿no?

—Queremos tierras que podamos venderlas, tío, arrendarlas, que sean para nuestros hijos. Pero tenemos dignidad. No recibimos dádivas. Nuestro sustento nos lo hemos ganado a puro golpe de sudor y lágrima. Usted no sabe de eso.

—Los que están armados son ustedes. Pero muchos de ustedes ni siquiera saben por qué pelean.

Tomás Donaciano movió la mano con un gesto displicente. Su voz era amarga y rabiosa:

—Traidores. ¿Qué?, ¿no sabe que nosotros sabemos lo de Calvillo, su dizque defensa regional, sus grupos de defensa en los municipios?, ¿y que a ustedes, que son una bola de muertos de hambre, los anda azuzando un tal general de la O, no es cierto? Un general zapatista que ahora no es más que un criado miserable del gobierno. ¿Piensa usted que no sabemos? Además, usted está con los de Presidio, ¿no es cierto?

—Yo no te tengo que dar explicación de nada. Tómalo como quieras.

Escupió al suelo porque había estado masticando algo, un pedazo de tabaco o un listoncillo de raíz. Se acercó a su tío, desafiante, y, sin preguntarle, acomodadizo, se inclinó sobre el comal y tomó un pedazo de tortilla para untarle una cucharada de los frijoles que se calentaban en la olla. Masticó en silencio, deglutiendo la tortilla con una parsimonia lacerante; la mirada seguía frívola e inflexible. Arrojó al suelo el último pedazo como si fuera algo rancio y putrefacto. Sus pupilas bailoteaban como una danza inexorable que anuncia el ataque de un perro furioso. Pero no hizo nada. Sólo dijo:

—No es como yo lo tome, tío. Es como son las cosas. No se haga...

—¿Que no me haga yo, sobrino? A ustedes también los asisten los municipios, ¿no es cierto?

—¡Vaya! —dijo él, arrogante, desafiante—. ¡Vaya! 'Ora sí podemos hablar de hombre a hombre. De soldado a soldado, digo... Siempre lo supe, tío. Siempre supe que usted y su familia iban a servir de criados, de mandaderos. Su sangre mezquina no es la mía. Nosotros somos diferentes. No nos vendemos tan fácil por unas putrefactas tierras áridas.

—¡Cállate! ¡Ya basta!

Con un movimiento automático, Tiburcio González alzó la mano sin poder resistir aquel reflejo instantáneo.

—Baje la mano, tío. Baje la mano...

—Te voy a pedir que te vayas de mi casa. Te voy a pedir que no vuelvas por aquí. Por el cariño que alguna vez nos dispensaste.

—No me hable de cariños, tío. No sea que me vaya a enternecer con esas cosas. Mire, le digo una cosa: le doy tres días para que se aliste con el ejército de Cristo Rey. Usted y su familia.

—¿Es una amenaza?

—Sí, tío. Es una amenaza. Son las órdenes del jefe de mi brigada. Desde 'ora mismo queda usted anoticiado.

[ ]

Ahí estaba ella, subiendo el último escalón para llegar al corredor del piso principal, de la mano de Tirso Estrada, con su vestido amarillo limón; el pelo negro ondulado sobre los hombros, y un collar de perlas blanquecinas que acentuaban el color aceitunado de su piel. Él los miró antes de que ellos pudieran verlo. Ella caminaba despacio, sin prisa, con un estilo sosegado, apacible, junto a Tirso Estrada. Venía presuroso porque había olvidado sus cigarrillos en la guantera del automóvil, y por eso iba a contracorriente, eludiendo gente, abriéndose paso entre los invitados de la boda. Se topó de frente con la pareja.

—Hola, Alfonso —dijo ella.

Se detuvo un instante. Tuvo pocos segundos para que su mirada pudiera recorrer los ojos de Tere, el peinado de Tere, el vestido de Tere. Extendió su mano para saludar a la pareja y con esa percepción maldita que lo había acompañado toda su vida, reparó en la expresión incómoda de Tirso, indiferente, elusivo. También percibió su intención vacilante de corresponder el saludo de manos.

—Hola, Tere. Hola, Tirso. ¡Qué guapa!

—Gracias —dijo Tere, sin vanidad.

Con un movimiento automático, volteó a ver a Tirso Estrada que lo seguía mirando con esa expresión adusta e inextricable, confusa. Intentó atemperar la atmósfera, ligeramente rígida.

—Y usted siempre tan galán, señor, como siempre.

Sintió su propia falsedad cuando terminó de decir aquello.

—Gracias, joven —dijo Tirso—. Muchas jovencitas vienen solas, Alfonso, a ver si ya te consigues una novia.

No tuvo tiempo de formular acertadamente alguna otra respuesta, más la que en forma estúpida ya estaba saliendo de sus labios:

—Gracias por el consejo señor.

—De nada –dijo Tirso, sin cambiar la expresión—. Supe que te pegó Joaquín Ardura, ¿verdad? Por ahí anda. No sea que te quiera pegar otra vez.

—No te preocupes, mi amigo, no pienso hablar de política con él. Estábamos un poquito pasados, ¿sabes?

—Es que toman mucho, Alfonso, no vayan a beber mucho esta noche por favor, me refiero… es la boda de Hortensia…

—Despreocúpate, mi amigo. Me dio gusto saludarlos.

Bajó las escaleras del Casino para salir a la calle y respirar el aire tibio de la noche, sintiéndose cobijado por la tranquilidad de Isabel la Católica. El firmamento desplegaba estrellas trémulas de color azulado, invadiendo un cielo lívido que se desplomaba bajo los edificios sobrios de la calle. Al llegar al automóvil, tomó la cajetilla de *Lucky Strike* y regresó al edificio como si no hubiera pasado nada.

Cuando llegó a los portales del salón, no se dio cuenta de que Orvelino Aguilar agitaba los brazos desde una mesa contigua a una pilastra. No lo vio. Los invitados de la boda ahora pasaban rápidamente ante sus ojos, sin distinguir sus rostros, sus gestos, sus expresiones, como un río de gente vestida de noche, un océano de glamur y apostura. Entre la multitud de invitados, por fin alcanzó a ver las señales de Orvelino.

—Aquí está su mesa, señor licenciado —dijo su amigo, siempre jovial, como un niño feliz.

—Gracias, panzón —dijo él—. Gracias por apartar mi silla.

Ahí estaban Emilio Amezcua, Alfredo Montesinos y Mariano Cuesta, amigos de toda la vida. Así lo había previsto, sugerido y organizado el propio Orvelino ante las complacencias y complicidades de Hortensia: esa novia tan linda, Alfonso. Un mozo elegantísimo se acercó para ofrecerle bebidas: whisky, señor, si es tan amable. Gracias. Salud, amigos.

—¿Leíste los periódicos? —dijo Alfonso—. Los alemanes no han podido con la famosa línea *Weygand*. No han podido romperla. Los han contenido desde el mar hasta *Soissons*.

—Y por esto están mandando reservas desde la Selva Negra —dijo Orvelino Aguilar, disfrutando del caviar que habían traído a la mesa.

—¿Cuántos tanques les quedan? —dijo Montesinos—. A los alemanes, ¿cuántos tanques les quedan?

—Difícil saber —dijo Alfonso—. Iniciaron con cinco mil.

—¡Cinco mil tanques! —abrió los ojos Alfredo Montesinos—. ¡Cinco mil tanques!

—En Flandes han de haber perdido unos dos mil tanques —dijo Alfonso Urbina—. Pero los reparan, mi amigo, utilizando piezas de otros tanques.

—Entonces —dijo Orvelino—, para este nuevo ataque los alemanes han de haber contado con unos cuatro mil tanques.

—Solamente utilizaron la mitad —dijo Alfonso—. Pero quieren terminar esta guerra lo más rápido posible… Pueden lograrlo.

—No va a estar tan fácil —dijo Emilio.

—Además —dijo Mariano—, están los gringos, mi amigo. Roosevelt ya sometió una aprobación al Senado de los Estados Unidos para prestarles armamento a los franceses y a los ingleses.

—¿De qué otra forma los franceses pueden detener a los alemanes? —preguntó Alfredo Montesinos.

—A base de puros cañonazos, mi amigo —dijo Orvelino—. A cañonazo limpio.

—¿Cómo está eso del Senado gringo? —preguntó Alfredo, ofreciendo cigarrillos a sus compañeros.

—Para no violar la Ley de Neutralidad —contestó Mariano—, los gringos pueden devolver a los franceses y a los ingleses el excedente de armamento que ya existe.

—Ya les pidieron a los gringos más de ocho mil aviones —dijo Emilio—. ¿Dónde queda la Ley de Neutralidad?

—La guerra es negocio —sentenció Alfonso—. Los pretextos sobran. Russel dijo que ya no se trataba de ser pacifista, que si no fuera tan viejo se alistaría. ¡Por favor!

Después de la cena, cuando el coñac y el vino tinto empezaron a circular por la mesa, Alfonso tomó del brazo a Orvelino y le dijo, casi como en secreto:

—Seguí tu consejo, panzón…

—¿Cuál de todos?

—Sí me llevé a la Rosario a Veracruz.

—Ya lo sabía, licenciado —rio Orvelino.

—¿Quién te lo dijo?

—¿Pues quién va a ser?

—Ana Luisa... Pues sí, ¿verdad?

—Ajá. Y ahora quiere que la lleve yo a Veracruz. Las mujeres se cuentan todo, Urbina. No existen secretos entre Rosario y Ana Luisa.

—¿Cuándo la viste?

Orvelino cambió la expresión. Sostuvo el vaso en la mano como si estuviera meditando la respuesta. Entonces dijo:

—No te he dicho... Es que no te he contado... Hace un rato que no la veo.

—¿Qué no me has dicho?

—De milagro estoy sentado aquí contigo. De milagro estoy en esta boda. Por suerte no salí en los periódicos, mi amigo.

—¿Ah, sí? ¿Qué fue lo que pasó? —Alfonso se inclinó un poco en su silla para que Orvelino pudiera bajar el tono de voz—. ¿Te hizo algo el general?

—No. El general no tiene nada que ver. Digamos que tuve el placer de conocer a la familia de Ana Luisa.

Alfonso abrió los ojos, arqueó las cejas y prendió otro cigarrillo, lentamente, mirando hacia las otras mesas. ¿Había oído bien o eran los whiskys, los coñacs, las copas de vino? ¿Sería capaz?

—Formidable —dijo Alfonso—. O sea que ya te presentó a su familia.

Orvelino se atragantó un poco con el coñac. Carraspeó, desanudándose la corbata para estar más cómodo.

—No fue la mejor noche, mi amigo. Fue el día que fuimos al Parque Clavería, ¿te acuerdas? Hace como tres semanas. Tú te fuiste a tu casa porque al día siguiente tenías una junta de trabajo, o qué sé yo. No me acuerdo... ¡Chist! ¡Mira!, la Tere se quedó sola en su mesa, fíjate... ¡Ah, no! Espera un poco... ¡No voltees! ¡Zas! Ya regresaron las amigas... pero no está con el novio. Está platicando con alguien, a tres mesas de ella. Pero yo ya te dije cómo están las cosas... No me digas que no, ya te lo he dicho varias veces...

—¿Está con las amigas?

—Sí, pero Tirso no está en la mesa.

—Ahora vengo, panzón. Después me platicas lo que pasó con la familia de Ana Luisa.

Se levantó de la mesa y caminó, sin vacilar, al otro extremo del salón, muy cerca de la pista de baile. Su paso era lento entre la marea de gente; iba abstraído, pero con una decisión inexorable. Llegó a la mesa de Tere, mirándola fijamente: su perfil luminoso, su presencia absoluta, su postura graciosa...

—Hola, Tere —sonriente, despreocupado—. Hola, Lorenza; hola, Paula.

Las tres muchachas lo saludaron, un poco insulsas. Él se sentó al lado de Tere.

—¿Dónde está Tirso?

—No sé —dijo ella—. Ha de estar platicando con sus amigos...

—Claro —y volteó a ver a las amigas de Tere—. Qué bien se ven, señoritas, muy guapas, felicidades.

—Gracias, Alfonso —dijeron ellas.

—¿Me puedes conceder esta pieza?

—Sí, claro... —trémula, vacilante.

Al llegar a la pista de baile, tomó la mano cálida de Tere, con un movimiento natural, rodeando su cintura, un poco perplejo porque nunca se imaginó que Tere tuviera las manos tan suaves, tan sedosas. Con un poco de sorpresa, escuchó la voz de ella, como si estuviera muy lejos, dentro de un sueño:

—¿Es cierto que te pegó Joaquín Ardura?

—Tonterías —dijo él, mirándola de frente—. Pleito de amigos, por andar discutiendo cosas de política.

—Pero si son amigos, ¿cómo es que te pegó?

—A veces los amigos se pelean... —mirándola a los ojos, suspirando, con simpatía.

—¿Es cierto que estaban muy tomados?

—Un poco. Nada serio.

Esquivó algunas parejas para deslizar a Tere un poco lejos de su mesa. Un bolero y luego un vals mexicano. La expresión de Tere era extraña pero fascinante, dibujando ese rostro de tez blanca, en armonía con esas manos trémulas, el cuerpo delicado y sugestivo; una expresión sonámbula como si estuviera en otro mundo, en otro lugar. Un rato después se dio cuenta que ella miraba hacia su mesa, furtivamente.

—Gracias, Alfonso. Voy a regresar a la mesa.

—Claro que sí. Te acompaño.

—No. No me acompañes. Muchas gracias.

—Lo siento, Tere, sería una descortesía si no.

La acompañó a su mesa sin mirar a nadie, pero no pudo escabullirse de la mirada sombría de Tirso Estrada y de Pablito Cisneros.

—Gracias, Tere. Buenas noches, caballeros.

Regresó con los amigos, y Orvelino lo esperaba de pie, junto a Emilio Amezcua y Mariano Cuesta. Alfredo Montesinos se acercó a la mesa cuando lo vio venir. Le preguntó:

—¿Qué te dijeron, Alfonso? No te pusieron muy buena cara, ¿no?

—¡Bah!, me importa un comino lo que piensen...

—Su amiga —terció Alfredo—, Paula Escobedo, es guapa ella ¿no?

—Sí, bastante.

—¿Viene acompañada?

—No creo. ¿Te la presento?

Justo antes de sentarse, cuando ya se inclinaba para arrastrar su silla, una mano gruesa y torpe lo tomó del hombro. Volteó instantáneamente, como un reflejo audaz, y ahí estaba la carita regordeta y simpática de Pablito Cisneros; sus ojitos rojizos, sus cabellos relamidos, mal peinados; sus mejillas sonrosadas.

—Oye, Urbina, sí sabías que Tere viene con Tirso, ¿no?

Él contestó con una mueca desconcertante, confusa, un poco irónica, pero con el afán de no empeorar las cosas, dijo:

—Sí, sí sabía. Todo el mundo lo sabe.

—Sí sabías que son novios, ¿no?

Y entonces se puso serio, estirando el brazo para alcanzar su copa de coñac, dándose tiempo para sorber un poco más de su bebida, refrescarse los labios, la garganta reseca.

—Nadie me ha informado de eso.

—No te hagas, Urbina, sabes perfectamente bien que son novios.

—Insisto: no sé nada de eso. Tere y yo somos amigos. Tirso y Antonio son mis amigos.

—Peor tantito, Urbina. Precisamente, como Tirso es tu amigo, no es válido que de repente llegues, te aproveches de que no está con Tere y la invites a bailar. Perdóname, pero eso no es de amigos.

No había duda. Lo mira, lo olfatea, calcula mientras resuena en su cabeza esa vocecilla rugosa. No había duda: había tomado demasiado Pablito Cisneros.

—Yo no creo que sea incorrecto. Tirso no baila. No es la primera vez que bailo con Tere.

—Pues tendrá que ser la última, Urbina. Perdóname que me meta en este asunto, pero tú sabes que Tirso es demasiado educado para decírtelo.

No pudo evitarlo, aun cuando se arrepintió al momento de decirlo:

—Pues entonces que venga él y me lo diga.

Los ojitos de Pablito brillaron con desconfianza, airados. Su cuerpecillo robusto se contorsionó abruptamente, pero Alfonso siguió inmóvil, indomable, con aquella mirada pétrea e insulsa.

—Ya te lo dije antes, Urbina. Tirso es demasiado educado y no va a venir hasta acá a explicarte cómo deben comportarse los amigos con sus novias. Quiero que sepas que está un poco molesto.

—Sinceramente…, no lo creo…

—Creo que no me has entendido, ¿verdad?

Empezaba a resultar incómodo Pablito Cisneros, pero pensó en Hortensia, en Juanito Linares, y en Tere Sepúlveda. Además, ¿por qué comprometer a sus amigos? Bastaría una bofetada para que Pablito tambaleara y cayera al suelo en un golpe seco y aparatoso. No. No valía la pena. Sin embargo, no pudo resistirlo:

—Lo que entiendo muy bien es que tú eres algo así como el mandadero de Tirso, ¿no?

—No te pases, Urbina. No te pases… Ojalá que no te vea yo afuera del Casino.

Y esto último lo dijo ya alejándose, retirando su reducida humanidad, moviendo el dedo índice, como en señal de advertencia. Alfonso lo vio alejarse muy decidido, muy molesto, acomodándose el saco y la corbata, orgulloso de sí mismo. Su mirada se encontró, de súbito, con la mirada de Antonio Sepúlveda, quien lo saludó discretamente, con un movimiento de cabeza, y él respondió de la misma forma, como si tuvieran un código secreto.

Cuando se volvió a sentar en la mesa, no pudo evitar soltar una carcajada estridente que contagió a sus amigos.

—¡Genial, Alfonso!

—Este tipo es una caricatura —rio Orvelino—. Te juro que hicimos todo lo posible por no reírnos de él…

—¿Cómo se llama? —preguntó Emilio—. Creo que lo he visto antes.

—Pablito Cisneros. Amigo de Tirso y Juanito Linares.

—Increíble, Alfonso.

—¡Já! Lo veía venir, créeme. Si hubieras visto la mirada odiosa que me echó cuando acompañé a Tere a su mesa, te hubiera dado más risa.

Brindando con los amigos, de todas formas, Alfonso quiso escudriñar un poco, desde esa posición, lo que pasaba en la mesa de Tere, pero no vio nada extraño. No alcanzó a ver a Pablito Cisneros. Ni siquiera lo vio cuando estuvo un par de horas más en aquella mesa. Durante esas dos horas intentó olvidarse de Tere. Tampoco la volvió a ver durante la fiesta. Sólo se acordó de ella cuando salió del Casino y se subió a su automóvil, en compañía de Orvelino, en esa madrugada fresca y jovial. Su amigo le sacudió el brazo cuando él, tranquilo y perezoso, arrojaba el cigarrillo por la ventanilla del auto.

—Vaya, vaya —musitó Orvelino—. Mira a quién tenemos ahí.

No lo vio con mucha claridad, como borroso, caminando solitario hacia su automóvil, zigzagueando un poco, como si estuviera perdido en mitad de la noche, absorbido por las calles oscuras de Isabel la Católica. Alfonso encendió el motor sin perder de vista la silueta que avanzaba a veinte, treinta metros de ellos, aquella silueta rellenita que era Pablito Cisneros, y que ahora buscaba las llaves de su auto en las bolsas del pantalón, en la bolsa interior del saco, hurgaba en su camisa, sin encontrarlas, confundido y tambaleante.

—Ponle un susto a ese menso —dijo Orvelino.

Sin pensarlo demasiado, Alfonso pisó el acelerador provocando el rechinar de llantas que puso en alerta la figurilla indefensa y confusa de Pablito, quien, por instinto de supervivencia, pegó su cuerpecillo a la portezuela del primer auto que encontró, esperando el desenlace fatal. Difícil olvidar la cara de susto que puso cuando estuvo a punto de ser arrollado. El auto frenó en seco y a tiempo para girar y tomar el rumbo normal de la calle, pasando junto a él, a baja velocidad. Lo saludaron efusivamente:

—¡Buenas noches, Pablito!

No contestó, de momento, mirándolos atónito, con el rostro pálido y desencajado. Avanzaron despacio, unos veinte metros más para cerciorarse de su reacción, por simple curiosidad. Justo en el momento en que Alfonso comenzó a acelerar el auto, escucharon que les gritaba, como un rugido angustioso y ensordecedor:

—¡Vete a la chingada, Urbina!

Pero Pablito ya no alcanzó a escuchar las risotadas que soltaron los ocupantes del vehículo: se quedó ahí parado, en la soledad de la calle, solitario y con el corazón palpitante, viendo que el auto se perdía ágil y retumbante por las calles todavía oscuras del centro de la ciudad.

10

Una hora de camino, sintiendo por ratos un baileteo discontinuo y suave, mirando el espectáculo de la vida cotidiana a través de los cristales, y por fin bajaron del tranvía a un costado de la Alameda Central, de ese tranvía amarillento y silencioso que salía del Zócalo para recorrer 16 de Septiembre hasta San Juan de Letrán, transitando después por Avenida Hidalgo, Puente de Alvarado, hasta llegar a San Cosme. Ellos venían en el trayecto contrario, saliendo de la colonia Santa María la Ribera, en esa mañana soleada de verano, donde un cielo azul se desvanecía sobre el rumor sabatino del centro de la ciudad. Un tumulto de gente bajó del tranvía junto con ellos: señoras de vestido largo con niños, caballeros con traje y corbata, obreros, oficinistas y uno que otro vendedor ambulante.

—¿Por qué bajamos aquí, Tirso?

No contestó de inmediato: su mirada era serena, sosegada, respirando ese aire enrarecido y bullicioso.

—Vamos a caminar un rato por la Alameda.

Él sonrió, como un niño feliz, dispuesto a comprar caramelos o dulces mexicanos alrededor de aquella plaza interminable, pasmosa, con sus fuentes míticas, su colorido, sus jardines de ensueño, sus árboles y su gente. Caminaban despacio, a orillas del parque central, admirando los jardines y los edificios aledaños. Tirso se lo había prometido: dos casimires ingleses para empezar, unas cuantas corbatas, zapatos y camisas de vestir. Irían a las calles de Bolívar y Madero. Ahí encontrarían todo.

—Me fascinan los tranvías, Tirso. ¿Sabías que antes eran arrastrados por mulitas?

—Sí sabía. Alguna vez me subí a uno con mi madre, cuando era niño, allá por la Plaza Lerdo, en la colonia Guerrero.

—Pobres mulitas, ahora con tanta gente no aguantarían la carga.

—Los tranvías eléctricos llegaron con don Porfirio Díaz. A él le gustaba mucho viajar en tranvía, ¿sabes?

—Vamos, enséñame dónde le dispararon al presidente Díaz.

—No le dispararon, le dieron un golpe en la cabeza. Eso fue del otro lado, en Avenida Hidalgo.

—¿Qué fue lo que pasó?

—Bueno, no estoy seguro. Venía con su comitiva, ¿sabes?, viajando en tranvía, por cierto, para los festejos del aniversario de independencia. Finales del siglo pasado, unos años antes de que se le viniera el mundo encima.

—¿Qué pasó entonces?

—No sé cómo un sujeto, de la nada, burló la seguridad del presidente y se acercó hasta él. Lo golpeó en la nuca, muy fuerte.

—Un maldito…

—El caso es que agarraron a este sujeto en el mismo instante en que pretendía huir. Le dieron un bastonazo seco en el costado o en las piernas.

—¿Qué hizo el presidente Díaz?

—Nada. Sólo siguió caminando como si nada, un poco aturdido seguramente. Les pidió a sus hombres que respetaran las garantías del sujeto.

—¿Cómo dices tú? ¡Magnánimo el presidente Díaz!

—Bueno…, lo cierto es que este sujeto amaneció muerto al día siguiente en las oficinas de la policía. Salió en todos los periódicos. El caso es que el jefe de la policía y su gente fueron detenidos para que aclararan la muerte del agresor.

—¿Por qué lo mataron, Tirso?

—Eso nunca lo sabremos, mi amigo. Una semana después, el jefe de la policía también amaneció muerto y allí quedaron las pesquisas.

—¿También mataron al jefe de la policía?

—Sí, señor.

—¿Y ahí quedó todo? ¿Ya no se investigó nada?

—Supongo que no. Eran otros tiempos.

Se detuvieron un instante para comprar morelianas y cacahuates con dulces. La expresión del muchacho brilló repentinamente. Miró hacia el parque y se quedó quieto un instante.

—Vamos —dijo—, vamos a ver la fuente de Las Comadres. Me encanta esa fuente.

Adentrándose en el parque, siguieron los corredores bien recortados y ornamentados, admirando los jardines y los árboles fastuosos, las jacarandas y los álamos frondosos, llenos de vida y verdor. Llegaron a la fuente de Las Comadres. Se acercaron para ver de cerca esas dos mujeres portentosas llenando los jarrones de agua, con sus túnicas indiscretas, juguetonas, irreverentes.

—Las Náyades —dijo Tirso.

—¿Náyades?

—Mitología griega. Eran ninfas de cuerpos de agua dulce. Si la fuente se seca, las Náyades mueren. También habitan en los manantiales y en los arroyos. Eran hijas de Zeus.

—Son hermosas, Tirso.

—Muy hermosas. No toques el agua. No les gusta. Tampoco las veas mucho, no sea que te vayas a quedar loco.

—¡Vamos, Tirso! ¿Qué es una ninfa?

—Deidades de la mitología griega. Hijas de Zeus. Todas ellas eran mujeres y estaban relacionadas con alguna fuente, un pozo, un jardín, un bosque.

Salieron de la Alameda por el rumbo del Hemiciclo a Juárez, para llegar al Palacio de las Bellas Artes y seguir andando sobre la acera de Madero hacia las calles de Bolívar. Al llegar a la esquina, entraron en "Casa Rionda". Era más de mediodía y el sol seguía brillando con luz resplandeciente. La tienda estaba un poco fresca y su sombra resultó gratificante para esas horas del día. Allí estaban, muy bien dispuestos, muy ordenados, trajes, casimires, camisas, pantalones, corbatas, sombreros y una sección de zapatos que llamó la atención inmediata de Tirso Estrada. El encargado de la tienda se acercó a ellos, discreto, muy amable, pero sin cambiar su expresión seria y adusta.

—Buenas tardes, caballero, necesito un par de casimires, un traje y unas camisas de vestir.

—Claro que sí, señor. Tomen asiento por favor. ¿Son para usted o para el joven?

—Para el joven —dijo Tirso.

—Regreso enseguida. ¿Algún casimir en especial?

—Importados. De preferencia que sean de lana, en colores oscuros.

—Enseguida.

El encargado se alejó, rodeando el mostrador. Minutos después regresó con dos columnas de telas. También les acercó varios tipos de camisas, impecables, sobrias, de color blanco y azul.

Tirso acarició las telas, sintiendo la sedosidad de la lana, la suavidad de las fibras y los acabados.

—Estos son ingleses; estos italianos —dijo el dependiente.

—Ven, acércate —le pidió al muchacho.

Él se acercó. Miró los casimires, las camisas y las corbatas. Tirso se sentó en un sillón forrado mientras el muchacho se probaba uno de los trajes que le había traído el hombre de la tienda. Miró a través de la ventana, disfrutando la luz del día, amortiguada a través del cristal opaco. Pensó en su madre, en los encargos de su madre: un par de manteles de algodón, unas tijeras para la cocina, pasadores y aspirinas. Repasó mentalmente: manteles, tijeras, pasadores, aspirinas.

—¿Algo para el señor?

—No por el momento.

El joven salió de los probadores vistiendo el traje azul marino y una de las camisas blancas que le habían mostrado con la anuencia y supervisión de Tirso Estrada. Se levantó del sillón para verlo de cerca. Le acomodó el cuello de la camisa, el hombro del saco, abotonándolo y desabotonándolo, satisfecho. Le dio una palmadita tierna y amable en la mejilla, contemplándolo, orgulloso de su porte y elegancia. Tres camisas, dos trajes, dos casimires, tres corbatas y unos zapatos de charol. Pagó la cuenta y salieron de la tienda.

—Gracias, Tirso.

—Ahora sí vas a ir al bautizo como Dios manda.

—Gracias.

—No tienes nada que agradecer. Ahora vamos a comprar unos encargos de mi madre y luego iremos a comer.

—¡Sí, Tirso! Me muero de hambre.

—Yo también.

Siguieron caminando por las calles de Madero y antes de entrar a una farmacia, el muchacho dijo:

—¿Náyames?

—No, Náyades. Náyades, la fuente de Las Comadres.

—Las hijas de Zeus.

—Las hijas de Zeus —repitió él, sonriendo—. Las ninfas de los manantiales…

[ ]

No durmió bien debido al calor tenaz de la noche, el aire tibio enrarecido del mes de abril, el susurro incesante de sombras indefinidas. Sólo pudo dormitar a ratos, como hacía tiempo que dormía, sin descansar, sin poder conciliar el sueño; se retorcía como un tlaconete a punto de expirar, agónico, entreabriendo sus ojillos tiesos, con aquellas figuras fantasmales que rondaban por el cubículo. Y luego soñaba, soñaba despierto, o dormido, no alcanzaba a estar completamente despierto, no lograba distinguir entre el sueño y la vigilia, entumecidos los huesos, inmóvil a ratos, creyendo que su cuerpo se movía y que lograba levantarse del colchón, arrastrándose por el suelo terregoso. Incluso, alcanzaba a oler el polvo de la tierra, la arenilla seca y caliente; llegaba a percibir el olor quemante de la noche, la humareda irregular que se filtraba por las ventanas o por debajo de las paredes. Y él trataba de moverse, intentando levantarse del colchón, queriéndose incorporar para lograr percibir de dónde rayos venía esa humareda intermitente y asfixiante.

Después, lo venció el cansancio, finalmente

Y más tarde, sin saber si estaba despierto o soñando, percibió esa bruma densa, como vapor de agua, en la sobriedad de un templo, en la penumbra tenue de una mañana fría y desolada: ¿la Parroquia de San Miguel Arcángel? Su madre junto a él, frente a la imagen del Santísimo, llevándolo de la mano, pidiéndole que se persignara, que se arrodillara y que se volviera a persignar.

"—Por la señal de la Santa Cruz, de nuestros enemigos, líbranos, Señor. En el nombre del Padre, y del Hijo, y del Espíritu Santo. Amén... Di "amén".

"—Amén.

"—Muy bien... Ahora..., el Símbolo de los Apóstoles. Repite conmigo.

"—Sí, madre.

"—Creo en Dios, Padre todopoderoso, creador del cielo y de la tierra. Creo en Jesucristo, su único Hijo, nuestro Señor, que fue concebido por obra y gracia del Espíritu Santo..."

La mañana era fría y su cuerpecillo enjuto temblaba ligeramente, sintiendo las manos frías de su madre, rezando a su lado, fervorosa, con los ojos cerrados, mientras él repetía los rezos de ella.

"—El Acto de Contrición. Ven, escúchame. Señor mío Jesucristo, Dios y Hombre verdadero, Creador, Padre y Redentor mío...

Y él repetía la oración. Su madre volvía a cerrar los ojos, bisbiseando, muy trémula, como una santa indómita. Y abría los ojos, momentáneamente, y él la observaba embelesado.

"—Ahora, el padrenuestro, tres avemarías. Vamos, reza conmigo. Repite conmigo."

Rezó un padrenuestro y tres avemarías, intentando seguir el énfasis que ponía su madre en las palabras, ágil y presurosa, tomándolo de la mano a la vez que sujetaba un rosario de madera con un crucifijo de metal plateado.

"—¿Qué sigue? Dímelo.

"—¿El gloria?

"—Muy bien. Vamos: Gloria al Padre, y al Hijo, y al Espíritu Santo. Como era en el principio, ahora y siempre, y por los siglos de los siglos. Amén.

"—Amén.

"—Y ahora el primer misterio, Tomás. Como es martes nos toca la oración de Nuestro Señor en el Huerto. Vamos. Repite conmigo.

"—Sí, madre.

"—Y el padrenuestro. Vamos. Dilo.

A veces tembloroso, a veces confuso, intrigado por esa bruma que provenía del atrio y que a través de ella distinguía figuras religiosas y humanas.

"—Ahora tienes que rezar diez avemarías, el gloria y yo te ayudo con la jaculatoria. Vamos, reza conmigo, hijo mío.

"—María, Madre de gracia… Dilo…

«—Madre de misericordia, defiéndenos de nuestros enemigos y ampáranos ahora y en la hora de nuestra muerte. Amén.

"—Amén.

"—Ahora tú solo. Anuncia el tercer misterio y un padre nuestro. Diez avesmarías y el gloria.

"Sí, madre. Coronación de espinas.

"—Muy bien."

Y ahí siguió, sintiendo ese vientecillo frío entre las piernas, engarrotándole los dedos de los pies, y seguía el cuarto misterio, reflexionando, asintiendo, cerrando los ojos como su madre, para dar paso a otro padrenuestro, diez avemarías, el gloria y otra vez la jaculatoria. Finalmente llegaría al quinto misterio, el padrenuestro, diez avemarías, la jaculatoria una vez más y el salve.

Y cerró los ojos, extasiado, concentrado, intentando desentrañar toda la oración, vivirla con fervor cristiano, como le había enseñado ella, su madre.

Pero la bruma densa que circundaba por el interior del templo fue desapareciendo de forma inexplicable, extinguiéndose a través de los santos, por detrás de los muros, en dirección del presbiterio. La figura de su madre se extinguió gradualmente, difuminándose como una sombra endeble, empequeñecida, como si se hubiera deslizado en dirección del atrio, arrastrándose como una tolvanera agonizante. Miró hacia afuera, temeroso y confuso, sorprendido por el fuego incandescente que se agitaba en las afueras del templo. Quiso llegar al pórtico, levantando el brazo a la altura de sus ojos para que el destello no lo deslumbrara. ¿Adónde habría ido su madre?

Y ahí estaba: la silueta de un hombre cubierto por una sotana oscura, mirándolo con una sonrisa cándida, sensible, afectuosa ¿Quién era él? ¿El padre Velasco? ¿Por qué el padre Velasco? La mañana seguía fría y el aire gélido traspasaba el jorongo y sus pantaloncitos de manta. Los dedos de sus pies seguían congelados, entumecidos, a punto de quebrarse en mil pedazos. Escuchó el crujir de la terracería bajo sus pies, a la vez que pequeños remolinos de polvo se formaban a la altura de su cuerpecito frío y tembloroso.

"—Acércate, Tomas. No tengas miedo.

"—No, padre, no tengo miedo. ¿De qué puedo tener miedo?

"—Acércate más. Vamos a sentarnos debajo de los encinos.

"—Sí, padre."

Se sentó al lado del cura, en una banca oxidada y fría, amodorrado y con una temblequera indómita

"—¿Por qué tiemblas?

"—Hace frío, padre. ¿No lo siente usted?

"—En esta época del año siempre hace frío. Y a estas horas más, muchacho.

"—No me gusta el frío, padre. Me tiemblan las manos… ¿No ha visto a mi madre?

"—¿Tu madre?

"—Sí, mi madre. Estaba rezando conmigo, dentro de la iglesia. Rezábamos el rosario.

"—Tu madre ya no está con nosotros, Tomás, y no resucitará hasta el día del Juicio Final.

"—No, padre, eso no es verdad. Mi madre regresó…

"—Nadie puede regresar antes del Juicio Final, muchacho. Así es el plan de Dios. El plan del misterio universal, ¿entiendes?"

Miró al cura a los ojos y, horrorizado, vio que sus pupilas se transformaban en dos bolitas ígneas, chisporroteantes, volátiles, dos llamas titilantes en las cavidades de sus ojos. Se tuvo que hacer a un lado porque el cura comenzó a arder como un árbol seco que es alcanzado por una tormenta de rayos. Gritó asustado, completamente desorientado. Pero aun escuchaba esa voz, trémula y lejana, la voz del cura, del sacerdote. ¿Dónde estaba? ¿Qué es el pecado original, Tomás? Dímelo. ¿Qué es la comunión de todos los santos? Otra vez el fuego alrededor de él, privándolo de cualquier escapatoria.

¿Un incendio? ¿Qué era lo que se estaba quemando? Y luego esas figuras tiesas, alrededor del fuego, chisporroteantes, figurillas humanas que le gritaban desde afuera, sin movimiento, solo ese fuego irreprimible que alcanzaba las copas de los árboles. Emitió un grito sordo y ahogado.

—¿Qué pasa, Donaciano? —se incorporó Isabel, muy asustada, confusa—. ¿Por qué gritas?

—¡Están quemando la Parroquia de Nuestra Señora de Guadalupe!

—¡Quiénes, por Dios! —asustada, perpleja, escamada—. ¿Qué tienes, por Dios? Todavía no amanece. Yo creo que estabas soñando. Ha de haber sido una pesadilla. Te oí gemir toda la noche, revolviéndote tú solo, murmurando un titipuchal de cosas.

Dando trompicones, salió de su jacal para enfilarse rumbo a la región de los Cañones, respirando medio ahogado el aire cálido de la noche. Tuvo la ingrata sensación de que no iba a llegar a tiempo. Si tan solo hubiera despertado antes… Siguió corriendo sin aire en los pulmones, divisando a lo lejos, en la oscuridad aplastante de la noche, esa columna de humo blanquecina que se divisaba detrás de los cerros. Y siguió corriendo, aunque ya no tenía aire en los pulmones, ni fuerza en las piernas, distinguiendo por fin, el origen de esa columna de humo: la Parroquia de Nuestra Señora de Guadalupe, ardiendo desde sus cimientos, arrojando montones de cenizas y lucecitas chisporroteantes.

Cuando llegó al pie de un montículo, admirando ese espectáculo imperdonable ya era de madrugada, y el contraste de aquel templo ardiendo con el horizonte lívido de las montañas lo estremeció con una sacudida irrefrenable desde el fondo de sus vísceras.

Así estuvo contemplando un rato ese espectáculo fúnebre y doliente, hasta que logró avistar, colgado de la rama de un mezquite, meciéndose apenas, la figura negra e inerte del padre Velasco, ahorcado como un traidor del pueblo, como un criminal de guerra. Se le nubló la vista, con un mareo súbito, y así estaba, restregándose los ojos, los párpados, cuando lo alcanzaron otros hombres.

—¿Quiénes fueron?

—No sabemos, Tomás. Pero esto no se va a quedar así. Te doy mi palabra.

Bajó despacio la colina, apesadumbrado y arrastrando los pies, hasta llegar al mezquite donde yacía ahorcado el sacerdote. Subió al árbol, apoyándose en sus ramas, para poder cortar la cuerda y bajar al cura, lentamente, como queriendo no lastimarlo de más. Se apresuró a arrastrarlo lejos de las llamas, del fuego incandescente que seguía sin consumirse.

Ya con la luz del día, llegó la gente del pueblo para honrar el cuerpo del sacerdote. Se tomaron de las manos; hombres, mujeres y niños. Rezaron:

>*«¡Jesús misericordioso! Mis pecados son más que las gotas de sangre que derramaste por mí...”*

[ ]

Todavía reían a carcajadas cuando llegaron a la casa de Orvelino Aguilar, casi de madrugada, bajo un cielo amoratado y despejado.

—Nunca podré olvidar la cara de susto que puso Pablito Cisneros antes de ser casi arrollado por este imponente monstruo.

—Nunca. Ha de estar encabronadísimo.

—Pos es que, ¿quién le dice que ande de mandadero?

—La verdad que sí, Alfonso. Qué cara puso.

—Seguro va ir de chismoso con Antonio Sepúlveda o Tirso Estrada.

—Con Tirso Estrada, seguro —dijo Orvelino, rascándose la barbilla—. Por cierto, ¿te comenté que cuando fui a los baños del Casino me topé con Tirso?

—No, no me dijiste nada.

—Sí, mi amigo, me topé con Tirso Estrada. Digo, lo saludé por instinto natural, pero no le arranqué ni pío.

Ambos jóvenes se voltearon a ver.

—¿Cómo?

—Lo que oíste. No le arranqué ni un gemido, nada.

—No puedo creerlo —dijo Alfonso Urbina—. No puedo creer que Tirso Estrada te haya negado el saludo.

Orvelino se inclinó un poco para prender el cigarrillo de Alfonso, que no encontraba el encendedor por ningún lado. Los cristales del parabrisas comenzaban a empañarse apenas con el vaho tibio de los muchachos mientras que un airecito fresco se filtraba por las aletas delanteras del auto.

—¿No será que no te escuchó?

—Por favor, claro que me escuchó, ni que el baño fuera el casco de una hacienda.

—¡Claro! —dijo Alfonso—, el hombre se molestó por lo de Tere.

—La verdad que sí, Alfonso. Emilio me dijo que estuvo a punto de levantarse de la mesa para correr a trompones a Pablito. Que nomás porque era la boda de Hortensia no se animó.

—Bueno, pero Emilito ya estaba hasta las trancas también, ¿no?

Rieron, como si no les importara la luz trémula de la madrugada, la mañana de luz tenue y lívida que comenzaba a asomarse entre las azoteas de las casas.

—¡Por Dios! ¡Salió en brazos…! —dijo Orvelino—. ¡Como torero!

—¿Quién lo llevó a su casa?

—Creo que Manuel.

—¡Pero si estaba igual!

—Pos ya ves… ¿Habrán encontrado su automóvil?

—¿Cómo el día que fuimos al Gato Negro? —recordó Alfonso, tocando el hombro de Orvelino.

—¡Como ese día, Alfonso! ¡Justo como ese día! Salió tapado, sin saber ni cómo se llamaba. Se fue derechito a la delegación, alegando que le habían robado el automóvil. Llegó su papá, su hermano…

—Y el automóvil estacionado en casa de Manuel —rio Alfonso, contagiado por las risas destempladas de su amigo—. ¡Ni siquiera había llevado el automóvil al Gato Negro!, ¡ni siquiera se acordaba de eso!

—Bueno —dijo Orvelino aplacando la risa—, eso le puede pasar a cualquiera. Son gajes del oficio.

—Tienes razón. Ni pa' que nos reímos, no nos vaya a pasar lo mismo un día de estos. Como dice Tirso, deberíamos tomar menos.

—Tiene razón, convertirnos en abstemios, jurar ante la Virgen de Guadalupe que nunca más volveremos a probar un trago.

—O más bien, darle gracias a la Virgen porque, a pesar de tomar tanto, no somos alcohólicos, panzón.

Risotadas, aspavientos, como si el día no fuera a terminar nunca. Ya más tranquilo, con la mirada melancólica, Alfonso dijo:

—Las bodas son divertidas, panzón. Aunque… no sé si te habías fijado…, pero… ¿no te has dado cuenta de que Tirso Estrada es un poco frío con la Tere?

—No lo sé. Lo que sí creo es que mejor no andes jugando con fuego… Te lo digo en serio…

Y dijo esto despidiéndose de Alfonso con un fuerte apretón de manos. Se bajó del automóvil, en plena mañana del día, de aquel día inolvidable que había comenzado el día anterior, y que por lo mismo, se confundían el uno con el otro. Su amigo esperó a que abriera la puerta de su casa y desapareciera tras de ella, cerrándola cuidadosamente, sin hacer ruido.

A esa hora de la mañana, ya empezaban a circular algunos automóviles y camiones por Floresta. Un grupo de señoras pasó al lado del automóvil, vistiendo rebozos y vestidos largos, encaminadas a escuchar la primera misa del día. Ahí mismo, afuera de la casa de Orvelino, todavía fumó un cigarrillo más antes de encender el vehículo y dirigirse a su casa, en la colonia Roma, en lo que sería un viaje incómodo, rememorando en su cabeza las palabras del panzón, ácidas y lacerantes, resonando en los recovecos de su conciencia.

11

La señora Angélica entró de súbito en la cocina como un torbellino imprevisible, metiéndole un buen susto a Emilia que, muy sonriente y holgada, batía las natas en un recipiente de cristal; preparaba las tazas de azúcar; vertía la harina sobre otro recipiente más pequeño y separaba cinco huevos frescos.

—No batas tanto las natas —advirtió doña Angélica, moviendo el dedo índice—. El batido no debe quedar acuoso, mujer, sino cremoso. No has raspado la naranja, ¿verdad?

—No, señora, nomás termino el batido.

—A ver, te ayudo, si no, no vas a terminar nunca. Ya se hizo tarde.

—Pero no ha llegado nadie, ¿verdá?

—Todavía no, pero no tardan. Apúrate con eso, Emilia.

—Los tamalitos y las empanadas de leche ya están listos y los frejoles de olla. Sólo viene su cuñado y el señorito Tirso, ¿verdad?

—Sí, mujer, nomás ellos dos.

Doña Angélica se desanudó el delantal y salió de la cocina con una jarra llena de jugo de naranja. Cruzó un pasillo alfombrado para llegar al comedor, no sin antes comprobar que no hubiera polvo en una mesita de mármol empotrada en la pared, repleta de ornamentos dorados. Acomodó la jarra en el centro de la mesa y aprovechó para probar una de las empanadas de leche que ya estaban dispuestas en una cestilla de pan, cubiertas por un lienzo de algodón. Degustó en silencio, con un gesto de aprobación. Sacudió sus manos y subió las escaleras, advirtiendo que el olor de la cocina impregnaba la casa. Llegando a su cuarto, se encontró con Roberto Sepúlveda.

—Ya casi está el desayuno, Beto. No tardan tus invitados.

—Hasta acá me llega un olor delicioso, Angelito. Toda la casa está impregnada. ¿Qué tal quedaron los tamalitos norteños?

—Deliciosos. Espera a probar el panqué y las empanadas de leche.

Don Roberto bajó las escaleras silbando una tonadita ranchera, y la señora Angélica entró en su cuarto para arreglarse el peinado frente al espejo del ropero. Un ratito después, escuchó que llegaban el general Sepúlveda y Tirso Estrada.

Cuando llegó al comedor, los invitados ya estaban sentados y ella, dando pasitos cortos, se acercó sonriente para saludar a Tirso Estrada.

—Qué bueno que viniste a desayunar con nosotros. Te hicimos tus tamalitos preferidos.

—Ni me diga, señora. Gracias por la invitación. Me los estoy saboreando desde ayer.

—¿Ya fuiste a misa?

—Muy temprano, señora. La primera misa de la parroquia de la Sagrada Familia.

—Me encanta esa parroquia. Tiene unos vitrales divinos. Nosotras fuimos a la Iglesia de la Profesa. No sabes qué hermosura: el altar de la Purísima Concepción, la estatua de Santa Inés, de madera dorada, el altar central...

—Dicen que el Señor de la Columna es impresionante, ¿verdad?

—Ni me digas. Sigo extasiada. Hasta el desayuno lo preparé con arrobamiento muy profundo.

Tirso sonrió, pero su marido, el licenciado Roberto Sepúlveda, no pudo contener una risa abierta y sincera. El general Sepúlveda no cambió su expresión adusta, desabrida. Antonio arqueó las cejas a la vez que mordisqueaba una empanada de leche.

—¿De qué te ríes, Beto? —dijo doña Angélica, sentándose en su silla—. Hasta tú estabas embelesado.

—No me río de ti, Angelito. ¿No le das crédito a Emilia? Desde muy temprano está metida en la cocina.

—¡Claro que le doy crédito! Ella es la mano santa de esta casa. Yo no sé qué haría sin ella. Se merece el cielo.

—Se merece que le subas el sueldo —sonrió don Roberto.

Doña Angélica apoyó sus brazos sobre la mesa, entrelazando los dedos de sus manos. Miró a Tere y Antonio con ojos de admiración. Movió la cabeza y, súbitamente, se levantó de la mesa para llamar a Emilia y decirle que trajera los tamales norteños. Se volvió a sentar en su silla, complacida, observando que su marido servía el jugo de naranja.

—¿Y tú, Bernardo, ya fuiste a misa?

—Claro que sí, comadre. Ya sabes cómo es mi Florencia para esas cosas. Me casé con una mujer muy devota.

—Me da mucho gusto, compadre, me da mucho gusto que… a pesar de que trabajas en este gobierno, no pierdas la fe en Dios.

—No todos somos anticatólicos, comadre. Ya ves, hasta nuestro candidato admite ser muy católico. La verdad es que nuestro candidato vale oro. No podía haber otro mejor. Vamos a arrasar en las elecciones. Aunque aquí el licenciado Estría piense otra cosa.

—Estrada, tío —dijo Tere.

Tirso sonrió, mientras le servía a Tere una taza de chocolate caliente.

—Sólo esperamos que las elecciones sean limpias, general. Queremos un México democrático… Ya ve lo que le pasó a Vasconcelos…

—¡Qué va! La limpieza de las elecciones está garantizada por el propio presidente, licenciado. ¿A poco le han contado otra cosa?

—No, no, para nada. Yo creo que serán las primeras elecciones *verdaderamente* democráticas.

—Le hemos garantizado al general Almazán elecciones libres y pacíficas. Los otros candidatos no cuentan.

—Llegaron los tamalitos norteños —dijo Emilia, apenas entrando al comedor. Se mostraba alegre y triunfal.

—Gracias, Emilia –dijo la señora Angélica—. En un momentito más te traes el pan de natas, por favor.

—¿Más chocolatito, licenciado? —preguntó Roberto Sepúlveda, acercando la jarra de chocolate caliente.

—Si es tan amable, don Roberto —dijo Tirso—. Parece como si lo hubieran preparado en algún convento de monjas.

—También tiene su secretito —dijo la señora Angélica—. Las cosas fáciles tienen sus secretitos.

—Hay café de olla si gustan —dijo Tere.

—Ése sí no lo perdono, sobrina —dijo el general Sepúlveda, sonriendo por fin, como si los tamalitos norteños le hubieran suavizado el alma—. ¡Vaya! Estos tamales se ven y están deliciosos, Angélica. Te felicito.

Una olla de barro con café caliente impregnó el aire tibio del comedor. La luz brillante de la mañana armonizaba con el aroma del cardamomo.

—¿Por qué tan calladito, Toño? —preguntó el general Sepúlveda, dándole una palmadita a su sobrino—. ¿No leíste los periódicos de hoy?

—Siempre los leo, tío.

—¿Viste lo que publicó la Confederación de Profesionistas Universitarios?

—Sí, tío. Algo leí de eso.

—¡Pos cómo no! Los últimos pecados del verdadero Almazán. 'Ora sí que lo exhibieron como Dios manda. Un sinvergüenza consumado. Con el perdón del licenciado Estría, digo Estrada.

—No se preocupe por mí, general —sonrió Tirso—. Hay para los dos bandos.

—Sí que hay —dijo el general Sepúlveda. Sorbió su tacita de café caliente, mirándolo fijamente—. Sí que lo hay. También dicen por ahí que el general Almazán traiciona la soberanía del país. *Y dicen por ahí...* —canturreó—. Como la canción aquella. ¡Já! ¿Qué opina de eso, licenciado?

—¿La soberanía del país?

—Sí, la soberanía del país, con sus declaraciones a los reporteros gringos, cuando dijo que México debía ser un protectorado de nuestros vecinos del norte.

—¡Ah, caray! —dijo Tirso—. Yo no lo entendí así. Usted disculpe, general.

—Sí, licenciado, lo que le dijo al reportero ese..., ¿cómo se llama?

—Hal Burton —intervino Antonio.

—¡N'hombre! —exclamó el general—. Pos está bárbaro, ¿no, Roberto?

—Yo pienso que sí —contestó el licenciado Sepúlveda—. Está delicado. El *New York* no miente. Los gringos no dicen mentiras cuando se refieren a estos temas. Esto fue en mayo..., y la verdad, pues el general Almazán no se ha retractado.

—Ni se retractará —dijo el general Sepúlveda—. No tiene vergüenza, con el perdón de usted, licenciado.

—Bueno —dijo Tirso, escudriñando la mirada de Tere Sepúlveda—, la verdad es que él se refería a una cooperación militar con los Estados Unidos...

—Pero —interrumpió con voz grave el general Sepúlveda— si es más pronazi que nada, licenciado. ¿Cómo dice eso? Es uno de los principales donantes del Partido Nacional Socialista en México. ¿A poco no sabía?

—Honestamente —titubeó, carraspeó Tirso Estrada—, no estoy muy seguro de eso, general. Usted sabe cómo es la política.

—¡Claro! La política es la política, licenciado. Pero ¿no cree usted que incluso en la política hay que ser congruentes y honestos? Sobre todo cuando uno es candidato a presidente de la República.

—Eso que ni qué, general —dijo Tirso—. Reconozco que los candidatos a veces caen en contradicciones.

—Y aquí llega el pan de natas —interrumpió Emilia—, especialidad de esta casa, preparado con la receta de mi santa patrona, la señora doña Rosenda, que nuestro Señor Jesucristo tenga en el santísimo Cielo.

—Ya era hora, mujer —dijo doña Angélica—. Pon la canastilla en el centro de la mesa. Rosenda era mi madre, Tirso.

—¡Ah! ¡Vaya!, qué ricas recetas heredó de su señora madre, doña Angélica.

—De verdad que sí…

Todos miraron a Emilia, percibiendo el olor dulce y delicado del panqué.

—Todavía faltan más empanadas de leche —dijo Emilia al mismo tiempo que se retiraba del comedor.

—Pues más vale tarde que nunca, mujer —dijo doña Angélica.

—Qué delicia, mamá —dijo Antonio.

—Se ve exquisito —dijo Tirso.

—No se ve —corrigió doña Angélica—. *Está* exquisito, muchachos. Ya lo verán.

Se levantó de la mesa para tomar un cuchillo filoso de una cómoda del comedor y partió el panqué en trozos procurando una simetría perfecta.

—Oye, sobrino, ¿y qué otro pecado de los que denunció esta Confederación Nacional te pareció más o menos interesante?

—¡Ay, tío! —intervino Tere—. Pobre Tirso, aquí solo entre tanto perremista.

El joven rio, educado y jovial:

—No hay problema por mí. Siempre es bueno escuchar otras opiniones.

Los ojos felinos del general Sepúlveda brillaron como una navaja a la luz del sol. Masticaba despacio, muy serio, sin perder los gestos y movimientos del joven abogado, como si lo escrutara hasta la médula espinal.

—Qué bueno que le guste oír opiniones, licenciado Estrada —dijo el general Sepúlveda.

—¡Empanaditas de leche a la orden! —se acercó Emilia, más dichosa y boyante que nunca.

—Vivan las empanaditas de leche —festejó Antonio

—Tío —dijo Tere, rompiendo en dos mitades una suave empanada—, que conste que si gana el general Almazán, tendrás que invitar a Tirso a desayunar a tu casa.

—Ah, eso que ni qué, sobrina. Bienvenido a su humilde choza. Ni qué dudar de eso. La política es anecdótica. Pero si pierde, como creo que va a pasar, el licenciado nos invita a comer a todos.

—Seguro que sí, general. Un placer para mí.

Hubo risas en la mesa, miraditas de simpatía y cortesía, como si el mundo estuviera más allá de los ventanales del comedor, más allá del patio frontal, como si el mundo fuera el reflejo luminoso de aquella mañana soleada, lejano e inalcanzable.

—Y nomás para no dejar…, ahí les pongo que si gana el general Almazán, que no creo, que dizque va a expropiar la industria eléctrica, la industria cigarrera, la cerillera y *los ferrocarriles* —esto último con entonación inexorable.

—¡Ah, caray! —exclamó el licenciado Sepúlveda—. Suena como exhibicionismo, ¿no creen? Perdón, licenciado.

—No se preocupe —dijo Tirso, sirviéndose una taza de café caliente.

—Ridículo afán expropiatorio, Roberto —dijo el general Sepúlveda—. Que dizque las expropiaciones deben hacerse con el debido pago y la justa indemnización constitucional. ¡Qué caray! Como si fueran enchiladas. Como si el general Cárdenas hubiera expropiado el petróleo fuera de la ley. ¡Qué barbaridad!

—¡Qué barbaridad! —repitió la señora Angélica—. Este hombre va querer expropiarlo todo…

—Perdón, licenciado, pero como dice la Confederación Nacional de Profesionistas Universitarios, eso es traición a la economía de México, ¿no cree usted?

—General —dijo Tirso—, hay una fórmula de pronta, justa y adecuada compensación que es a lo que yo creo que se refería el general Almazán.

—¿Fórmula? —abrió los ojos desorbitados el general Sepúlveda—. ¿Fórmulas? Digo…, usted es abogado, ¿no? En primer lugar, un candidato a presidente no puede estar lanzando amenazas expropiatorias a todas las industrias del país. En segundo lugar —continuó el general Sepúlveda—, nuestro mentado general Almazán se olvida que las expropiaciones autorizadas por nuestras leyes solamente deben obedecer al interés público, como en el caso del petróleo, ¿verdad? Es decir, ¿dónde está el interés público para expropiar la industria cigarrera, por ejemplo?

—Pero es expropiable, general —dijo Tirso.

—¿Expropiable? Pensemos que sí, licenciado, pero usted es abogado, ¿no? Dígame, ¿dónde está el interés público ahí? Como en el petróleo, digamos.

—El interés público es un concepto muy abstracto, general —dijo Tirso—. Es un concepto jurídico social.

—¡Ah, caray! 'Ora va a venir usted a darme clases de derecho, queriéndome confundir con palabrería legal. Ustedes los abogados sí que son complicados, licenciado.

—No, de ninguna manera, general —dijo Tirso, paciente, afable—. Sólo quiero decir que el general Almazán habrá advertido que existe un interés público para expropiar esa clase de industrias. No creo que lo haga.

—Pos claro que no —dijo el general Sepúlveda—. ¡Pos claro que no! ¿'Tons pa' qué lo dice?

—Yo creo —dijo Tirso— que es una forma de decirle al pueblo de México que las expropiaciones deben realizarse de otra forma.

—¡Ah, caray! —rio el general Sepúlveda—. Me hizo el día, licenciado Estría.

—Estrada, tío —dijo Tere.

—Perdón —sonrió el general Sepúlveda—. Estrada.

—¿Alguien quiere más café de olla? —preguntó la señora Angélica, sujetando el asa del jarrón de barro.

—Yo ya no, comadre —dijo el general Sepúlveda—. La señora Florencia ya ha de estar esperándome y le prometí que la llevaría a comprar unos ajuares pa' la casa, su humilde casa.

—Gracias, tío —dijo Antonio, sorbiendo su taza de café de olla.

—Nomás espero que ya haya terminado con todos sus menesteres religiosos.

—Salúdamela mucho, compadre —dijo la señora Angélica, amable y acongojada—. Qué lástima que no pudo venir a desayunar con nosotros. Nos la debe, compadre, ¿eh?

—Mándale un abrazo a mi tía de nuestra parte, tío —dijo Antonio Sepúlveda.

El general Sepúlveda se levantó de la mesa despidiéndose de todos, abrazando a Tere y Antonio Sepúlveda, besando a doña Angélica, abrazando a Roberto Sepúlveda, sujetando amistosamente la mano de Tirso Estrada, que estaba ya de pie, no sin antes echar una corridita hacia la cocina para despedirse y agradecerle a Emilia el desayuno, proliferando despedidas y agradecimientos, despidiéndose otra vez de todos, y desaparecer por la puerta principal en compañía de su hermano. Antes de salir de la casa dijo, dirigiéndose a Tirso Estrada:

—Una última disertación, licenciado. Antes de irme. Si tiene oportunidad, dígales a los asesores de Almazán que el Ejército Nacional no puede elegirlo presidente de la República. Para eso está la Constitución Política. Que la lea por favor.

—Seguro que sí, general —dijo Tirso, agachando la cabeza.

—Que pasen buenos días y buenas tardes.

—Adiós, tío —se despidió Tere—. Gracias por acompañarnos.

Doña Angélica, Antonio, Tere y Tirso, volvieron a sentarse en sus sillas. Hubo un silencio apacible y sosegado. El tic tac del reloj de pie inundó el tiempo con su ruido acompasado. Se escucharon las voces lejanas de Roberto y Bernardo Sepúlveda platicando y despidiéndose en el portón de la casa; la cerrazón de la portezuela del auto, el encendido de un motor, el rumor lejano de las calles...

—¿Quieres otra tacita de café, Tirso? —dijo doña Angélica, interrumpiendo el silencio del comedor.

—Mucha gracias, señora —dijo Tirso—, pero yo también me retiro.

[ ]

La vía del ferrocarril se perdía más allá de la llanura, en la inmensidad del campo; dos líneas paralelas de acero que se alejan en el espacio infinito, fundidas en la lejanía más remota, formando un punto diminuto al pie de los montes azulados. Los sembradíos contrastaban con el color terregoso de los durmientes, y, con los primeros rayos del sol, los pastizales secos y descoloridos renacían con tonalidades brillantes y amarillas. Un aire frío arrastró el olor tenue de los maizales. Con la luz del alba, un poco más clara a esas horas de la mañana, se comenzaron a divisar los postes de madera que al igual que la vía del tren, se perdían en el horizonte más lejano; esos postes cableados donde algunas semanas antes, los hombres de regimiento habían descolgado los cuerpos inertes de soldados cristeros, el adorno deleznable del ejército callista que había circundado por aquellos rumbos para seguir su marcha hasta el pueblo de Ocotlán y establecer ahí una guarnición impenetrable.

En lugar de seguir la vía del tren hasta Ocotlán, decidió seguir cabalgando a orillas del río Santiago hasta llegar a Ahuatlán. Desmontó a las afueras del pueblo para descansar un buen rato a la sombra de un mezquite. Tenía tiempo suficiente para llegar a Poncitlán y tomar el ferrocarril para la Ciudad de México.

La víspera de ese día, todavía de madrugada, había llegado Juventino Salamanca para tocar abruptamente la puerta de su choza. El golpeteo inesperado lo despertó sin saber dónde estaba y qué hora era. Se levantó del catre adormilado, rascándose la cabeza. Abrió la puerta y ahí estaba el hombre, surgido de las inmediaciones sombrías del pueblo.

—Tomás, necesitamos que nos hagas un encargo en la capital, con el coronel Tapia. Nos dijeron que nos iba a enviar armamento y municiones.

—¿Y cómo me voy a traer yo el armamento y las municiones?

—Pos por eso precisamente necesitamos que hables con el coronel Tapia, pa' que se pongan de acuerdo.

Se rascó la cabeza, casi con desesperación. Se le había ido el sueño y ahora le entraba la preocupación.

—Si te arreas 'orita pa' Poncitlán, pepenas el ferrocarril que viene de Guadalajara pa' que te lleve a México. El martes llegas justo para las festividades de nuestro Señor Cristo Rey. Vas a ver la cantidad de gente que se arrejunta en las calles y en rededor de la Basílica. Es algo que tienes que ver tú mismo, compadre. Ahí estará el coronel Tapia, encabezando una de las procesiones.

Después de informarle a Isabel su encomienda, se vistió de prisa; agarró su navaja y algunas pertenencias para el viaje y salió corriendo tras su caballo, montando de prisa, medio atolondrado, desapareciendo bajo una bóveda de estrellas mortecinas, adormiladas por los primeros indicios del día.

Así fue como estuvo cabalgando un rato hasta llegar a Ahuatlán, todavía de mañana. Alcanzó a divisar algunas columnas de humo que se distendían hacia un cielo claro, provenientes de los caseríos apenas visibles.

Llegó a Poncitlán por la tarde, media hora antes de que arribara el ferrocarril proveniente de Guadalajara. Cuando se abrieron las compuertas se trepó a un vagón desvencijado, lleno de gente y animales. La mixtura de olores pestilentes le golpeó la cara, como si no hubiera estado preparado para ese hedor insufrible. Encontró un rincón donde pudo acomodarse, acuclillado, al lado de unos chivos nerviosos, auscultado por las miradas fúnebres y sombrías de los otros pasajeros. Un rato después, antes de quedarse completamente dormido, se acostumbró a la hediondez del vagón, al ruido de los animales, al murmullo de la gente, como si no existieran, como si no estuvieran ahí, junto a él, rumiándole el sueño.

Un traqueteo inesperado lo zangoloteó casi llegando a la ciudad de México. Se despertó incómodo y adolorido. Intentó estirar las piernas, una por una, en ese espacio diminuto y asfixiante. Antes de percatarse que no había comido nada en todo el viaje, de forma incomprensible e inesperada vio que una mujer robusta y entrada en años se acercó a él, escabulléndose entre la gente y los animales, para dejarle un tazón de frijoles negros con media docena de tortillas y chiles serranos. Le agradeció con un movimiento de cabeza, a la vez que la señora, robusta y arrebozada, lo miraba con curiosidad.

Al poco rato la locomotora se detuvo —ruidosa y jadeante— en la estación de ferrocarril de la ciudad de México. Era la segunda vez que llegaba a esta estación, por lo que se acordaba perfectamente cómo dar con la Villa. Llegó justo el día de las festividades de Cristo Rey, bajo un aguacero indomable que cobró fuerza cuando se abrieron las compuertas del vagón. Estuvo caminando un rato bajo esa lluvia salvaje e indómita, empapado de pies a cabeza, hasta que encontró un tranvía lastimoso que lo dejó a un costado de la Basílica de Santa María Guadalupe, en plena Calzada de los Misterios.

—¡Viva Cristo Rey! ¡Viva la Virgen Morena! —escuchó que decía un tumulto de gente.

Al abrir los ojos, todo su cuerpo tembló de emoción al percatarse de aquel gentío apabullante, inconmensurable, que iba y venía en procesiones y delegaciones, cargando infinidad de paraguas, banderillas y estatuillas de santos. Lo inundó una felicidad indescriptible, saturada de emoción religiosa, de arrobamiento espiritual.

No supo qué hora era. No le importó. Se sintió pequeño pero a la vez omnipresente en aquel mosaico interminable de campesinos, arrieros, mujeres arrebozadas, ganaderos, mujeres con sombreros, hombres vestidos de traje y corbata, también con sombreros, jóvenes suplicantes y niños pequeños, piadosos, siguiendo la procesión sin quejarse, sumisos y obedientes: el espectáculo sacro que nunca imaginó presenciar, bajo esa lluvia interminable que anegaba la calzada de charcos y agua corrediza. El muro de gente también se avecinaba a través de las callecillas aledañas, como si la lluvia se transformara en una masa humana de dimensión inexplicable, como si cada gota de lluvia se convirtiera en una figurilla de carne y hueso. Con la ayuda de Dios, encontraría, tarde o temprano, aun bajo esa tempestad de agua y de personas, la peregrinación del coronel Tapia.

Caminó un buen rato hacia el sur, a un costado de los muros de Calzada de los Misterios, custodiado por tendajos cerrados y árboles gigantescos, y, en la primera oportunidad que tuvo, torció a la izquierda en la calle de Río Blanco, acelerando el paso (apenas lo que pudo), para tomar Calzada de Guadalupe. No pudo seguir adelante porque el afluente humano lo arrastraba hacia la calzada; un muro incontenible que superaba todas sus fuerzas: una vez más, el río de gente que afloraba infranqueable por todas partes; el mosaico de personas vitoreando al Cristo Rey, exclamando, gritando, glorificando al arzobispado mexicano.

Avanzó hacia el norte, por Calzada de Guadalupe, hasta llegar a las afueras de la Basílica, ya por la tarde. No supo la hora exacta, pero intuyó que faltaban algunas horas para el anochecer. Ahora caía una lluvia continua y monótona, mientras el cielo gris y saturado de nubosidad seguía cubriendo hasta el último rincón del cielo. Se orilló hasta llegar a un puestecito de comida. No tenía hambre ni sed.

Finalmente logró divisar, a lo lejos, la procesión del coronel Tapia, con sus estandartes y banderillas, cubiertos por paraguas algunos de sus hombres y mujeres. Finalmente, pensó.

Alzó los brazos en señal de la Santa Cruz. Comenzó a rezar...

[ ]

Sus pisadas resonaron huecas en la oscura calle de Mesones. El aire cálido y bochornoso por la lluviecita incesante que había caído durante la tarde y parte de la noche se mantenía suspendido por encima de las farolas formando un ligero vapor de agua. En el cruce con Bolívar, alcanzó a divisar siluetas y sombras rumorosas que iban y venían: vocecillas lejanas e incomprensibles que resonaban contra los muros de las casas: el eco de voces distantes que se perdía insólito entre la bruma de las callejuelas aledañas, porque, de forma repentina, había bajado esa ligera bruma que transformaba las calles en un paraje recóndito y sombrío, casi lúgubre.

Se ajustó la corbata y comprobó que estuvieran en su lugar las solapas del saco. Se detuvo unos instantes para poder distinguir quiénes eran esas sombras que hablaban treinta o cuarenta metros delante de él, figurillas nebulosas que conversaban en plena calle, emitiendo por momentos risitas templadas y espectrales. Después ya no escuchó nada ni a nadie, como si la bruma nocturna las hubiera absorbido de forma misteriosa, inexplicable. Siguió caminando tranquilamente por Mesones hasta llegar al cruce con Bolívar. Ya no había nadie. Sólo aquel hombre que custodiaba la puerta de entrada y que lo reconoció de inmediato; apenas la bombilla lánguida y amarillenta que colgaba de un farol le iluminó la mitad del rostro.

—Buenas noches, señor Urbina.

Otra vez ese cosquilleo indescifrable en el estómago, en el pecho, en los brazos, en las manos: una vez más ese nerviosismo inexplicable que lo asaltaba siempre, casi siempre, justo en la entrada del salón Venus, en el umbral de la entrada, como una sensación de culpabilidad o arrepentimiento, profundos, testigos de esa conciencia tenaz y arrolladora que lo invadía a mitad de la noche, que lo dejaba intranquilo durante un largo rato, hasta que lo liberaran tres o cuatro copas de coñac, cálido y ríspido, reconfortante: la medicina inaplazable para iniciar el trajín nocturno.

—Buenas noches, Julito —contestó, saludando de mano al hombre que custodiaba la entrada del salón.

Pocos clientes: uno que otro, solitarios, sentados apaciblemente en mesitas distantes. Otra vez —una más— las mesitas dispersas, cubiertas por mantelillos de terciopelo rojo, sobre las cuales estaban dispuestas pequeñas lámparas de latón con pantallas de color verde oscuro, emitiendo lucecitas amarillas, palideciendo entre penumbras equidistantes, simétricas, arrojando esa luz tenue que impregnaba ese primer cuarto del salón con una atmósfera tranquila y acogedora. No quiso averiguar la identidad de esos dos o tres caballeros que estaban ahí sentados, aislados y silenciosos, escuchando la música de piano que se filtraba desde el segundo cuarto, más amplio y un poco más oscuro. Se siguió de largo para alcanzar ese segundo cuarto y el cosquilleo seguía ahí: en los brazos y en las manos, como si hubiera bebido algo tóxico. ¿Qué era exactamente lo que provocaba aquel cosquilleo y esa inesperada intranquilidad? Se olvidó de ello cuando siguió avanzando y puso su atención al fondo del salón. Ahí estaba otra vez la voz suave y sosegada del maestro Adrián, cantando con melancolía profunda, para sí mismo, con esa mirada dulce y distante que abría las noches del salón, probablemente las mejores horas de la noche.

...que tu amor para mí fue pasajero,
y que cambias tus besos por dinero,
envenenando así mi corazón...
No creas que tus infamias me perjuran,
incitan mi rencor para olvidarte...

No la vio: no estaba ahí. ¿Habría llegado ya? Seguro estaría enojada, molesta, triste por no haberla visitado ni preguntado por ella desde aquel viaje a Veracruz, desde aquel viaje inolvidable. Seguro que era eso, pensó.

...te quiero mucho más en vez de odiarte,
y tu castigo, se lo dejó a Dios...

Se sentó cerca del piano para escuchar un poco mejor; el maestro lo reconoció en el interior de la penumbra, saludándolo con la cabeza y con una sonrisa mesurada, siempre amable, elegante, sin perder ni por un instante las tesituras perfectas del tiempo y de los acordes. Así estuvo un rato, imbuido por las melodías del piano, sin saber del tiempo ni de nada, hasta que percibió aquella sombra que se acercaba a su mesa, caminando con firmeza, como si lo hubieran reconocido ahí sentado, en su mesita preferida, en ese rincón sombrío.

—Buenas noches, señor.

Y fue entonces cuando salió de su ensimismamiento, de ese ensueño delirante y apesadumbrado, despertando a la realidad ineluctable. Miró al hombre fijamente por unos instantes y sonrió. Se acomodó en su silla y ofreció la que estaba vacía.

—Disculpa, panzón —dijo—. No te reconocí.

—Parece como si te hubieras fumado un cigarro de marihuana, mi amigo. ¿Te pasa algo?

—No, nada en absoluto. Me da gusto verte.

—El gusto es mío. Estaba sentado en la entrada, pero no me reconociste.

—Me pasé de largo, disculpa…

Y una vez más la figurita enjuta de Carmelo acercándose a la mesa, vestido con saco blanco y pantalón oscuro, zapatos de charol, muy brillantes, ofreciendo bebidas, como siempre, con esa amabilidad auténtica que les hacía sentir esperanza por algunos momentos. Alfonso pidió otra copa de coñac, lo mismo que su inesperado acompañante.

—¿Por qué no me dijiste que venías?

—Pos es que como en la boda de Hortensia me dijiste que ya no venías…

—No, no, yo no dije eso. Yo dije que no había visto a Ana Luisa en un buen rato.

—Por eso, Orvelino. Si no has visto a Ana Luisa en un buen rato quiere decir que ya no vienes aquí. No me digas que la ves por fuera…

—No, no. Te digo que no la he visto.

—¡Ah! ¡Ya me acuerdo! Me dijiste en la boda que unos días antes habías venido aquí después del beisbol. Algo así, pero ya no me dijiste nada.

—No, pos ya no. Te pusiste a bailar con Tere, luego llegó Pablito Cisneros a armar camorra, luego me sacó a bailar Manuela Ferreiro, luego yo invité a bailar a la pecosa Ortega y luego… creo que acabé bailando con la flaquita Ávila… Julieta Ávila. Sí la conoces, ¿no? —agitando la cabeza, como desmemoriado, dubitativo. De un solo trago se bebió su copa de coñac—. La verdad no me acuerdo bien.

Alfonso sonrió, deleitándose con el color de su copa, con el color del coñac cuando lo expuso ante la trayectoria de luz tenue proveniente del candil más cercano. Se arremolinó en su asiento y le dijo a su amigo:

—Ya me acordé, panzón. Fue la última vez que fuimos al Parque Clavería. ¿Te pasó algo ese día?

—¡Que si no! Sigo asustado, Urbina, ¿puedes creer eso?

—No te creo.

—Pos no lo creas. El caso es que aquí estoy —hizo una pausa breve, meditabundo, revisando el entorno del salón, ágil, fugaz—. No has visto a Ana Luisa, ¿verdad? —preguntó.

—No, panzón, no la he visto. Creo que no vino. Ya estaría aquí, a estas horas.

—¿Y Rosario?

—Tampoco. De todas formas, es un poco temprano todavía —dijo, encogiéndose de hombros—. Ya llegarán.

Miró fijamente a su amigo:

—¿Y entonces qué pasó pues? Fuimos ese día al Parque Clavería y... ¿luego?

Orvelino encendió un cigarrillo, con las manos trémulas. Agitó el brazo para llamar a Carmelo. ¿Otra copa, señor?

—Por favor, Carmelo. —Respiró profundamente, hurgando en su memoria, deshilachando lo que parecía ser un nudo de recuerdos.

—Fuimos al Parque Clavería. A la mera hora, cosa rara, ya no quisiste venir aquí.

—Es correcto. Me acuerdo bien de eso. Yo quería merendar, moría de hambre.

—El caso es que después de que te dejé en tu casa, pues... sentí un poco seca la garganta, ¿sabes?, la necesidad de recibir un poco de ternura, un poco de cariño...

—Con Ana Luisa —interrumpió Alfonso.

—Así es, mi amigo —ladeando un poco la cabeza, con la mirada en el vacío, como si estuviera procesando los recuerdos—. La cosa es que aquí estuvimos un buen rato, ¿sabes? Quería festejar su cumpleaños. Pedimos una botella de tequila. Al principio estuvo muy cariñosa conmigo, ¿sabes?, ni siquiera saludó a los otros clientes, pero ella muy tierna, muy atenta.

—Anita siempre es muy atenta. Una flor, panzón, un corazón de ternura.

—Sin duda, tú lo sabes; pero al rato de estar con ella, se empezó a poner melancólica, ¿sabes?, como nostálgica, no sé…, tristona.

—Así es el tequila, mi amigo…

—Me empezó a platicar de su familia, de sus padres, sus hermanos, de cómo llegó a México y cómo es que empezó a trabajar en lo que trabaja. Me confesó que un tío, hermano de su padre, abusó de ella cuando tenía trece años, pero que no tuvo el valor de contárselo a nadie… Me acuerdo que se tomaba las copas de tequila encarrilada, ¿me entiendes?, como si estuviera compitiendo contra algo o contra alguien…

—Ajá.

—El caso es que para cuando nos paramos a bailar, solo quedaba un cuartito de botella en la mesa. Cada que se tomaba una copita de tequila, las acomodaba en pirámide, ¿me entiendes?, como una niñita que decora una casita de muñecas. Me contó que extrañaba a su hermana y que la había dejado en Tonalá, algo así, que la había dejado con su embarazo y que por eso ella le mandaba dinero porque el padre las había corrido de la casa, y que ahora vivía con dos hermanos en México, dos hermanos que trabajan en La Merced y que le cobraban la renta. Bailamos abrazados, muy pegaditos; ella me rodeaba con sus brazos desnudos y me estuvo acariciando las mejillas, las orejas, el cabello, como si fuera yo el amor de su vida, y me decía y me repetía que se sentía sola, muy sola, y que por lo menos me tenía a mí, para apacentar su soledad y su tristeza. ¿Puedes creer eso? Y luego llegó Rosario a saludarnos y estuvo abrazando a Ana Luisa un buen rato, consolándola o felicitándola por su cumpleaños. Pidieron tragos y canciones, algo que nunca había visto en este tugurio, ¿sabes?

"Después Rosario desapareció y nos dejó otra vez solos, ahí junto al piano, sirviéndonos de otra botella de tequila porque la otra se la habían terminado ella y Rosario. Ahí fue cuando me dijo ¿y a mí cuándo me vas a llevar a Veracruz, ingrato?, ¿cuándo me vas a sacar de este maldito lugar para disfrutar paisajes nuevos?, ¿cuándo me vas a llevar a bailar danzones a la plaza y a bañarme en el mar?, y empezó a reírse como una loca, como una histérica, cosa que al principio no me importó. ¿Puedes creer eso?

—Sí, sí puedo creerlo.

—Luego regresamos a la mesa y ahí nos estuvimos besando en la penumbra de un rincón, sin que nos importara nadie ni nada, y ella como transformada, mi amigo, pasando de la loca del tugurio a la mujer más apasionada de la tierra.

"Al poco rato se empezó a poner medio agresiva, medio necia, medio hiriente, como si tuviera ganas de discutir o ganas de desquitarse, diciéndome que yo era como todos los hombres, unos mentirosos traicioneros, y yo diciéndole cálmate, corazón, cálmate, tranquila, no todos los hombres somos así...

—¿Así te dijo?

—Así dijo. Y luego empezó a besarme otra vez y a acariciarme el cuello, Urbina, totalmente deschavetada del cerebro, no sé cómo explicarlo, porque yo, con todo y las copas de tequila que había tomado, pos como que seguía lúcido, ¿me entiendes?

—Vaya, panzón, qué nochecita te fregaste, ¿no?

—Eso no es todo. Ya bien entrada la noche me dijo: ya que no me vas a llevar a Veracruz, por lo menos llévame a mi casa, ingrato.

—¿Y luego qué pasó?

—Pos la subí a mi auto y le dije ¿a dónde quieres que te lleve? Y ella me dijo que a su casa. Yo le dije ¿por dónde?, y ella me dijo que agarrara ese rumbo y ese otro, por el centro de la ciudad, y así estuvo, diciéndome por dónde irme, dónde dar vuelta, dónde seguirme de frente, hasta llegar a una calle donde tuve que dejar el auto para internarnos en unos callejones solitarios muy cerca de La Merced. El auto ya no podía pasar, ¿sabes?, y fue por eso que nos echamos a andar entre esos callejones ennegrecidos por la noche, llenos de basura y gatos escurridizos, como un laberinto interminable. Me empecé a poner nervioso porque el regreso iba a estar de locos: ¿cómo acordarme qué calle tomar y cuál no de regreso a mi auto? Y es que algunos callejones estaban totalmente oscuros, difíciles de transitar a esas horas, completamente en tinieblas, ni siquiera me acuerdo cuántas veces me tropecé con cajas y basureros, hasta que por fin dijo aquí vivo, mi amor, aquí es mi casa.

—¡Pa' su madre, panzón¡

—Una vivienda diminuta y descascarada al fondo de un pasillo, en un callejón cerrado, donde un perro roñoso y funesto me ladró mostrándome sus colmillos luminosos desde un rincón oscuro, pero que gracias a Dios estaba amarrado, Urbina. Ana Luisa no traía llaves para entrar, carajo. Yo le dije ¿cómo que no traes llaves, corazón?, y ella no, no traigo, panzoncito, no tengo cómo entrar…, pero no te preocupes, ahorita nos abre uno de mis hermanos.

"Adentro se veía una luz prendida y cuando me acerqué a la puerta alcancé a oír ruidos vagos, parloteos distantes. ¡Carajo!, hubieras visto al tipo que abrió la puerta, no puedo quitarme de la mente ese rostro cacarizo con los ojos desorbitados y dientecillos afilados como un perro rabioso. Mira: los chancheros del general Sepúlveda son galanes de cine, ¿me entiendes? Antes de que abrieran la puerta alcancé a oír que alguien dijo 'ora sí se le hizo tarde a esta vieja, y abrió la puerta diciendo ¡qué pasó, carnala!, te estuvimos esperando pa' festejarte, y me miró sorprendido, con desconfianza, escudriñándome de un plumazo, diciéndole ¿y éste quién es, hermanita, de dónde sacaste a este catrín?, y ella es uno de mis novios, menso, no te le quedes viendo, ándale, invítalo a pasar, y él, sin dejarme de mirar, con su rostro cacarizo, pues pásele, joven, pásele a la fiesta, pásele al pastel, o lo que queda de él. Y se reía... Pensé: decide rápido, Orvelino, no hay más que de dos sopas: o te quedas o te vas. Y nomás de pensar que tenía yo que regresarme por esos laberintos dantescos donde uno podía parar a no sé dónde, mordido por una rata de alcantarilla, pues no me quedó otra más que aceptar la invitación.

"Ya para esas horas me temblaban las manos, Urbina, se me entumieron las quijadas y los huesos y el fulano ese, ya sabes, pásele, mi catrín, qué gusto saber que mi hermanita se amista con gente decente. Cruzando el umbral había una mesita de lámina con dos fulanos ahí sentados, uno de ellos con los pies descalzos arriba de la mesa, y el otro medio tullido, cruzado de brazos, como contraído, mostrando apenas una sonrisita infrahumana, con los dientes sarrosos y carcomidos. Con decirte que el que abrió la puerta estaba galán comparado con los otros dos.

"Ana Luisa se sentó en la mesa y yo me quedé de pie, inmóvil, y ellos empezaron a cantar las mañanitas: sonrientes y sarcásticos, sin voltearme a ver, ignorándome por completo, como el intruso que era, pero el otro dijo tenga su tepache, mi catrín, el que tenía los pies sobre la mesa, aunque los había bajado para alcanzarme esa bebida; y con un movimiento brusco, súbito, por fin me arrimó una silla para que me sentara: tómese su tepache, jefecito, no sea aguafiestas, aquí el Miguelito nos va a cantar unas canciones para amenizar el convivio, riéndose, bromeando entre ellos. Y ahí estuve un buen rato, sin saber en qué momento había desaparecido Ana Luisa. Después de que pasó largo rato supuse que ya no iba a regresar.

"Otro tepachito, jefecito, dijo el que abrió la puerta, aunque yo sé que en su barrio toman otra cosa, pero aquí, en su humilde casa, somos tepacheros de corazón, pero usté entenderá, ¿verdá?, porque usté es el novio de la Anita, ¿verdá, señor? Y yo: somos amigos, cortante, deseando no entrar en esa plática, ¿sabes?, pero ellos insistieron en que sí, sí es el novio de Anita, ella nos ha dicho que tiene novio catrín.

"Y entonces uno de ellos dijo ande, señor catrín, díganos cuánto gana al día por vender las querencias de Anita, díganos, señor..., y yo no supe qué hacer más que encogerme de hombros, ¿me entiendes?, repitiéndoles que no me dedicaba a lo que ellos decían, que la Anita y yo solamente éramos buenos amigos. Debes saber que ni las carcajadas de estos fulanos lograron traer de regreso a Ana Luisa. Y entonces el tullido dijo bueno, bueno, ya estuvo, compadre, si no es el novio de la Anita..., entonces... voy a tenerle que cobrar por las canciones, amigo, por los tepaches y por el pastel, y ahí fue cuando empezaron a reírse otra vez, dándole manotazos a la mesa, palmeándose entre ellos, como si se hubieran contado un chascarrillo inolvidable. Pensé: me hubiera internado por los callejones macilentos, aunque me mordiera un perro.

"Sacando fuerzas de no sé dónde, pensando pues que sea lo que Dios quiera, haciendo un ademán para levantarme de la mesa, les dije: pues yo me retiro, caballeros, fue un gusto haberlos conocido, y el que me abrió la puerta me dijo, levantando la mano, amigable pero serio: espérese, espérese, señor, no se puede ir todavía porque no ha pagado ni las canciones, ni los tepaches, ni el tequila y hasta que pague se puede ir, porque nosotros no lo invitamos, y aquí en el barrio tenemos la costumbre de que cada quien se tiene que caer con su cuerno. Así me dijo y yo, para no ponerme a discutir con esos tipos les dije traigo veinte pesos, y ellos, casi al unísono: ¿veinte pesos?, ¿veinte tristes pesos? No, mi catrín, el Miguelito vale más que eso y a ver... ¿cuántas canciones fueron, Miguel?, ¿cuántas canciones le cantaste al señor galante?, y el tal Miguel, riéndose y disfrutando la escena, fueron como quince canciones, dijo. Y entonces el otro, como si hiciera cuentas, diciendo las canciones, más el pastel, más los tepaches y la compañía de la Anita, pues son... a ver... son cien pesos, mi catrín. Te lo dejo en cien pesos. No traigo más que veinte pesos, dije yo, es todo lo que traigo, y el fulano pos sí, ya nos dijo eso, pero pos no se haga, mano, no se haga, trae reloj de bolsillo, yo lo vi, lo estuvo revirando un montón de veces, con eso estamos casi a mano. El reloj no se los puedo dar porque es un regalo de mi familia, dije yo, y fue entonces cuando el tullido se levantó de la mesa, cojeando, se dirigió a la puerta como un perro guardián y le puso cerradura, riéndose como un demente, gritando, maldiciendo, ¡de aquí no se va nadie sin pagar¡, y luego seguían riéndose como idiotas, como un trío de espectros indomables.

—¡Válgame, panzón! En qué lío te fuiste a meter.

—De inframundo... El caso es que estos tipos no me dejaron salir sino hasta las nueve de la mañana.

—¿Cómo?

—Sí. Eran como las nueve de la mañana cuando pude zafarme de estos tipos.

—¿Y Ana Luisa?

—Nunca más volvió a aparecer.

—¡Dios mío! ¡Cómo se te ocurre!

Alfonso agitaba las manos, desesperado. Movía la cabeza, bebía de su copa, encendía otro cigarrillo.

—¿Y cómo te zafaste, panzón?

—Pos les tuve que dar los veinte pesos, mi reloj, mi crucifijo de oro, mi anillo de graduación, la cadena de oro del pantalón, el saco, el cinturón y los zapatos.

—¿No te quedó de otra?

—No, no hubo de otra, porque cerraron la puerta y el tullido empezó a golpear la mesa con el cuchillo que habían usado para partir el pastel.

—¿Y ya finalmente te dejaron ir?

—Sí, Alfonso. Prácticamente logré llegar a mi auto como a las once de la mañana, sin zapatos y muerto de miedo. Todo el mundo me veía raro, como si fuera yo un perro sarnoso, como si tuviera alguna enfermedad rara. Todos me miraban por esas calles ruinosas y macilentas, dando tumbos de tanto en tanto, descalzo y como deslumbrado por la luz del sol. Nadie me ofreció ayuda. Tuve que encontrar mi auto yo solo, por puro instinto.

—¡Válgame! Bueno, estás vivo y eso es lo que importa. Dale gracias a Dios, mi amigo.

—La verdad sí, Alfonso. Nomás porque me gusta mucho la Ana Luisa, porque si no…, jamás regresaría a este lugar…

—¿Qué dices…?

Y vio que su amigo sonreía, súbitamente; vio cómo, aun bajo la luz tenue del candil que colgaba de la pared, emitiendo esa lucecilla amarillosa y opaca, se iluminaban sus ojillos, sus pupilas grisáceas detrás de los espejuelos, su rostro regordete y apacible, redondo, con sus mejillas amoratadas.

—¿Qué dices…?

Lo tomó por sorpresa. Miró hacia donde veía su amigo. Advirtió, espantado e incrédulo, que Ana Luisa Montero se acercaba a ellos, con un vestido muy escotado que ondeaba al compás de sus pasos graciosos. Enmudeció por completo. No pudo decir nada. Ni siquiera lo saludó, ella, como si él no existiera, como si fuera un espectro errante. Se dirigió sólo a su amigo:

—No está bien que nosotras saquemos a bailar a los clientes, mi panzoncito. Pero a ti te amo más que a nadie. Tú eres lo único que me importa en la vida. Ven conmigo, corazón.

Orvelino se levantó de la mesa como un sonámbulo que recibe instrucciones de alguien, como un perro fiel que sigue a su amo hasta el confín más recóndito de la tierra. Cuando se dirigían a la pista de baile, Ana Luisa giró su cuerpecillo grácil para regresar a la mesa de ellos, momentáneamente, como haciendo una pausa, solamente para decirle a Alfonso Urbina:

—Ya te puedes ir, mi amor. O si quieres quédate. Rosario no va a venir. Se fue con el general.

Y soltó una risotada insólita, casi ensordecedora, que se confundió con las notas tersas y elegantes del maestro Adrián.

12

¿Le duele todavía?, pensó Tirso Estrada mientras su madre limpiaba algunas lágrimas imprevistas que ni siquiera habían podido escurrir por sus mejillas. ¿Tantos años y le duele todavía? Y todo porque se había puesto a remembrar las sirvientas, nanas, mucamas y amas de llaves que había tenido en su fastuosa casa en aquellas épocas en que nunca le faltó nada; por el contrario, tuvo todo a manos llenas, como un don de la Divina Providencia. Gracias por todo, Señor mío; gracias por todas esas alegrías y contrariedades. Suspiró profundamente, sujetando su pañuelo, fijamente, a la altura de sus mejillas.

No se atrevió a decirle nada. ¿Qué podía decirle ahora?, confinada en esa casa, presa de su propio destino, avejentada y triste, con los pocos muebles que le quedaban, cubiertos de sábanas y cobijas polvorientas, llena de envolturas y cajas arrumbadas por doquier, rellenas con los pocos adornos que había podido conservar, con todos los recuerdos que habría querido vivir una y otra vez, todos y cada uno de los días que le quedaran por vivir.

—En esta vida hay que estar preparados siempre para lo peor. Esa es la clave de la vida.

Válgame Dios, pensó Tirso. Él, que había hecho su mejor esfuerzo para pagar las deudas de juego de su señor padre, día tras día, semana tras semana, mes tras mes, año tras año, interminable, transigiendo con todos esos acreedores lúdicos: apostadores de caballos, aficionados al beisbol, al futbol, profesionales del póquer y del *bridge*, del dominó… Bueno…, por lo menos nunca le gustaron las peleas de gallos ni nada que tuviera que ver con cosas sangrientas. Eso sí no. Recordó que su madre le había dicho muchas veces: "Ni se te ocurra jugar con él al trompo o a las canicas porque hasta en eso es capaz de apostar". Y él no, mamá, ¿cómo se te ocurre?

Pero no había podido con todos los acreedores. Sobre todo los del póquer y el *bridge,* en donde había tenido el descaro de apostar, primero, sus relojes de oro, el anillo de compromiso, sus cadenas de oro y plata, el anillo de oro de graduación, y, luego, sin previo aviso, hasta las joyas de su esposa: brazaletes, pulseras de oro y plata, brillantes, esmeraldas, prendedores. ¡Qué caray! Siempre le había dicho que le devolvería todo y nunca le devolvió nada. ¡Caramba! La fortuna no siempre sonríe, le decía su marido por las noches, con la cara descuadrada y triste, contraído hasta los huesos, y el ánimo por los suelos.

—¿Otra vez perdiste? —le preguntaba muy de madrugada, despuntando el alba—. ¿Otra vez, José Luis?

—Mañana me recupero, Aurora. Mañana recupero el brazalete de brillantes. Te lo juro por Dios.

Y sí, muchachos, a veces recuperaba las cosas, *mis cosas*. Era un hombre muy inteligente. Pero la mayoría de las veces no recuperaba nada. Y así me fui quedando sin mis cosas, sin mis relojes, sin mis joyas, sin mis anillos. Y como en secreto, con esa postura de quien revela un secreto, con la mano a la altura de la boca, como si rememorara una travesura distante: no todas, obviamente, porque me guardé algunas cosas. Y una risita incómoda, incomprensible. Yo seguía teniendo confianza en él, muchachos. Yo siempre le tuve confianza…, pero…, las cosas cambian…, la vida cambia…, la confianza se resquebraja como una taza de porcelana que cae al piso y se quiebra en mil pedazos…

Una vez más, pensó Tirso. Una vez más… Era inevitable. Ahora recordaría cómo y cuándo perdió la confianza del señor José Luis Estrada, su marido hasta ese día. Por lo menos conservaban la mesa del comedor, pensó él. Ahí estaban, en esa mesa, en el atardecer somnoliento, comiendo mantecadas de zanahoria y mermelada de tejocote.

Se quedaron en silencio, por algunos segundos, hasta que doña Aurora dijo:

—Tuve que empezar a contratar cocineras, sirvientas, nanas y amas de llaves que tuvieran arriba de cuarenta años. Tuve que… dejar de contratar jovencitas…

—Mamá… No es necesario…

—¿No es necesario? ¿Acaso no puedo desahogarme con ustedes? ¿Ni eso puedo? ¡Qué vida!

Un sollozo. Ligeras lágrimas escurrieron por sus mejillas. Aprovechó para arreglar su peinado, mostrando sus manos regordetas, agraciadas, con su piel suave y las uñas muy cuidadas.

—Ya me lo habías dicho antes. Por eso contrataste a Francisca. Ya lo sabemos. Pero…, cuando contrataste a Francisca, mamá…

Tirso gesticuló, movió las manos, se encogió de hombros.

—Ya lo sé, ya lo sé. Tu papá… Tu papá ya no…

—Sí, mamá… Francisca es lo mejor que te pudo haber pasado…

—Ya lo sé, Tirsito, ya lo sé. Pero…

—Déjalo ya, mamá… No te digo que lo olvides, pero si lo estás regurgitando una y otra vez… ¡Caray!, no es bueno para tu salud.

—No, sí es bueno para mi salud. Me desahogo, m'hijito.

Había probado apenas su mantecada de zanahoria, apenas la mermelada de tejocote con pan de dulce, apenas le había dado unos sorbitos a su café con leche. No había duda: se sentía triste y melancólica. Con ese estado de ánimo su perorata era irrefrenable. Sus ojitos cargados de nostalgia se volvieron a enrojecer un poco, como si se esforzara por contener un llanto libre y lastimoso.

—Quizá tengas razón, hijo…

—Te estoy diciendo, mamá. Ya no te acuerdes de eso…

—Tanto que lo quería… Tantas cosas que hice por él…

—Déjalo ir, mamá… El pasado ya no tiene remedio…

—...

—No tiene remedio. Es probable que hoy esté sufriendo su castigo...

—No digas eso, hijo...

—Sólo digo que es probable, mamá... Nadie se esconde de Dios...

—Efectivamente. Y el hombre no pudo esconderse de mí... Y pensar que al día siguiente era mi cumpleaños...

Sujetó con fuerza su pañuelo. Seguía conteniendo las lágrimas como si fuera una lucha infranqueable.

—Justo un día antes de mi cumpleaños. Ese fue su regalo... Su maravilloso regalo...

—Ya me lo habías contado antes, mamá. No es necesario...

No le hizo caso: miraba al vacío con esos ojos rojizos y desesperados:

—Nunca pensó que iba yo a regresar por mi monedero...

—Ya me lo has dicho...

—Nunca lo imaginó... Entré a la casa, y..., no sé por qué de esas veces que tiene uno un mal presentimiento, un mal augurio.

—Ya no te acuerdes, mamá —casi con desesperación—. No enfrente de la gente...

—No me importa. Es el dolor, ¿me entiendes? No, no me entiendes.

—Te entendemos, madre.

—¿Tú sabes lo que fue para mí verlos ahí tirados, en mi cama? ¡En mi propia cama, Tirso!

—Qué horror...

—En mi propia recámara...

—...

—Me quedé..., me quedé... estupefacta..., sin poder hablar..., sin poder gritar siquiera...

—Ya déjalo..., por favor... Te va a hacer daño.

—No, no me va a hacer daño. Al contrario. Tengo derecho a desahogarme…

—Ya déjalo…

Los ojos rojizos y la voz entrecortada de la señora Aurora, y el rostro, revestido de visajes incontrolables.

—El viejo ahí… en mi cama, Tirso…, montado en esa…

—Ya sé quién era, mamá. Ni siquiera menciones su nombre…

—¿De veras sabes quién era? ¿Estás seguro?

—Sí, estoy seguro.

—Cuando eras chiquito te llevaba al Hipódromo de Peralvillo. Ya no te acuerdas, seguramente. Y al de Condesa también… ¿Te acuerdas?

—Sé quién era, mamá. Ya olvídalo…

—Y cuando llegó a pedir trabajo…, con su carita de no rompo un plato…

—Ya déjalo… Por favor, mamá…

Tirso movía la cabeza de un lado a otro, desesperado, pero se quedó en su silla, con los brazos cruzados, casi inmóvil.

—Le voy a decir a Francisca que nos haga un chocolate caliente. ¿Les parece bien?

No esperó respuesta. Nadie le respondió. Doña Aurora se levantó de la mesa para dirigirse a la cocina. Le ordenó a Francisca que preparara chocolate caliente y regresó, un poco más tranquila, más serena, pero seguía suspirando…, una y otra vez.

Tirso sintió el impulso infranqueable de preguntarle a su madre algo que siempre había querido preguntar. Dudó en hacerlo: ya eran demasiados recuerdos tristes. Ya era demasiado para esa tarde que caía en un crepúsculo mortecino y silencioso.

—¿Por qué lo perdonaste, mamá?

La señora Aurora cerró los ojos al escuchar la pregunta de su hijo, como un sacerdote en su sacristía que escucha los pecados oprobiosos de un feligrés acongojado.

—¿Por qué, mamá? Perdóname… Ya para terminar con esto…, para siempre, mamá…

—Qué te puedo decir… Lo hice por ti…

—¿Por mí? ¿Te sacrificaste por mí?

—Sí, m'hijito. Lo hice por ti. Yo no quería que sufrieras, ¿me entiendes? Tú me entiendes. No quise escándalos, problemas con tu padre, problemas con mi familia, la familia de él…, tú sabes… Una mujer siempre lucha por sostener a su familia…

Tirso sorbió apenas la taza de chocolate caliente. Se limpió delicadamente los labios. También tuvo deseos de suspirar. Miró fijamente a su madre:

—Entonces, ¿por qué tanto resentimiento? ¿Por qué acordarse de aquello si perdonaste al señor?

—Sí, lo sé, m'hijito… Pero, ¿sabías una cosa? Algo que pensé que tú, siendo ya mayor, ya lo sabías…

—¿Que sabía qué…?

—Que te habías dado cuenta…

—Cuenta de qué, mamá.

—Pos que tu padre volvió a las andadas…

—Al juego te refieres.

—No, no. ¿Pos de qué estamos hablando, m'hijo? A las andadas, pues.

—¿Cómo?

—Sí, sí, volvió a las andadas…

—¿Qué? ¿Con quién?

—Pos con esa…, que dizque era de Pachuca, que luego fue ama de llaves…

—¿Manola?

—¡Manola! Esa mera.

Se tapó los ojos con las manos y lo único que hizo fue restregarse le frente con los dedos. Una ligera náusea lo asaltó por segundos, acompañada de una punzadita leve en la boca del estómago.

—¿Y lo volviste a perdonar?

—...

—Mamá, ¿lo volviste a perdonar?

—¡Francisca! ¡Francisca! Tráenos más mantecadas y mermelada por favor.

Doña Aurora se arregló el peinado con sus dos manitas regordetas, sin anillos, mostrando sus uñas largas, perfectamente arregladas y pintadas. Y sonrió apenas, más bien como una mueca indiferente, un gesto frío y desangelado. Por primera vez en toda la tarde y en el devenir de las primeras horas de la noche, miró al muchacho que estaba allí enfrente de ella, silencioso y sumiso. Lo miró detenidamente:

—¿Dónde están tus padres, m'hijito?

[ ]

—Vamos a tomar Guadalajara, Tomás. Vamos a terminar con esto.

—¿De qué hablas?

—En tu ausencia, el general Gorostieta ordenó tomar Guadalajara.

—¿Cómo es que fue eso?

Reunió a todas las tropas de por acá y nos ordenó formar dos columnas. El general Rosendo Garfias lidera una columna y el padre Ramírez lidera la otra. El general y sus hombres agarran rumbo pa' Salto de Juanacatlán y de ahí a Guadalajara.

—Está bien. ¿Y el padre Ramírez?

—El padre Ramírez se va a ir por la línea del ferrocarril hasta Ocotlán, donde vamos tú y yo.

—¿La idea del general Gorostieta es tomar Ocotlán? —preguntó Tomás Donaciano, rascándose la cabeza.

—Así es. Y luego enfilarse hacia Guadalajara.
—¿Y el general Garfias entrará por Salto de Juanacatlán?
—Sí, Tomás, con la ayuda de nuestro Señor Jesucristo.

Una ráfaga de esperanza lo sublimó de pies a cabeza. Miró al cielo, creyendo que todas sus oraciones habían alcanzado su destino final.

Había pasado mucho tiempo desde el inicio de aquella guerra santa. Y ahora formaban un ejército organizado y bien dirigido. Por fin veía los frutos de esa reyerta interminable. Sintió que toda la corte celestial lo abrigaba en un abrazo místico y providencial…

¿Sería posible?

Se levantó despacio. Antes de salir del jacal, escuchó que le decían:

—No te vayas. No tardan en llegar los hombres del padre Ramírez para explicarnos la maniobra con más detalle. Tienes que estar atento.

—No, si no me voy —dijo él—. Nomás voy a tomar un poco de aire fresco. Tu covacha es un infierno.

—¿Tienes hambre?

—Sí, ya hace hambre, Salamanca. Prepárate unas verdolagas con frejoles. A ti te quedan bien.

—Estará de Dios.

—Y un café de olla. Porque me imagino que la tarde va pa' largo.

—Estará de Dios.

[ ]

La oficina del agente ministerial era un cuartucho caluroso y descascarado que hedía a sudor agrio y fritanga aceda. El oficial sudaba copiosamente mientras leía la denuncia interpuesta en contra del señor Alfonso Urbina González. Se limpiaba el sudor con un pañuelo amarillento que extraía de la bolsa del saco, un saco gris claro que llamaba la atención por las manchas de sudor y por las arrugas en el cuello. Un ventilador ruidoso y destartalado funcionaba apenas desde la cómoda del fondo, arrojando una brizna ligera de aire tibio, completamente inútil. Alfonso también sudaba sin control, aunque no tanto como el agente que tenía ahí enfrente, detrás de un escritorio lleno de papeles y expedientes. En el centro de la mesa, el oficial escribía sobre una ruidosa máquina de escribir que tambaleaba con las embestidas del rodillo y de las teclas de metal. La oficinita resultaba más incómoda y pequeña debido a la compañía apretujada de sus amigos: Alfredo Montesinos, Mariano Cuesta y, por supuesto, Orvelino Aguilar, todos ellos sentados en sillas de madera desvencijadas y bamboleantes que formaban un semicírculo en dirección al escritorio del agente ministerial. Ni siquiera chistaron cuando les pidió, la víspera, no muy preocupado y hasta cierto punto divertido, que lo acompañaran al Ministerio Público. Marianito era versado en derecho penal y, el día que Urbina recibió el citatorio de la Agencia Ministerial en su propia casa, le dijo:

—Tienes que ir, Alfonso, porque si presenta testigos, ¡aguas! Necesitas testigos de descargo, ¿entiendes? Atiende este lío de una vez por todas.

—No se diga más.

¡Qué horror!, pensaba Urbina, mientras escuchaba el sermón del oficial sudoroso, perder el tiempo en estas pendejadas; pero como le había dicho Marianito, serán pendejadas, pero no vaya a ser y se transforme en algo serio, y no fuera que se convirtiera en una pesadilla. No sabemos hasta dónde quiere llegar este tipo, le dijo Mariano Cuesta, muy serio. Montesinos y Orvelino Aguilar estuvieron de acuerdo. Y por eso estaban ahí, escuchando muy atentos la denuncia que había interpuesto Pablito Cisneros en contra de Alfonso Urbina, según esto —y simplemente no podía creerlo— por tentativa de homicidio y/o lesiones y amenazas.

Bajo la atmósfera infernal y hedionda de esa oficina insípida, el oficial repitió los datos generales del presunto responsable:

—Alfonso Urbina González, de treinta años de edad, estado civil soltero, religión católica, de profesión licenciado en derecho, con domicilio en las calles de Coahuila número 34, colonia Roma, México, Distrito Federal, estando presente en las instalaciones de esta Agencia del Ministerio Público, comparece a declarar en cumplimiento al citatorio de fecha 18 de junio de 1940, asistido por su abogado, el señor licenciado Mariano Cuesta Hernández, etcétera, etcétera.

—¿Eran correctos los datos generales, señor?

—Sí, oficial, son correctos —con cara de aburrimiento, sobándose la barbilla, sin nervios, dispuesto a escuchar las calumnias e infamias de Pablito Cisneros.

Denunciante: el señor Pablo Cisneros Vega, por los ilícitos de tentativa de homicidio y/o lesiones y amenazas, según denuncia de hechos presentada el pasado lunes 17 de junio del año en curso, en las instalaciones de esta H. Agencia del Ministerio Público, etcétera, etcétera. Y dice así: "Que el pasado 16 de junio del año en curso, como a las cuatro de la madrugada, cuando salía el compareciente de una boda ocurrida en el salón principal, tercer piso, del Casino Español, ubicado en las calles de Isabel la Católica, posterior al banquete que ofrecieron los contrayentes, la señorita Hortensia Álvarez y el señor Juan Linares, así como sus familiares respectivos, dirigiéndose el suscrito hacia su automóvil, Chevrolet color azul marino, que estaba estacionado en las inmediaciones de las calles antes referidas, una vez concluido el festejo matrimonial, y con la finalidad de retornar de manera tranquila y pacífica a su domicilio particular, declara y afirma que en el mismo instante en que se disponía a cruzar la calle, se percató con horror y angustia, que un automóvil Buick, de color gris oscuro, con número de placa seiscientos treinta y dos, misma que alcanzó a divisar no obstante el resplandor que le provocaron los faros delanteros del auto, se abalanzaba sobre su precaria humanidad a gran velocidad, con las intenciones claras y contundentes de embestirlo de forma categórica y aniquiladora. Que gracias a que el denunciante, de forma casi milagrosa y por instinto de supervivencia, alcanzó a retroceder en un acto reflejo inusitado, el automóvil de su atacante no logró arrollarlo, pasando junto a él como a unos treinta centímetros de distancia y que por lo mismo, logró divisar y darse cuenta que el conductor del mismo era el señor Alfonso Urbina González, a quien reconoció en el mismo instante en que el suscrito evadía el impacto devastador. Que no estando satisfecho su atacante, el inculpado, señor Alfonso Urbina González, con haber infligido semejante ataque atroz en contra del denunciante, y percatándose de no haber podido cumplir con su objetivo, de forma totalmente inverosímil e inexplicable, el atacante profirió amenazas en contra del hoy denunciante, diciéndole textualmente que él era un pendejo, y que mejor tuviera más cuidado, y que la próxima vez no iba a errar el golpe. Eso gritó por la ventanilla de su automóvil el señor Alfonso Urbina González, quien incluso tuvo que volantear de forma muy violenta, en un giro de noventa grados, para no embestir su auto contra otro que estaba ahí estacionado, a un lado de la acera, pero que el suscrito no recuerda que marca era. Agrega el compareciente que el ataque inusitado y perpetrado por el señor Urbina González, obedece a una discusión que tuvieron durante el evento matrimonial antes citado, en uno de los salones del Casino Español, donde el suscrito le pidió al referido señor Urbina González, de la forma más atenta, que por favor dejara en paz a la novia de su muy querido amigo suyo, el señor Tirso Estrada Rosales, por haber estado, durante buena parte de la noche, acosando y molestando a la señorita que responde al nombre de Teresa Sepúlveda, y que el acusado se molestó mucho por la amonestación verbal que le suscitó el compareciente, diciéndole que no se metiera en sus asuntos, que no se metiera en lo que no le importaba y que mejor se fuera a la chingada, él y toda su familia, y que se fueran a la chingada todos sus amigos, y que él siempre hacía lo que le daba su rechingada gana. Que el denunciante, percatándose que el señor Alfonso Urbina estaba en completo estado de ebriedad, al igual que sus acompañantes de mesa, prefirió evitar cualquier confrontación, discusión o malentendido en pleno festejo matrimonial y decidió regresar a su mesa en aras de continuar con la tranquilidad, cordialidad y felicidad de la boda anteriormente mencionada. Por último, agrega el denunciante que, en su opinión, lo anterior explica el por qué el señor Urbina González intentó arrollarlo al salir de la boda anteriormente descrita, sin haber podido lograr su ominoso objetivo. Que es todo lo que tiene que declarar por el momento y que se reserva su derecho para ampliar el contenido de la denuncia, así como para presentar las evidencias que en derecho correspondan y con las que quedara demostrada la responsabilidad del susodicho Alfonso Urbina González."

El oficial ministerial concluyó la denuncia de Pablito Cisneros con esa voz monótona y arrítmica típica de los agentes del Ministerio Público. Los muchachos se quedaron impávidos, sin saber qué decir.

—¿Nos permite la denuncia, licenciado? El inculpado procederá a contestar la denuncia —dijo Mariano Cuesta—, si nos permite, oficial.

De todas formas, repasaron y releyeron en voz baja las quejas y agravios del señor Cisneros para estar seguros de lo que iban a contestar; mientras tanto, el agente preparó la hoja de papel sobre el rodillo de la máquina de escribir, anotando algunas cosas en una libreta que tenía al lado de la máquina. Nuevamente leyó los generales de Urbina a fin de que rindiera su declaración ministerial.

Alfonso se inclinó hacia adelante, acomodándose en la silla. Descansó los codos sobre la mesa del agente ministerial y cruzó las manos como un estudiante de primaria. En primer lugar, señor oficial, el compareciente nunca inició algún altercado con el señor Pablo Cisneros en el salón principal del Casino Español, el día de la boda de los contrayentes Hortensia Álvarez y Juan Linares, sino que fue el propio señor Cisneros quien acudió a la mesa del declarante a realizar una serie de reclamaciones completamente innecesarias e insensatas y en estado de ebriedad absoluto…

Urbina no tardó más de una hora para negar todas y cada una de las acusaciones de Pablito Cisneros. El agente ministerial le hizo algunas preguntas que fueron respondidas de forma clara y sin contradicciones.

Sin embargo, tuvieron que pasar más de tres horas para que los amigos de Alfonso rindieran sus declaraciones como testigos de descargo. Ya cuando declaraba el último de los testigos, Alfredo Montesinos, comenzaron a cruzar bromas y chistes con el agente ministerial. Lograron percibir que el oficial no creía mucho de lo que había denunciado Pablito Cisneros. Cuando firmaban sus respectivas declaraciones, invitaron a comer y a beber al oficial, quien les dijo que ese día no era posible porque tenía otras denuncias que atender, pero que otro día con mucho gusto. Platicaron de todas las cantinas y restaurantes que conocían por la zona, para que, llegado el día, el oficial escogiera el lugar que más le agradara. Entonces, Mariano Cuesta le preguntó que qué le gustaba tomar, a lo que el agente ministerial contestó que le gustaba el coñac. Mariano le anticipó que le iban a traer varias botellas del mejor coñac.

—¿Archivaría usted la denuncia, señor oficial?

—Seguramente sí, contestó, sobre todo si el querellante no trae a sus testigos. Era común que la gente denunciara altercados y discusiones ocurridas en bodas y fiestas, muchas de ellas infundadas, porque la gente toma mucho en esa clase de eventos. ¡Sin duda alguna, señor oficial!

Abandonaron la Agencia del Ministerio Público hasta las cinco de la tarde, hora en la que todos tenían mucha hambre y decidieron ir a una cantina del centro de la ciudad a tomarse unas cervezas frías, platicar, bromear, y relajarse un poco. Alfonso Urbina les dijo, con tono ceremonioso:

—Muchas gracias, señores, por tan apreciable e invaluable ayuda. No existen palabras para agradecerles lo que han hecho por mí. Yo invito la comida. Y los tragos también…

Mariano Cuesta le dio golpecitos cariñosos en la espalda y le dijo:

—Para eso estamos los amigos, señor licenciado. Y más… para este tipo de pendejadas. Para asegurarnos de que todo este asunto termine lo más pronto posible, hoy mismo por la noche hablo con Antonio Sepúlveda y se acabó el asunto. ¡Sanseacabó! ¡Vaya si no!

13

Eran las nueve de la mañana de aquel sábado tibio y brillante cuando, a pesar de la invitación de su hermano, el general Sepúlveda no quiso quedarse a desayunar, como el otro día. Venía muy de prisa por tener varios asuntos pendientes con la campaña del general Ávila Camacho, próximo triunfador en las elecciones del 7 de julio, sin duda alguna, era la recta final, Beto, y don Manuel se perfilaba como un triunfador imponente, arrollador. Como le había dicho antes, él se encargaría de algunas cosas relativas a la logística electoral para las votaciones, incluso, para reorientar —¿asegurar?— la victoria en la capital: por ende, la derrota de Almazán era inminente, inevitable. ¿Qué se creían estos disidentes revoltosos surgidos de la nada, engañando al pueblo de México con espejitos de bolsillo y promesas inalcanzables?

En el portón de la calle, justo antes de despedirse, Roberto le preguntó al general si había escuchado los últimos discursos de campaña del general Ávila Camacho.

—Por supuesto, Beto, evidentemente; de hecho, los últimos discursos han sido los más emotivos, ¿sabes?

—¿Era cierto que el general Ávila Camacho había dicho que Almazán era un candidato de la reacción, de los ricos, de los opresores y de la Iglesia?

—Por supuesto que sí —le contestó el general—, y con todo el derecho del mundo; sobre todo porque era una respuesta a la propaganda insidiosa de Juan Andreu Almazán. Contundente, Beto —agregó—, impecable en sus ideas. Además, me da gusto que en su último discurso haya seguido mi consejo en cuanto a que debía recordarle al pueblo de México su proceder humanitario ante la Guerra Cristera, en donde siempre intentó evitar derramamientos de sangre inútiles, siempre conciliador, siempre evitando balaceras y matanzas innecesarias. ¿Acaso Almazán puede presumir de haber hecho algo tan humanitario durante su carrera militar?

—Yo creo que no.

—¿Te das cuenta? El tono conciliador del general Ávila Camacho es fundamental para ganar estas elecciones.

—Excelente, Bernardo. Me da mucho gusto. Sólo es cuestión de tiempo. Pero..., me preocupan un poco los sinarquistas, ¿sabes?

—¿Por qué? Ya se declararon neutrales. Le dieron la espalda a Almazán. ¿Y sabes por qué? Porque no creen en él, así de simple.

—Sí, pero tampoco están con el general Ávila Camacho.

—Precisamente, por eso hemos insistido mucho que el general Ávila Camacho meta en sus discursos su simpatía por los católicos, que no los ataque, que se muestre conciliador con la Iglesia, que hable de los valores familiares, que diga que la educación del Estado debe concretarse a la enseñanza de las ciencias y las artes, que cada hogar enseñe libremente a sus hijos. Conciliador, Bernardo, atemperando por cualquier medio discursivo todo el odio que sienten los católicos hacia el gobierno del general Cárdenas, ¿entiendes? Los sinarquistas son unos chaqueteros, igual que sus primos hermanos, los panistas, un partido político sin candidato, ¿ves?, organizaciones de derecha y ultraderecha que ya mostraron simpatía por el general Ávila Camacho. Mira a los empresarios regiomontanos: es un hecho que van a votar por el general Ávila Camacho. Lo que en todo caso nos preocupa es la ciudad de México. Es un poco reaccionaria, ya sabes.

—Tienes razón, el problema es que es *la capital*.

—Las facciones están con nosotros, no con Almazán. La CTM y la CNC son incondicionales. Incluso Lombardo se encargó de anunciar la candidatura del general Ávila Camacho.

Todos los senadores están con nosotros. La mayoría de los diputados, también.

—Y los gobernadores.

—Casi veinte gobernadores capitaneados por el licenciado Miguel Alemán Valdés. ¡Nada más, Beto! También están el licenciado Marte Gómez en Tamaulipas; Alberto Salinas en Nuevo León; Fernández Trujillo en Tabasco; Wenceslao Labra en el Estado de México, principalmente. ¿La capital de México? Ya nos encargaremos Gonzalo Santos y yo de que Almazán no gané en la ciudad de México. En México no va a ganar Juan Andreu, punto.

—¿Y los obreros comunistas? Porque ya ves que algunos creen que Juan Andreu tiene tendencias izquierdistas.

—Eso no nos preocupa. Muchos ya se le voltearon. Fíjate lo que dijo el general Ávila Camacho en Chihuahua. Convocando a los empresarios dijo que la mejor inversión es cuando existe el trabajo en común: capitalistas y obreros. La prosperidad del consumidor implica prosperidad empresarial. Eso es lo que necesita el futuro de México, ¡un presidente como el general Ávila Camacho!

Roberto Sepúlveda no quiso preguntar en qué consistía la operación antialmazanista en la ciudad de México porque conocía la respuesta. Además, ya sabía que esa operación se dispersaría por todo México. Lo mejor era pensar en los suyos, en su familia, que todo estuviera bien el 7 de julio, que ganara el general Ávila Camacho de forma contundente. Bernardo le ofreció un abrazo de despedida.

—Otro día sí se quedaba a desayunar, ¿no es así?

—Seguro que sí, mi hermano.

Cuando se dirigía a su automóvil se detuvo de forma repentina; giró su humanidad, y le dijo:

—Por cierto, Roberto, cuando venía para acá me acordé del muchacho ese del otro día, el del desayuno, el que pudiera ser tu futuro yerno. ¿Cómo se llama?

Adiós, Almazán | 193

—Tirso. Tirso Estrada —contestó, un poco extrañado, Roberto Sepúlveda.

—Tirso Estrada. Supongo que es almazanista, ¿no es así? Digo, se le ve en la cara.

—Podría decirse que sí, no sabemos bien. Realmente no nos ha demostrado mucho afán por Almazán, pero lo defiende un poco, no cabe duda. Se entiende, ¿sabes?

—Lo sé, lo sé. Sin embargo..., no porque sea almazanista o no, perremista, sinarquista, comunista, sino porque es novio de mi sobrina, ¿sabes?, y muy querida por cierto..., y, por lo mismo..., ¿no valdría la pena que lo investigaran?

Roberto Sepúlveda se quedó pensativo, sin mostrar expresión; sin aspaviento. No estaba muy seguro de qué contestarle a su hermano, el general.

—¿Para qué? —respondió—. Es un buen muchacho. De muy buena familia...

—Ya lo sé, ya lo sé..., pero a los novios de las hijas siempre hay que investigarlos, Roberto, sobre todo en estos tiempos.

—No sé realmente qué pudiera investigársele. Según me dijo Tere, mañana o pasado van a ir a comer con la mamá de él. El papá creo que está enfermo o en cama, algo así por el estilo. Ya ves que los padres no nos metemos mucho en esas cosas.

—¿Ya le dio el anillo de compromiso?

—No, pero es muy buen muchacho, muy decente. A Angélica y a mí nos gusta para Tere.

—Ya lo sé, ya lo sé, pero qué tal si es un infiltrado, un espía almazanista, o un soplón nazi, o un líder sinarquista, qué sé yo...

—Mmmm, no creo, la verdad, Bernardo —sonrió—. No creo que sea necesario, la verdad.

—Mira, tengo un inspector privado muy bueno, autorizado por el Gobierno. Policía privada, digamos. Lo conozco desde hace tiempo y nunca me ha quedado mal, ¿me entiendes? Nos entregaría la información de inmediato, ¿sabes? De dónde viene, dónde vive, qué hace en el día y en la noche, a quién frecuenta, en qué trabaja, quiénes son sus amigos… Muy necesario, Roberto… Sobre todo si canta el gallo, ¿no crees?

Roberto Sepúlveda se quedó callado por algunos segundos. Prefirió confiar en los instintos de su hermano…

—Si tú lo crees necesario, adelante.

—Siempre es necesario tener más información. Déjamelo a mí.

—Gracias, Bernardo.

—Para eso estoy, Beto, para ayudarte en lo que se te ofrezca. En este caso, por tratarse de mi sobrina que la quiero tanto, y tú lo sabes.

—Sin duda. Tere se merece lo mejor. Creo que sí, tienes razón, creo que hay que estar seguros.

—Seguro que sí.

—Adiós, hermano.

—Adiós, Beto.

[ ]

Muy cansado y sin dormir, Juventino Salamanca le dijo a Fidencio Sánchez, el Frijol Sánchez:

—Tú te fuiste pa' Zacatecas, pero aquí en la sierra, bajo las órdenes del general Gorostieta, estuvimos a punto de tomar Guadalajara. ¡La mesmésima Guadalajara! ¡Estuvimos a nada, Frijol!

—Algo supe, algo me dijeron ayer en la noche. ¿Qué fue lo que pasó?

—¿Que qué paso? Un tal general Cárdenas, jijo de la rechingada, que venía de México, nos frustró el intento. ¡Pura cochina suerte, Frijol!

—¡Bueno!, ya sabemos que el demonio está de parte de ellos... Eso ya lo sabemos. Pero nuestro Señor Jesucristo continúa con nuestras huestes, lo mismo que su Santísima Madre, la Virgen María de Guadalupe. Eso ni lo dudes. Seguimos en pie de lucha. ¿Qué fue lo que pasó?, dímelo.

—Pos nomás que sin saberlo... dividimos el convoy militar de este general Cárdenas, sin darnos cuenta, te digo. No pudimos avanzar. Cuando se nos terminaron las municiones tuvimos que regresar a Los Altos, cuando cayó la noche, cuando nos dimos cuenta que habíamos perdido muchos soldados. Cuando cayó la noche regresamos a Los Altos. Tons, la primera parte del convoy fue la que atacó a las tropas del general Rosendo Garfias, en Salto de Juanacatlán. Ellos se habían ido por el rumbo de Zapotlanejo. ¡No sabían que el convoy militar estaba ahí varado!

—Que Dios nos ampare...

—Nosotros estábamos esperando al tren rápido que venía de México, ¿entiendes? Este era el plan: quemar los puentes de Poncitlán y atrapar al tren rápido; luego, lo más rápido posible, reparar el puente, a medias, y llegar hasta Guadalajara, en el mismo tren, primero Dios.

—¿Y las escoltas?

—¡Ah!, pos ese tren lleva generalmente como una escolta de setenta, ochenta hombres, a veces más. Eran como unos cien hombres.

—Pa' la madre. ¿Me estás diciendo que el tal general Cárdenas, jijo de la tiznada, llegó antes que el tren rápido?

—Justamente, Frijol, ¡justamente!

—¡Pa' la madre!

—Los vagones venían tapizados de federales, ¿sabes? Eran muchos. Nomás no pudimos con ellos. Intentamos atacarlos desde el otro lado del río, pero nos hicieron retroceder con descargas de fusil. Pura suerte, nomás. A muchos los mandamos al infierno, pero luego se escondieron detrás de los vagones. No pudimos cruzar el río, pa' ejecutarlos ahí mismo, del otro lado del río. Así pues, la refriega duró todo el día. Yo no podía creer que al caer la tarde siguiéramos ahí, disparándonos de lado a lado. Los teníamos rodeados, pero el convoy se defendió como gato boca arriba.

—Me dijeron que hasta trajeron unos aviones de Guadalajara pa' arrojarles bombas. ¿Fue cierto? ¿Aviones de veritas?

—Mesmamente, pero pudimos esquivar los envíos. ¡Hasta pudimos derribar dos aviones!

—Oye, ¿pos por qué no siguieron adelante, Juventino? Hubieran aguantado un rato más.

—Imposible. Ya en la noche, el padre Ramírez pasó revista a la tropa, a las municiones, y pos ya no había más parque. Habíamos perdido muchos hombres. Que ni qué: el demonio los auxilió pa' que no pudiéramos llegar hasta la Perla.

—Eso que ni qué.

—Tuvimos que retroceder; regresar a Los Altos, ya por la noche, no en desbandada pues, pero sí lo más rápido que pudimos. Pura cochina suerte nomás.

—¿Por qué diablos pasó por ahí este general Cárdenas?

—Dicen que iba pa' Sonora… Que dizque a apaciguar una rebelión…

—¡Pa' la madre!

—Eso dicen…

Fidencio Sánchez se quedó mirando las ojeras encalladas que tenía Juventino debajo de los ojos.

—Sí que tienes unas ojeras bien grandes, Salamanca.

—Oyes, por cierto, ¿no sabes si regresó Tomás Donaciano con la tropa del padre Mendoza?

—No sabemos nada de él… Igual lo pescaron por allá, por el rumbo de Poncitlán. Ve tú a saber si esté vivo.

[ ]

—¿Me extrañaste, cariño?

Rosario rozaba con sus labios la orejita tibia de Alfonso Urbina, mientras bailaban boleros al compás de las notas del maestro Adrián, en la penumbra del salón, alumbrados bajo la luz titilante de los candiles que colgaban en la pared del fondo, muy cerca del piano. Por encima de los candiles ascendían, lentamente, como fantasmillas ambulantes, volutas azulosas de humo de tabaco.

—Te extrañé más que nunca, Rosarito —dijo Alfonso, rozando, a su vez, con sus labios, las mejillas suaves y perfumadas de Rosario. Pudo percibir que llevaba encima varias esencias: perfume de duraznos, crema suavizante con olor a jazmín, y el vestido, muy escotado y ajustado, olía a extracto de rosas. El salón desprendía un aroma a alcanfor, a alfombra vieja y a humo de cigarros, pero ella olía fresca y juvenil, como si fuera ajena a ese mundo.

Desde hacía rato que quería sentarse, pero el maestro Adrián era cada vez más sutil con sus notas y sus ritmos. No había forma: una pieza llevaba a otra, y luego a otra…, como una cadena interminable de cadencias sensuales. Y luego piezas de Agustín Lara, las que más le dolían, las que le habían dolido desde la primera vez que las había escuchado. Rosario lo sabía, sentía que el hombre se estremecía irremediablemente entre sus brazos, lo sabía, con esa música, como si pudiera percibir la vibración candente de su cliente preferido. Porque él era su cliente preferido; *él lo era*, el único e irremplazable: se lo había repetido muchas veces, como queriendo que a él le importara ese privilegio. De cualquier forma, pensaba Alfonso, siempre es bueno ser el cliente preferido de alguien…

Por fin pudieron sentarse cuando el maestro Adrián detuvo su música para descansar un poco. Lo saludaron de abrazo, como todas las noches, porque él siempre iba a las mesas de los clientes a saludar. Percibió que ella estaba alegre, entusiasta en esa noche. Percibió…, que su alegría no era fingida. De eso también se dio cuenta. Y por eso no le sorprendió cuando le soltó a bocajarro:

—¿Cuándo me vas a llevar a Veracruz otra vez?

Era inevitable: la voz y la cadencia de Rosario lo desarmaban hasta los huesos. Acarició sus manos suaves y perfumadas:

—¿De veras te gustó tanto?

—Me encantó. Llévame otra vez, por favor.

—¿Qué fue lo que más te gustó?

—Isla de Sacrificios, mi amor. Un lugar hermoso, lleno de misterio, de encanto, lleno de árboles, de plantas, de sol, de cielo azul. Tienes que llevarme otra vez.

—Por supuesto que te voy a llevar otra vez.

Se quedaron en silencio, por algunos segundos, como si estuvieran recordando aquella aventura, ese viaje maravilloso, el bello puerto de Veracruz. El maestro Adrián no había regresado todavía. Vocecillas circundantes se escuchaban desde la primera habitación del salón, como si fueran dos mundos diferentes.

—Pero el destino te depara una sorpresa, Rosario.

—¿Cuál? Dime. Me encantan las sorpresas, Fonsito.

—Aunque uno se tarda más en llegar, existen unas playas hermosas del lado del Pacífico. Es un poco tortuoso llegar ahí, pero te aseguro que vale la pena.

—¿Qué lugar es? Anda, dime.

—Un lugar donde la puesta del sol es la más hermosa del mundo. Las playas son doradas y el agua es de un azul profundo, como de ensueño, como si no fuera real. También tiene una isla misteriosa.

—¿Qué lugar es, corazón mío?

—Lo verás cuando lleguemos. No está tan poblado como Veracruz. Apenas hay unos hotelitos, casas de huéspedes, pocos restaurantes, algunos estanquillos… Es la bahía más bella que he visitado en toda mi vida. Las playas se adornan con la luz dorada del sol y la puesta de sol es algo que no se puede describir con palabras. Tendrías que estar ahí.

—¿Cuándo nos vamos?
—Pronto, Rosario. Más pronto de lo que te imaginas.
—Dime cuándo, para dejar todo listo.
—Muy pronto, muñeca, te lo prometo.
—¿Me lo prometes?
—Te lo prometo.

Alfonso se sirvió otro trago de coñac. Empezaron a llegar los clientes: algunos hombres solitarios y furtivos, como sombras amorfas.

—¿No ha venido el general Sepúlveda?
—No, cariño. No lo he visto. Ha de andar muy ocupado con todo eso de las elecciones. ¿Tú vas a ir a votar el día de las elecciones? —ligeramente preocupada, Rosario.
—Eso espero...
—No vayas...
—¿Por qué no?
—Mira..., supe..., ya estaba un poco tomado, ¿sabes?
—¿Quién?
—¡El susodicho, amor! —dijo riéndose la mujer, mostrando su dentadura blanca y perfecta: el contraste con los labios rojos, con la piel suave y brillante.
—¿Qué pasa con él?
—Pos mira..., me quiso asustar... Andaba bebido.
—¿De qué, Rosario?
—Pos entre trago y trago, ya sabes, alardeando con sus chanchos, dijeron que van a armar camorra ese día, mi amor. Va a ver zafarrancho, ¿sabes? Me juró y perjuró que no van a permitir que gane Almazán. Eso me dijo.
—¿Y qué pueden hacer para impedirlo?
—Pos según esto, que van a cerrar casillas, robar cajones y papeletas, soltar balazos, amenazar gente... No sea que te pase algo, corazón mío.
—No creo. No pueden hacer nada. El presidente ha prometido elecciones limpias. Lo mismo el general Ávila Camacho.

—No va a haber elecciones limpias y pacíficas, Fonsito. Los hubieras oído.

—¿Me lo juras?

—Te lo juro. No sea que te toque una bala perdida, amor. No vayas. El general Almazán no va a ganar, corazón mío. Van a soltar pistoleros por todos lados, van a reventar macanazos aquí y allá, golpear gente. Ya ha habido mucho zafarrancho con estas elecciones, mi rey, tú lo sabes. La cosa se va a poner peor.

—Entiendo lo que me quieres decir. ¿Notaron tu presencia, que estabas ahí con ellos?

—Sí, pero no les importó. Estaban borrachos, corazón.

Urbina se quedó en silencio, petrificado. Ni siquiera notó que el maestro Adrián había regresado a su piano, ofreciéndole sus piezas preferidas; y que el murmullo del salón había crecido súbitamente: sombras danzantes que bailan, ríen, platican, cuchichean…

—¿Alfonso?

—¿Qué, cariño?

—Quiero saber el día que me vas a llevar al paraíso de playas doradas. El día exacto. No me gustan las evasivas, amor.

Alfonso se quedó en silencio, sintiendo que los dedos finos y tibios de Rosario le acariciaban el cuello. Te lo diré, cariño, te lo diré… Y entonces la besó en los labios, sintiendo su aliento cálido, perfumado de coñac, tomándola de las manos, como si ya no quisiera escuchar lo que Rosario le pedía, como si él quisiera seguir guardando el secreto.

14

Madero 28, despacho 29, tercer piso, ahí era, justo ahí. Se bajó del automóvil acompañado por uno de sus hombres y entraron al edificio desvencijado y carcomido por los años, marcado con el número 28 de las calles de Madero. No había nadie en la recepción, así que decidieron subir por las escaleras de caracol. Despacho 27, despacho 28, despacho 29, al fondo del pasillo. En el cristal de la puerta leyó lo que ya había leído tiempo atrás:

> Lic. Agustín Alarcón.
> Policía privado.
> Autorizado por el Gobierno

Empujó suavemente la puerta entreabierta y no vio, como la última vez, a la secretaria del licenciado Alarcón. Otra vez lo mismo: un despachito minúsculo con un solo cubículo frente a la puerta principal; las paredes amarillentas y descoloridas sin un solo cuadro que las adornara. El cubículo estaba cerrado, pero, a través del cristal opaco de la puerta, una sombra difusa se movía dentro de ella, seguramente la del licenciado Alarcón.

Tocó con los nudillos de la mano, pero no hubo respuesta. Una vez más… Tampoco. Giró la perilla y abrió apenas la puerta de ese pequeño cubículo. El licenciado Alarcón estaba de espaldas a la puerta, muy concentrado y ensimismado con unos papeles, fotografías y carpetas polvorientas.

—¿Licenciado Alarcón?

Se volvió hacia ellos, reconociendo al general —avistándolo— con sus pequeños ojillos verdosos, disminuidos detrás de esas gafas circulares. No era precisamente un Sam Spade, pensó el general, como el intrépido y seductor detective de aquella película que tanto le había gustado: *El halcón maltés*; ni el sofisticado y elegante Nick Charles de esa otra película, *El Hombre Delgado*. Además, el inspector Alarcón no tenía facha de bebedor, de borrachín empedernido. A pesar de la oficinita que tenía, siempre andaba fresco y bien vestido, con su corbatita de moño muy bien ajustada. Tampoco era un Charlie Chan, sabio y conciso, extrañamente vivificado por un actor sueco, Warner Oland: era más bien la combinación de un contador privado (desordenado pero muy meticuloso) con un *fox terrier*, invariablemente letal en sus persecuciones.

—¡General Sepúlveda! Discúlpeme... Estoy solo... ¡Esta niña no vino hoy! Siéntese, por favor. Siéntese, señor...

—Juan Higuera, para servir a usted, licenciado.

—Viene conmigo —aclaró el general Sepúlveda.

—Disculpen, por favor, es que... estaba yo abstraído con un caso de esos..., que..., ya sabe usted...

—No se preocupe, licenciado, no le vamos a quitar mucho tiempo.

—Usted *nunca* me quita el tiempo. Lo que usted requiera, general, ya sabe que estoy para servirle.

—Disculpe que hayamos entrado hasta acá, pero no nos escuchó tocar la puerta.

—No, no, no me diga eso por favor. Estoy para servirle. No llegó Carmelita, y pues, por eso dejé la puerta abierta. Y con este caso que tengo ahorita, pos no oí nada, mi general. Discúlpeme, por favor.

—No se apure, mi estimado licenciado —sonrió el general—. Debe estar bueno el mentado caso que ni siquiera nos escuchó tocar la puerta.

—¡Ni me diga, general! Son de esos asuntos que traigo a la señora encima, pero encima, ¿me entiende?, en donde..., usted sabe..., se hace toda una investigación, se siguen las pistas..., las sospechas resultan ser fundadas y pues…, quiere hasta fotografías del marido con la otra mujer…

—Tiene usted un trabajo muy divertido, licenciado, ni qué decir. ¡Jajá!

—Y más divertido se pone cuando uno se da cuenta de que el señor no trae una sola mujer…, ¡sino dos!

—Si trae dos, ¡a lo mejor hasta tres, licenciado! —se echó a reír el general Sepúlveda. El licenciado Alarcón también soltó una risita sardónica. Juan Higuera seguía muy serio, con los brazos cruzados.

—Es lo más seguro, mi general —dijo, limpiando los cristales de sus gafas—, pero no he confirmado esa sospecha. Parece broma, ¿verdad? ¿Les ofrezco café?

—No, muchas gracias. Le traigo un asuntito, ¿sabe?

El investigador privado abrió ligeramente los ojos, arqueando las cejas, siempre sonriente y afable.

—Para eso estamos, mi general, sobre todo tratándose de una persona como usted, ¿sabe? Me siento muy honrado con su visita, y todavía más cuando sé que usted debe estar muy ocupado con esto de las elecciones presidenciales.

—Así es, pero nos tomamos un momentito para venir a visitarlo y tratar un asunto…, más bien personal.

—Como siempre, estoy a su disposición. Yo soy su humilde servidor. Pero antes dígame una cosa, mi apreciadísimo general, sí va a ganar las elecciones el general Ávila Camacho, ¿verdad?

—Sin duda alguna. Es un hecho. El general Manuel Ávila Camacho será el próximo presidente de México. No hay duda de eso.

—Porque ya ve todo el alboroto que ha armado este señor Almazán. Y todos los seguidores que tiene…, y los zafarranchos que se han armado, broncas aquí, broncas allá, pleitos por doquier…

—No se preocupe, licenciado, todo está bajo control. El general Almazán no se va a sentar en la silla presidencial.

Tenemos todo bajo control. Se lo digo a usted, para que duerma tranquilo.

—Me tranquiliza escucharlo de su boca, señor general.

—Para eso estamos, licenciado.

—¿Y bien…? —dijo el inspector, sorbiendo discretamente su tacita de café.

—Muy sencillo, licenciado —dijo, abriendo el sobre amarillo que tenía entre las manos. Encima del escritorio del inspector privado, acomodó como un abanico, cinco fotografías—. Le traigo un asunto que sabemos es su especialidad: investigar al novio de una señorita.

—Es correcto. De hecho, así me anuncio en el *Excélsior*.

—Así es, he visto el anuncio, aunque, como usted sabe, yo lo conocí por otros motivos.

—Efectivamente.

—En el caso particular, la señorita es nada más ni nada menos que mi sobrina, Teresa Sepúlveda, la hija consentidísima de mi hermano Roberto.

—¡Ah!, supongo que el muchacho de las fotografías es el novio de su sobrina.

—En efecto. Se trata del licenciado Tirso Estrada Rosales, presunto novio de mi sobrina.

—¿Presunto?

—Eso digo yo, porque su relación de noviazgo no está muy bien cuajada, ¿sabe usted? Es decir, no están comprometidos todavía…, no que yo sepa. Por eso creo que es muy buen momento para llevar a cabo una investigación.

El licenciado Alarcón tomó las fotografías con ambas manos, observándolas minuciosamente, como si quisiera grabar en su mente cada uno de los detalles impresos. Arqueó las cejas, respiró profundamente, se acomodó en su silla… Dijo:

—Se ve un hombre muy decente, general, muy pulcro, muy cuidadoso en su forma de vestir.

—Así es. Es un hombre muy pulcro.

—¿Desvía la mirada cuando uno lo ve a los ojos?

—No, de ninguna manera. No le veo mancha en la mirada.

—Bueno, es un detalle nada más. ¡He conocido tanta gente con la mirada cristalina que a la mera hora…! ¡Dios mío!

—Sin duda. Por eso, licenciado, convencí a mi hermano Roberto de que hay que investigarlo. ¡Uno nunca sabe! Yo lo haría con mi propia hija, ¿sabe usted? ¡Inmediatamente! A veces pienso que Roberto es un poco confiado, pero como también se trata de mi sobrina…, ya sabe usted que a mí no me gusta andarme por las ramas…

—Y hace muy bien, mi general, muy bien. Es lo correcto. Saber a ciencia cierta quién es el novio de nuestras hijas, sobrinas o ahijadas es fundamental en esta vida. ¿Desea una investigación integral?

—Integral, licenciado. Necesito saber todo lo que se pueda saber de este joven. Aquí le traigo su dirección, su domicilio particular. ¡Ah!, y no se preocupe por gastos y honorarios, por favor.

—Qué amable es usted. Por tratarse de usted me gustaría que no se generara ningún honorario…

—De ninguna manera. Cobre usted lo que tenga que cobrar, se lo pido como amigos.

—Muchas gracias, general —dijo el licenciado Alarcón—. ¿Desde cuándo este muchacho es novio de su sobrina?

—No estoy seguro. Hará unos seis o siete meses.

—¿Vive con sus padres?

—Tengo entendido que sí. El padre está enfermo, según me dijo mi hermano.

—Correcto, general. Hoy mismo empiezo con la investigación. Por la importancia que reviste este asunto y la necesidad de obtener datos inmediatos, asignaré dos hombres de mi confianza para que comiencen a trabajar de inmediato.

—¿Cuándo tendría los primeros datos, licenciado?

—Deme unos ocho días para tenerle los preliminares, ¿de acuerdo?

—Lo que usted diga, licenciado. Se lo agradezco.

—No tiene qué agradecer, al contrario. Y gracias, general, muchas gracias por la confianza.

Se despidieron de mano y los dos visitantes salieron nuevamente a la calle de Madero, por donde habían entrado. El general miró hacia el cielo cuando se acomodaba el sombrero, y pudo ver, como un presagio ominoso, que el día se había nublado repentinamente, apenas en el tiempo que habían estado en la oficina del licenciado Agustín Alarcón. ¡Qué va! No creía en presagios ni augurios, ni en nada de eso; pero a veces le divertía pensar en esas cosas.

[ ]

Pero no, no estaba muerto. Tomás Donaciano logró ocultarse un buen rato entre los tulares del río después de que el batallón de San Miguel tuvo que huir cuando la escolta del tren rápido comenzó a disparar, apoyando las refriegas del convoy militar del general Lázaro Cárdenas. Todo esto sin un plan de por medio, como por desgracia inesperada.

El padre Ramírez le ordenó unirse al batallón de San Miguel para atacar al tren rápido que llegó inusitadamente después del convoy militar. En realidad, era este tren y no al convoy al que habían estado esperando. Desventuras de la vida: lo que se había trazado como un plan rápido y efectivo se convirtió en un infierno interminable. El batallón logró escapar, pero él prefirió quedarse allí, agazapado, entre los tulares del río, como una sombra en un pantano. Vio que sus compañeros huyeron hacia la estación de Poncitlán: pocas descargas de fusil, pensó. Pensó: deberían haber esperado más tiempo. Él prefirió quedarse ahí, inmóvil, como si estuviera muerto. Así estuvo un buen rato. No supo cuánto tiempo. Sólo miraba las nubes pasar, a través del cielo azul infinito. Sentía y veía cómo el aire se impregnaba de pólvora, de humo negro, gris, azuloso. Escuchaba el estruendo de rifles y metrallas, los quejidos de su gente, la agonía del ejército. No podía moverse: sus compañeros habían conseguido huir, pero él no pudo correr a tiempo. Un rato después, no supo cuánto, se dio cuenta de que era un milagro que siguiera ahí vivo, tendido boca arriba, rogándole a Dios que pasara desapercibido. El agua verdosa y turbulenta le irritaba los ojos, porque de alguna forma pudo apoyar su espalda contra el musgo de la orilla para que no tuviera que flotar todo el tiempo. Tampoco supo qué cantidad de agua estuvo tragando el tiempo que estuvo ahí, sin moverse, sin chistar, sin hacer ruido. El cielo azul seguía muy despejado, como el trasfondo azulino de algunas nubes que paseaban lentamente.

La cosa se había complicado porque los federales que venían en el convoy se escondieron detrás de los trenes y así estuvieron todo el día, detrás de los vagones, aprovechando la barrera infranqueable del río. De eso se dio cuenta y fue por ello que no pudo moverse un buen rato, hasta que comenzó a sentir un frío insoportable, un frío que le calaba hasta los huesos. Comenzó a temblar, descontrolado, aun cuando procuró seguir inmóvil. Tenía que seguir allí, sin hacer ruido, sin moverse. Ocasionalmente, las refriegas bajaban de intensidad, como si todo estuviera a punto de terminar, de una vez por todas. Pero no: un rato después la balacera seguía quemándole los oídos. El ruido, los gritos, los gemidos interminables. Ladeó un poco la cintura, muy poco, para poder ver si podía correr a la estación de Poncitlán. Imposible. Ahí seguían los federales, detrás de los vagones. El río continuaba siendo una barrera infranqueable. Si se movía, notarían su presencia. El cielo azul se amorató ligeramente al caer la tarde. Se nubló un poco, ocultando los rayos del sol, momentáneamente. Aun cuando ya había atardecido, la luz del sol seguía muy brillante, traslúcida. Tuvo la esperanza de divisar algún ángel que los auxiliara desde el cielo azul.

Fue entonces cuando escuchó que se acercaba un zumbido extraño. El ruido iba y venía, muy cerca de donde él estaba. Un zumbido de motor, primero distante y luego más cerca, y luego otra vez distante. ¿Aviones?, pensó. La primera explosión cayó lejos del río, en la zona de los cristeros; la segunda explosión cimbró el terreno y provocó reverberaciones en el agua, pero el bombazo fue lejano, parecido al primero. ¿De dónde vendrían?, pensó. Con la tercera explosión aprovechó para correr por la orilla del río, pero no en dirección de los cristeros, sino para el otro lado, como si él solo hubiera decidido tomar Guadalajara. Alcanzó a esconderse detrás de unos arbustos, a la sombra de un encino. Un tlacuache salió corriendo cuando removió el arbusto, como si el animal, al igual que él, hubiera estado esperando su oportunidad para salir corriendo. Luego se escuchó un ruido muy aparatoso, como si uno de los aviones se hubiera venido abajo, como si lo hubieran derribado. ¿Pero cómo?, pensó. ¿Cómo había sido posible que los cristeros derribaran un avión de guerra? ¿O había sido la Divina Providencia? Sí, sin duda, eso había sido. Se tranquilizó, esperó que cayera la noche y aparecieran las primeras estrellas.

Anocheció. Poco a poco aminoraron los destellos de fusil. Y luego comenzaron a despertar las estrellas en el firmamento, una por una, como si anunciaran el fin de la guerra. Aminoró la balacera, como si las municiones se hubieren terminado para ambos bandos. El fin de la guerra, pensó.

Cuando hubo un silencio total se levantó de su escondite, sacudiéndose los pantalones. Las tropas se habían retirado, lo que quedaba de ellas. ¿Cuántos cristeros habían muerto ese día? El campo y la ribera del río se habían convertido en un cementerio lúgubre. Se adelantó un poco más, entre la maleza y los árboles:

ya no había nadie, sólo espectros sin vida, inertes y abandonados. No regresaría a Los Altos, pensó. Sólo mandaría por su mujer y su hijo, desde la guarnición cristera de Jalpa. Eso haría, pensó. Avanzó despacio, escuchando el crujir de hojas secas, entre el canto de cigarras, a la luz de las luciérnagas furtivas que iluminaban tenuemente el camino. Dejó de oler a pólvora. Supo que ya se había alejado lo suficiente.

Agarró camino para Jalpa, por los rumbos de Zapotlanejo y Guadalupe el Alto. No se topó con tropas federales, por pura suerte. Siguió caminando, resoplando como un animal cansado, deteniendo el paso por algunos momentos. Y entonces tuvo tiempo para pensar en otras cosas, tratando de seguir la línea del camino oscuro, en la oscuridad de la noche.

[ ]

¿Sería cierto lo que había dicho Rosario? ¿Era verdad lo que había escuchado? ¿Habrá escuchado bien? ¿No estaba muy tomado el general, cariño? Y ella sí estaba, Fonsito, pero tampoco estaba ahogado. No estaba tan tomado. Tenía mucho aguante, tumbarlo estaba muy difícil. Había visto la cantidad de botellas que circularon por su mesa, pero son sus guaruras, no todos, los que se emborrachan a veces; él sólo a veces, cuando anda muy entusiasmado o nervioso por algo. Y parece ser que los esbirros se emborrachan por turnos, ¿sabes? ¡Qué caray, preciosa! Esto sí que era preocupante, difícil de creer. ¿En todo el país, cariño? En todo el país, mi amor, especialmente aquí en la capital. ¿Con metralletas, Rosarito? Metralletas, palos, macanas y pistolas, cariño, un verdadero zafarrancho. Un porquero, diría yo. ¡Qué barbaridad! No vayas a votar, Fonsito, no vaya a ser que te toca una bala perdida, un macanazo, una golpiza: ¡me moriría sin ti, que te pasara algo! Y él no te preocupes, mi reina, no me va a pasar nada, tendré mucho cuidado.

Esto quiere decir, dijo él, que en verdad le tienen *miedo* al general Almazán. ¡Muchísimo miedo, Fonsito, no tienes idea cuánto! ¿Te digo algo, corazón?, dijo ella, susurrándole al oído, yo creo que Juan Andreu va a ganar aquí en la capital, no queda la menor duda. Mucha gente me ha confesado que van a votar por él. ¿De verdad, muñeca? ¿Ninguno por el general Ávila Camacho? Ninguno… ¡Bueno!, obvio, está el general y sus cuatreros: trabajan para el gobierno, por eso mismo. ¿Tú crees que armarían tanto lío si de verdad creyeran que en la capital va a ganar el general Ávila Camacho? Por supuesto que no. Y no solo en la capital, Fonsito, en todo México. ¿Sabes qué pienso a veces, corazón? Y ella ¿qué mi amor? Qué somos un pinche país de cuarta, totalmente atrasado, prisioneros de un sistema corrupto, a merced de una bola de oportunistas rateros. La verdad que sí, corazón, dijo ella, tú sabes que a veces…, no me queda más remedio que atenderlos; ellos han de creer que yo soy una simple mujerzuela de cabaret, pero no se dan cuenta de que escucho todas sus conversaciones y que sé perfectamente de qué están hablando. Y él: sin duda, cariño, y por favor no te digas así, ¿así cómo?, que dizque mujerzuela; para mí eres una mujer maravillosa que merece lo mejor del mundo. Sin duda, Fonsito: brindemos por eso. Ella levantó la mano para llamar a Carmelo y pedirle dos copas de coñac. ¿*Bar La Tour*, Rosarito? Precisamente, muñeco, y él prendió otro de sus cigarrillos, largos y elegantes. Alfonso también prendió un cigarrillo, *Lucky Strike*. La miraba con cariño, con un poco de ternura. Como no te va a pasar nada el domingo, amor mío, ya te enterarás cuando leas los periódicos del lunes, ya verás que lo que te estoy diciendo es verdad.

Sintió desolación y tristeza. La belleza de Rosario lo reconfortaba un poco. Se puso a pensar en Teresa Sepúlveda, pero ya había resuelto, semanas atrás, que era un caso perdido. Fantasmas, pensó, sólo fantasmas.

—Salud, cariño, brindemos por ti y por mí. Salud, Rosarito, por tu belleza y todos tus encantos —y ella se sonrojó un poco, como si fuera el primer piropo que hubiera escuchado en su vida.

Bebieron silenciosos, escuchando la música del piano. Alfonso movía la cabeza, preocupado, como si todo fuera un mal sueño, casi una pesadilla. ¿Desasosiego, tristeza, angustia? Rosario lo tomó de la mano, y lo miraba fijamente, intentando escudriñar sus pensamientos. Y bueno, ya que tú y yo seguimos vivos, le dijo, si no me llevas a la playa que me dijiste, por lo menos llévame al cine, Fonsito, y él claro que sí, Rosarito, claro que te voy a llevar a la playa, él siempre cumplía sus promesas. ¿No sabías? ¿De veras? ¿Cuándo, amor? Más pronto de lo que ella creía, nomás pasara todo el circo de las elecciones, todo este barullo infame. Tengo muchas ganas de ver a Tyrone Power en *Esposa de Día*, Fonsito, por favor llévame, me encanta ese hombre, antes de que la quiten, amor, en el cine Orfeón, y él le preguntó si ya había visto *Noches de Angustia*, con Carole Lombard, y ella le dijo que no, que esa película tampoco la había visto, que por favor la llevara: por favor llévame, Fonsito. También se moría por ver *Hombres Marcados*, con Humphrey Bogart, y también le fascinaba ese hombre, que moría por él, que podría morir en sus brazos. Y él le dijo que saliendo de *Noches de Angustia*, irían al cine Rex a ver *Hombres Marcados*, es decir, doble sesión, ¡se lo merecía!, y ella aplaudió feliz, más contenta que nunca, como una niña adolescente que se bebe de un solo sorbo su copa de coñac y llama a Carmelo para que le traiga otra copa. Él pidió lo mismo. ¡Eres un encanto, Fonsito, cada día te quiero más!, y lo besó ahí mismo, en la penumbra de un rincón, bajo la luz tímida de un candil.

15

—¿Para esto me invitaste a comer? ¿Para pedirme lo que me estás pidiendo?

Pablito Cisneros removía nerviosamente su café con una cucharita plateada, sentado en una mesa para dos personas del restaurante Prendes, desde donde se veía 16 de Septiembre: hombres y mujeres que iban y venían por sus calles, automóviles y camiones descacharrados, ruidosos, y el día muy nublado.

Antonio lo miró con paciencia, suspirando. Se rascó la mejilla sintiendo que podría avecinarse una discusión tortuosa con Pablito. La necedad del joven era famosa entre sus amigos, sobre todo cuando ingería algunas copas. Por el momento, sólo llevaba un par de anises con café estilo americano. ¿Por dónde empezar? ¿De qué forma podría mantener la calma y no alebrestar a Pablito? Pensó: la diferencia entre él y Joaquín Ardura es que Joaquín era violento y éste no tanto; era nomás necio, testarudo a veces.

—Vamos, vamos, Pablito, es una sugerencia nada más.

—¿Una sugerencia?

—Sí, una sugerencia, de amigos. Te lo pido como amigo.

—Como amigo —refunfuñó Pablito, mirando hacia la calle: meditaba, o hacía como si meditara. Se quedó callado, mirando hacia afuera: la tarde gris de julio, el cielo cargado de nubes grises.

¿Sería posible que reflexionara Pablito y accediera a su solicitud tan pronto? ¿Sería capaz de quedarse callado y omitir una discusión que podría tornarse completamente innecesaria? Antonio no creía en milagros, pero todo indicaba que iba a presenciar el primero de su vida. Cisneros seguía reflexionando, mordiéndose el labio inferior, como si estuviera nervioso, como si estuviera sopesando lo que acababan de proponerle. Se acercó el mozo a la mesa y él pidió otro anís. Antonio no quiso nada.

—Lo hizo a propósito, Toño, tú lo sabes.

—¡Cómo crees, Pablito!

—Es que tú no estuviste ahí.

—No, no estuve ahí, pero Urbina y sus amigos son incapaces de algo así. No procede lo que hiciste. Perdón que te lo diga, pero...

—¿Pero qué?

—Esto no está a tu altura, Pablito. Tú eres un hombre con clase, con educación.

—Déjame decirte que sentí que mi integridad física estuvo a punto de ser lesionada. Debes entender que estaban tomados, Antonio.

—¿Y tú no?

—¡Bah!, tú sabes que en las bodas se toma mucho. A cierta hora todo mundo sale bien servido.

—No todos, Pablito.

—Urbina y sus amigos salieron de la fiesta bien servidos. Son un peligro para la sociedad. Mi denuncia penal es un mensaje para ellos.

—¿Qué mensaje?

—Pues que no pueden hacer lo que están haciendo. Es decir, Urbina primero va, con una desfachatez imperdonable, y saca a bailar a Tere, a sabiendas de que ella es novia *formal* de Tirso. ¿No te parece eso una desvergüenza? Es un descarado, Antonio, perdóname. Además, yo nunca he descifrado bien a bien cuáles son sus intenciones con tu hermana, ¿eh? Me da la impresión de que Tere siempre le ha gustado.

—Son amigos, Pablito, desde hace mucho tiempo; no veo dónde está el descaro.

—¡Claro que es descaro! A Tirso no le gustó nada, ¿sabías? ¿Por qué no te pones en el lugar de Tirso?

—Tirso no baila, Pablo, no le gusta. No tuvo nada de malo que Alfonso invitara a Tere a bailar.

No escuchó esto último, como si Antonio hubiera dejado de existir. Dijo:

—Segundo, me insultan él y sus amigos cuando fui a ponerlo quieto. Tercero, salen hasta las manitas de la boda de Hortensia y Juanito, y, cuarto, me avientan el coche en plena madrugada, en la oscuridad de la calle, cuando uno está totalmente distraído. No, no voy a retirar nada, Antonio, aunque me lo pidas tú.

—Pablito…, Pablito…, eso de andar en ministerios públicos, con agentes y policías, abogados, ¿no te parece fuera de lugar? ¿No te parece un poco exagerado, un poco de mal gusto? ¡Fue una broma, carajo! ¡Una simple broma!

—Una broma muy pesada, Antonio. A mí no me gusta esa clase de bromas. No comulgo contigo, perdóname. Yo no saco a bailar a las novias de mis amigos. Yo no ando asustando gente en las madrugadas, aventándoles el carro cuando están a punto de cruzar la calle. No se vale, Toño.

Pablito levantó la mano y agitó el brazo. Pidió otra copa de anís. ¿Antonio quería algo? Lo mismo que el señor, le dijo al mozo. ¿Café? No, café no.

—Cuando me dijeron todo esto de la denuncia pensé que era una broma.

—¿Una broma? No, yo no hago ese tipo de bromas, mi amigo. Va en serio, Antonio. Y de una vez te digo, voy a presentar a mis testigos. Y voy a ampliar la denuncia.

—Vamos, Pablito, tu denuncia ya cumplió su cometido. Ya fue Alfonso a declarar, ya le causaste la molestia que querías causarle, ya llevó a sus testigos de descargo. Lo único que vas a conseguir es una enemistad que va a durar para toda la vida.

—Lo que hizo Alfonso no se vale, Toño, aunque tú intentes minimizar las cosas. ¿Quién te pidió que intervinieras? Seguro los esbirros de Alfonso. Todo tiene una consecuencia.

—Sí, Pablo, pero ese es el punto, precisamente. Las consecuencias, digo, podemos evitar que sean exageradas, ¿no crees?

—Una consecuencia es una consecuencia. A veces no se puede medir el tamaño de una consecuencia. ¿Te digo algo? Tere es tu hermana, ¿no? Debes saber que Tirso está a punto de regalarle un anillo.

—No conozco los detalles, tú eres más amigo de Tirso que yo.

—Tú no sabes cómo quiere Tirso a Tere, Antonio. No tienes la menor idea, aunque seas su hermano. Yo sí. Es la mujer de su vida, ¿sabes? Tere no pudo haber escogido un hombre mejor para ella: atento, educado, caballeroso, responsable...

—Lo sé, Pablito, créeme.

—Tus padres deben estar orgullosos del novio de su hija, ¿no?

—Sí.., sí..., creo que sí. Deben estarlo...

—¡Claro que lo están! Conozco a Tirso desde hace tiempo y conozco su calidad como ser humano. Como podrás ver, estamos hablando de tu futuro cuñado, de tu hermana, y de mí, de lo que me hicieron a mí, por confrontar una situación que era inapropiada, por mostrar la cara, por ponerle un alto a este sujeto.

Antonio arqueó las cejas, de improviso, sorbiendo su copita de anís: ¡caray!, lo dulce de la bebida contrastaba con el carácter amargo de Pablito Cisneros. Se quedó pensativo, por algunos segundos. ¿Haría el intento una vez más? ¿Había forma de convencer a Pablito Cisneros?

—Si yo hablo con Alfonso y le hago ver las cosas, ¿retirarías la denuncia?

—No. Fue un evento muy peligroso y muy desagradable para mí. No voy a descansar hasta que lo consignen, te lo juro.

—¿Cómo?

—Sí, lo que oíste. Hasta que lo consignen, Toño. Podrá haber dicho misa ante el Ministerio Público, pero ahora veamos qué le dice al juez penal.

—¡Vamos, Pablito!, ni siquiera te rozaron…
—Pero casi, Antonio, casi me rozan. Me pudieron haber lastimado, ¿sabes? Qué tal si hubiera cruzado la calle, ¿eh? ¿Qué tal si se me hubiera ocurrido dar un paso más? No estaríamos aquí hablando, Antonio. Tú no me estarías pidiendo esto y Alfonso estaría en la cárcel.
—Orvelino iba con él, dice que solo fue una broma, de las muchas que se gastan, dizque aventando el automóvil. Fue una broma, Pablo, solamente eso.
—No, no fue una broma, Antonio, tú no entiendes el trasfondo de todo esto. No voy a seguir discutiendo contigo este tema. Naturalmente, esto no cambia en nada el aprecio que siento por ti.

Antonio pagó la cuenta y se levantaron de la mesa. Todavía dijo, cuando cruzaban la puerta del restaurante:
—Entonces no hay forma, mi amigo.
—No hay forma, Toño. Todo en la vida tiene consecuencias. Alfonso debe saberlo.
—Adiós, Pablo.

¡Vaya! Sabía que era testarudo pero no tanto. Caminando hacia su automóvil, por la acera de 16 de Septiembre, la vocecita aguda y obstinada de Pablito seguía resonando en su cabeza. ¡Vaya!, semejante escándalo por nada, y comenzó a caer una lloviznita menuda pero pertinaz. El atardecer seguía nublado y sombrío. ¡Qué caray! Pablito Cisneros.

Cuando llegó a su casa, seguía lloviendo, más bien como una brizna pasajera y diminuta. Encontró a Tere al pie de las escaleras. Ella le sonrió:
—Hola, Toño.
—Hola, hermanita.
—Te mojaste un poco, ¿verdad? ¿Sigue lloviendo?
—Un poco, sí.
—¿Cómo te fue?
—Pues…, lo que me imaginaba.

—No quiso, ¿verdad?
—No, no quiso, Tere.
—Conozco a Pablo…, conozco a Pablo.
—Lo sé.
—No te preocupes, yo hablo con él.
—Gracias, Tere.

[ ]

El gobierno habrá hecho sus arreglos con el Vaticano para dizque terminar con la guerra santa, pero esto sí no lo iba a permitir: educación sexual, educación socialista, maestros ateos, educación comunista. ¿Y los alumnos? Como siempre: indefensos, victimados, ultrajados. ¿Qué se estarían pensando estos rufianes? ¿Qué se creía Narciso, este demonio indomable, réprobo del averno? Y este Cárdenas, un comunista de mala cepa, con sus reformas legales, sus imposiciones arbitrarias, su estupidez interminable. ¿Qué acaso no habían entendido? ¿Qué no se daban cuenta de que México era un país católico apostólico romano? Malditos judíos jacobinos, demonios comunistas. ¿Por qué carajos convertir al ateísmo a un pueblo que era profunda e irreductiblemente católico? ¿Por qué, Dios mío? ¡Quién les dijo eso! ¡De dónde agarraron semejantes ideas! Educación socialista… Ya verían ellos lo que pasaría con su educación socialista.
—¿Dónde está el niño, Isabel?
—Afuera, Tomás, le está dando grano a las gallinas.
—Dile que venga pa' acá, necesito hablar con él.
Tomaba una taza de café negro cargado, como le gustaba. Lo tranquilizaba un poco, sobre todo en esos días. Necesitaba oír nuevamente la versión del muchacho. Lo vio entrar al jacal

limpiándose las manos con un delantal que ahora tenía por costumbre amarrarse a la altura del pantalón.

—¿Cómo se llama tu profesor?
—Félix Tinajero.
—Este profesor Tinajero, ¿qué te dijo acerca de Dios? ¿Que no existe? ¿Que nunca ha existido?
—Sí, padre.
—¿Tú crees en Dios?
—Sí, señor.
—¿Crees en nuestro Señor Jesucristo?
—Sí, señor.
—¿Crees en nuestra Señora Santísima Virgen María de Guadalupe?
—Sí, señor.
—¿Tus amigos de la escuela creen en Dios?
—Sí, padre.

Lo miró con fijeza: lo vio, lo presentía, un muchachito asustado, con los ojos melancólicos, muy apagados en esos días. Apenas un niño que se rehusaba a crecer. Y luego miró a su madre, Isabel, que presenciaba el interrogatorio sujetando un paño a la altura de la boca.

—Quiero que le digas a tu madre lo que te dijo el profesor Tinajero.
—¿Acerca de qué, padre?
—Acerca de los rosales. De los rosales que eran de tu madre.

El muchacho miró a la mujer con ojos lánguidos y asustados. Era incómodo tener que volver a explicar aquel incidente. Una vez más.

—Vamos, muchacho, te estamos esperando. Tu madre quiere oír.

Isabel se quedó inmóvil, apretujando el paño que tenía ahí entre sus manos.

—Es que me pidió que llevara dos rosales, señor, como te dije antes.

Isabel dijo:

—Sí, Mateo, los dos rosales que me pediste, y que tenía yo en el patio de atrás. Yo te los di.

—Uno se murió, mamá.

—¿Por qué se murió, hijo? —preguntó ella.

—Porque Dios no lo regó.

—¿Qué?

—Eso me dijo el profesor Félix, mamá.

Quiso irse pero su padre lo detuvo, con una señal moviendo la mano.

—¿Eso te dijo?

—Sí, padre.

—Y el otro rosal, ¿por qué sigue vivo?

—Porque ese lo estuve cuidando yo. A Dios no le importó el otro rosal. El profesor Félix nos dijo que ese rosal se quedaba al cuidado de Dios. Cuando se secó y murió nos dijo que a Dios no le había importado el rosal.

Isabel abrió los ojos, sin saber qué decir. Miró a Tomás Donaciano; él la miró a ella y luego miró al muchacho, que seguía un poco asustado y titubeaba.

—¿Me puedo ir?

—Sí, hijo, luego hablamos tú yo —dijo Isabel.

Antes de que el niño abandonara la cocina, Tomás le dijo:

—¿Entiendes por qué se secó el rosal?

—Sí, padre, por falta de agua.

—¿Crees realmente que Dios no lo haya cuidado?

—No, señor, creo que se secó por falta de agua.

—Entiendes que Dios no va a venir con un jarrón de agua a regar todas las plantas del mundo, ¿verdad? Sin embargo, nos brinda lluvia, pozos de agua, lagos y ríos para que nosotros lo hagamos, ¿no crees?

—Entiendo, padre.

—Ve a rezar, entonces. Tres padrenuestros y el rosario completo. En la tarde vas a ir conmigo a la parroquia pa' que te confieses.

—¿Y las gallinas?

—Yo me encargo de las gallinas.

Titubeó, dudó por unos instantes, pero no salió por donde había entrado, se siguió de frente hacia un cuartucho contiguo.

—Vamos afuera —le dijo Tomás a su mujer.

El aire era tibio y el cielo estaba despejado: aquel azul brillante rociaba montes y praderas. Un graznido de cuervos se escuchó muy cerca de ellos y una parvada de pájaros voló por encima del jacal, hacia el azul infinito de los montes más lejanos. Hablaron como en murmullo:

—No me dijiste eso, Tomás. No sabía nada —dijo ella.

—Quería que el niño te lo dijera —dijo él, mientras una gota de sudor escurría por su frente—. Ya hablé con los padres de los otros muchachos. Nosotros nos vamos a encargar de este asunto. Lo que oíste, Isabel, no es todo.

—¿Hay más?

—¡Mucho más, mujer, mucho más! Ni siquiera te lo imaginas. Este gobierno está podrido. Vamos a tener que agarrar otra vez el fusil y las carabinas.

—¡Dios santo!

—No te preocupes, nosotros nos vamos a encargar del profesor Tinajero. Hablaremos con él.

—No lo vayan a maltratar, Tomás, él sólo cumple órdenes.

—Tú no te preocupes por eso… No va a pasar nada…

—Eso espero, Tomás…, verdad de Dios…

[ ]

Por alguna razón decidieron ir al cine Roma y ver *Noches de Angustia* en lugar de *Hombres Marcados*. Había sido muy difícil preferir a Carole Lombard sobre Humphrey Bogart y Flora Robson. ¡Sobre William Holden! Renunciar a *Esposa del Día* con Tyrone Power también había sido una decisión muy difícil. ¡Qué caray! Decidieron ver una sola película para poder ir a cenar tranquilos al Villa Rosa en las calles de Carranza. También habían tenido que elegir entre este restaurante y el Puerto de Tampico, que tanto le gustaba a Alfonso Urbina, en Tampico y Puebla. ¡Qué más daba!, dijo Rosario, al fin y al cabo tendrían más días para ver las otras películas, ¡y claro, Fonsito!, siempre y cuando él estuviera dispuesto a llevarla.

A Rosario le había fascinado *Noches de Angustia*. Las actuaciones de Carole Lombard y Brian Aherne habían sido magistrales. ¡Gracias, mil gracias por traerme, Fonsito!, dijo ella, abrazándolo, acariciándolo, tomándolo de la mano, besándole el cuello. Una historia maravillosa: la mujer sublime que se sacrifica por su hermana, aun cuando el error de ella le ha costado la vida a un pequeño. ¡Qué drama, Dios mío! La historia de una redención, porque la vida siempre regresa lo que uno siembra, la vida regresa todo lo que hacemos. Dios perdonaba todo, Fonsito, todo. Durante la película él la había visto sonreír, sollozar, enmudecer, vibrar, murmurar, volver a sollozar. Por lo menos se había olvidado del mundo un rato, ¿no, cariño? Del mundo de hoy sí, Fonsito, pero no del ayer: se había identificado mucho con el personaje de la Lombard, ¿sabía?, su historia también había sido la historia de una redención: la mujer que se redime y se ve forzada a vivir una vida completamente diferente. Eso le había pasado a ella, le dijo, con un nudo en la garganta, mientras sus ojillos grises se humedecían con un gesto sombrío. Pero no se arrepentía, no se arrepentía de nada. Ella también se había sacrificado por su hermana, ¿sabía?, ella también había tenido que redimirse, salvarla a ella, y salvarse ella misma. De ninguna forma hubiera permitido que su padrastro siguiera mancillándola, ultrajándola…

Fue en la noche, le dijo, aquella noche que llegó más borracho que nunca, pegando gritos desaforados, sujetando a su hermana, Florencia, restregándola contra su asqueroso cuerpo, manoseándola, tentándola: ¡no más, Dios mío!, nunca más. ¿Qué era lo que había estado pensando ese infeliz? Que como mi madre ya no estaba podía aprovecharse de mí y de mi hermana. No, de ninguna manera. Como estaba muy borracho, no la vio entrar a la cocina, adentrarse sigilosamente, caminando de puntillas, mientras él estaba de espaldas, sentado en una silla, sujetando a Florencia, besándola a la fuerza, dándole nalgaditas llenas de lascivia, mientras ella se retorcía y gemía, intentando zafarse. La hermana sí la vio acercarse a ellos, porque la tenía de frente, lentamente, caminando muy despacio; pero el viejo no se dio cuenta, seguía ahí sentado, dándole la espalda, sin darse cuenta de nada, sin poder voltear y ver que Rosario tomaba la botella de él, de la que había estado bebiendo y que había dejado en la mesa. Se puso el dedo en la boca para que Florencia no dijera nada. Abría mucho los ojos, horrorizada, mientras seguía forcejando con aquella bestia perversa, viendo cómo ella se acercaba con la botella en la mano y se la rompía en cabeza, con todas sus fuerzas. ¡Viejo infame! ¿Ahora entendía por qué había dejado Orizaba?

La verdad era que no solo le había roto la botella en la cabeza. El hombre comenzó a sangrar mucho; soltó a Florencia, yéndose derechito al piso. Rosario no pudo contener una sonrisita discreta mientras caminaban por la acera de Tonalá, buscando el auto de Urbina.

—¿Y ahí quedó todo?

—No, Alfonso, fíjate que no. ¿A poco crees que iba yo a dejar vivo a ese asqueroso, para que luego nos estuviera buscando a mi hermana y a mí por todas partes, y para que siguiera abusando de otras mujeres? Fíjate que no. Le desabroché el cinturón y le quité un revolver que siempre traía consigo. Él mismo me había enseñado a tirar, a cargar y recargar la pistola. ¡Pobre infeliz! Hasta ahí llegó mi padrastro, esa fue la última vez que tocó a mi hermana. Florencia nunca pensó que yo fuera capaz de hacer una cosa así.

Ella también podría hacer una película, cariño, la película de su vida, como la Lombard, la película de una redención.

Cuando llegaron al Villa Rosa ya había anochecido. Ella se moría de hambre: se podía comer dos gallinas enteras con todo y huesos. Pidieron café con leche, conchas y polvorones de naranja. Ella lo tomó de la mano mientras revisaba la carta. Estaba indecisa, con tanta hambre podía pedir media carta.

—Se me antojaron unos tamalitos, Rosarito. ¿Quieres que pida unos tamalitos?

—Sí, pídelos, amor. Pero también pídeme unos tacos dorados de pollo.

—Lo que tú quieras, Rosarito.

16

—Aquí está de chiquito con su papá —dijo la señora Aurora. Sostenía el álbum de fotografías sobre su regazo, sentada en medio de Tirso y Tere, y ellos sonreían porque ahí podían admirar al pequeño Tirso de la mano de su papá, junto a un automóvil antiguo—. Y aquí está más grandecito, con un triciclo que le regalamos en Navidad. Mira nomás cómo tenía su pelito rizado. Estaba hermoso el niño.

—¿Y ya no, madre? —dijo Tirso, como bromista, como chancero, algo inusual en él.

—Por supuesto que sí, m'hijito, por supuesto que ahora estás más hermoso que nunca, más guapo que nadie. ¿Verdad que sí, Tere?

—¡Uy!, claro que sí señora —dijo ella, graciosa, guiñando el ojo, cómplice de la madre.

Doña Aurora hacía un esfuerzo por sentirse feliz, embelesada con las fotografías de su hijo, absorta, pero, sin embargo, no podía ocultar un poco de melancolía, de preocupación. Tenía los ojos cristalinos y un poco lánguidos. Debería estar feliz, pensó Tere. Por la tarde, los tres habían ido al Cine Orfeón a ver *Esposa del Día*, porque la madre idolatraba a Tyrone Power. Decía que se parecía un poco a su marido cuando era joven. Después del cine, fueron a cenar al restaurante Prendes, en 16 de Septiembre, el lugar favorito de Tirso Estrada.

Ya en casa, fue la madre la que tuvo la idea de mostrarle a Tere el álbum familiar de fotografías. Ni siquiera había bostezado cuando la madre repasó todas las fotografías del día de su boda: fotos antiguas y descoloridas, mortecinas, avejentadas, pero que Tere, de alguna forma, disfrutó con cierta curiosidad estoica, mirando y escudriñando los vestidos de aquella época, los peinados, los trajes de los caballeros, los rasgos físicos de los familiares de Tirso, el padre cuando era joven, la madre cuando era delgada y con un vestido blanco con encajes, con un vestido oscuro, las sonrisas de todos ellos, los días soleados, las antiguas casas, y luego otra vez el pequeño Tirso, de la mano de su papá, en un paraje árido, muy amplio, en lo que podría ser... ¿el campo?, ¿una caballeriza? No, pensó, es un hipódromo. Había muchas fotos de Tirso en ese lugar. Y en otras dos, aparecía una mujer joven, con los rasgos delicados y el pelo largo. Definitivamente no era la mamá de Tirso. La joven cargaba al pequeño Tirso, sonriente, en una de las fotos, y, en la otra, lo tenía de la mano, junto a un caballo. La madre de Tirso dio un respingo.

—Mira nada más —dijo—. No he roto esas fotos, mi niño, porque saliste hermoso y sería un crimen romperlas.

Tere miró a Tirso pero él no la miró a ella. Prefirió no preguntar. Era evidente el disgusto o intranquilidad de la señora Aurora. En esos casos es mejor no preguntar. Le dio vuelta a la página, sin decir nada. Más fotos de caballos, el padre de Tirso felicitando a un *jockey*, y luego a otro, y en otra foto, rodeado de personas, y más al fondo, la pista de carreras de aquel hipódromo.

—Es que al hombre le gustaban los caballos —dijo la madre, dirigiéndose sólo a Tere—. Las carreras, digo.

—Ah, qué bien —dijo Tere—. A mi papá también le gustan. A veces va al hipódromo con mi tío Bernardo.

—A mí nunca me gustaron. Y sí, algunas veces fui con el hombre, para acompañarlo nomás. Hubo una temporada que lo agarró en serio. Antes de que se enfermara todavía iba. ¡Imagínate nomás!

Tirso dijo:

—Yo tampoco le agarré el gustito a los caballos, mamá, y eso que fui varias veces con mi papá.

—¡Ah, sí!, le encantaba llevarte. Cómo repelaba yo. Llegabas todo enlodado. Y a bañarte. Esa mujer...

—Bueno, bueno, ya no te acuerdes tanto, mamá. Mira, Tere, esta es mi tía Flora, con mi tío Rafael, hermano de mi papá. Eran muy parecidos, ¿no mamá?

—Sí, mucho.

Esa mujer, pensó Tere. ¿Era ella el motivo por el cual Tirso no mostró mucho interés en ver las fotografías del álbum familiar? También logró percibir que Tirso no tenía mucho interés en entrar a su propia casa. No era un hombre muy demostrativo, pero ella había aprendido a notar sus incomodidades, siempre veladas, subterráneas. Echó un vistazo a su alrededor, sin que ellos se dieran cuenta, con mucha discreción, vistazos intermitentes. Y sí, la casa estaba casi vacía. Muy raro. Había cajas de cartón por todos lados, como si estuvieran a punto de mudarse, pero Tirso no le había dicho nada. Ni una palabra, ni un solo comentario. La posible mudanza era otro de sus misterios, uno más. Con razón su madre y Emilia le habían dicho varias veces que los hombres eran un misterio sin resolver, que nunca los llegabas a conocer ni en mil años.

Cuando estaban mirando las últimas fotos del álbum, Tirso le dijo que la llevaría a su casa para que no se hiciera tan tarde, y, al despedirse de la madre, otra vez esa mirada de preocupación, la sensación incómoda de algo. ¿Qué le incomodaba? El niño Tirso ya había crecido, señora, ya era todo un hombre, ya no era ese niñito de las fotos del álbum familiar.

Rumbo a su casa, en el automóvil de Tirso, no pudo evitar la pregunta:

—¿Quién era esa mujer joven que aparece contigo en el hipódromo, Tirso?

Pero él no contestó… Solo el silencio absoluto, durante varios segundos. Más misterios, pensó ella.

—Tirso…

La miró con una sonrisita simplona:

—Nadie. Una mujer que trabajaba en la casa, cuando yo era niño.

—Y por qué tu mamá..., según dijo..., pensó en romper las fotos...

—Bueno, digamos que..., no tiene muy gratos recuerdos de ella...

—¿Por qué?

—Porque..., digo..., yo estaba muy chico..., no me acuerdo... Apenas tengo vagos recuerdos de esa mujer. Me imagino que no hacía muy bien su trabajo.

—Pero..., perdón..., no quiero meterme en lo que no me importa, pero en las fotos te ve con mucho amor.

—Pues..., supongo que sí... Supongo que me quería. Era como una especie de ama de llaves, una nana, según recuerdo.

—Una especie de nana...

—Sí, algo así...

—¿Cómo se llamaba?

Notó que él no quería contestar: pensativo, esquivo. Frunció el ceño. Tere ya no quiso insistir: suficiente, pensó. Sin embargo, de forma repentina, casi como un murmullo y para su sorpresa, alcanzó a escuchar a Tirso:

—Melinda. Se llamaba Melinda...

[ ]

Se acercó sigiloso hacia su mujer. Ella lavaba unos cacharros con jabón y cubeta, después de la comida. Eran casi la cuatro de la tarde. Lo vio, pero no le dijo nada. Se apoyó en la mesa, casi enfrente de ella, estirando las piernas; el gesto contrariado, siempre adusto.

—¿Qué te preocupa?

—Me preocupa este niño, Isabel.

—¿Qué es lo que te preocupa?
—No sé cómo decírtelo. Uno como padre se da cuenta de estas cosas.
—¿Qué cosas?
—Creo que está muy pegado a ti, mujer. Entiendo que yo…
—Pos ¿qué querías? El niño si no está en la rural pos está conmigo todo el día.
—Sí, pero…, demasiada madre no es buena idea.
—¿Qué quieres decir?
—Pos, mira, eso de que te ayuda en la cocina y la limpieza casi todo el día. Le gusta mucho barrer y todas esas cosas.
—¿Y eso está mal?
—Pos yo creo que sí. No tiene amigos, se la pasa junto a ti limpiando la casa, regando las flores, cocinando contigo. Qué te digo, Isabel…
—¿Y qué piensas hacer? ¿Qué puedo yo hacer?
—Lo voy a mandar a México con mi primo Gudencio, una temporada nomás.
—No, no, Tomás —empezó a sollozar Isabel.
—Sí, mujer. Mira, le va a hacer bien. Gudencio es de carácter, lo mismo que mi prima Lupe. Le va a hacer bien jugar con sus primos, conocer más gente, cambiarse de escuela.
—Allá está peor la educación socialista, Tomás.
—Sí, pero ya sabes cómo es la capital, es otro mundo. Te juro que el muchacho va a estar bien con Gudencio y la Lupe. Te lo prometo, Isabel.
Los ojos de ella se humedecieron notablemente. Sin saber por qué, días antes había presentido que ese momento llegaría, como una premonición infalible, el momento en que tendría que desprenderse de Mateo. Ese día había llegado.
—¿Y si él no quiere?
—No se trata de que quiera o no quiera. Se trata de lo que nosotros tenemos que hacer por él.
—Es mi único chamaco, Tomás.

—Lo sé, y es precisamente por eso que se ha vuelto así, muy apegado a ti.
—¿Cuánto tiempo se iría de nosotros?
—No mucho, algunos meses nomás.

Esto último la tranquilizó un poco, conteniendo el llanto, como si la claridad pasmosa del día dejara de tener algún significado; la belleza del campo y sus praderas perdía cualquier sentido para ella: el mundo se volvía gris y lacerante. Se limpió las lágrimas con el paño que seguía entrelazado en sus manos. Todavía en la noche se despertó soltando un llanto interminable. Intentó consolarse pensando que el muchacho solo estaría una temporada lejos de ella. Nunca se imaginó que no volvería a verlo jamás.

[ ]

Y sí, Rosario le había dicho la verdad: no habían sido cuentos infantiles o chismes baratos de vecindad: la víspera había sido todo un circo denigrante de escándalos, zafarranchos, golpizas, balazos, robo de ánforas, destrucción de casillas, de mesas, de papeletas y, sobre todo, el silbido de las ametralladoras *Thompson* por toda la ciudad. ¿Pues no que el general Cárdenas había prometido elecciones limpias y pacíficas? Promesas, Urbina, sólo promesas. Orvelino Aguilar abrió el *Excelsior* ahí mismo donde estaban sentados, en una mesita al fondo de La Guadalupana. Bebían cerveza helada y comían camarones al ajillo con tostadas. Mira nomás, le dijo a Urbina, el descaro de estos. Alfonso leyó:

Hasta donde es posible conocer el resultado de la elección el mismo día de los comicios, puedo asegurar a la opinión pública del país, que nuestra causa obtuvo la más franca acogida y contamos consiguientemente con la abrumadora mayoría de los sufragios leales del pueblo.

En breve podrá conocerse el cómputo general y confiamos en que los organismos legalmente capacitados, pronunciarán en su oportunidad su decisión, confirmando esta victoria cívica.

México, D. F., julio 7 de 1940

GENERAL DE DE DIVISIÓN
MANUEL ÁVILA CAMACHO

¿Quién más había pagado desplegados? ¡Pucha, la CNC!, a Orvelino se le atoró la cerveza en la garganta, que dizque felicitaba fraternal y respetuosamente al señor General de División Manuel Ávila Camacho por su grandioso triunfo:

Los informes hasta hoy recibidos de las distintas entidades federativas, señalan un TRIUNFO APLASTANTE DEL PARTIDO DE LA REVOLUCIÓN MEXICANA, en el que militan los campesinos de México y en el que en esta jornada cívica inolvidable, los trabajadores del campo fortalecieron la escuela de la democracia de la que es digno abanderado el señor General de División Lázaro Cárdenas.
TIERRA Y LIBERTAD.
México, D. F., 7 de julio de 1940

Por EL COMITÉ CENTRAL EJECUTIVO
GRACIANO SÁNCHEZ. Srio. General.
El Oficial Mayor, ING MANUEL CASTAÑOS V.

¡Vaya!, eso sí que era un descaro, un verdadero circo. Lo más seguro es que Almazán había ganado en la capital, pero en provincia, la población campesina y los obreros estaban bien controlados por el PRM, la CTM y la CNC, perros guardianes del gobierno. ¿Alguien más? Sí, claro, ahí estaba la Confederación de Profesionistas Universitarios, achacándole a Almazán que había organizado grupos de asalto escudados por mujeres y niños, exponiéndolos con una perversidad sin nombre, cuando lo cierto es que había pasado todo lo contrario: habían sido los matones del gobierno quienes habían atacado las casillas, sus gavillas de pistoleros repartidos por toda la ciudad. Y luego, la Confederación de Partidos Revolucionarios de la Clase Media, diciendo que el almazanismo se valió de niños y de mujeres como parapeto para perpetrar desaguisados, y que ni Victoriano Huerta había sido capaz de semejante felonía. Eso era una burla, panzón, un desparpajo infamante. Vaya que sí. ¿Y los desplegados de los almazanistas?

—Mira este, Urbina, en primera plana, pero con letras muy chiquitas. Alfonso terminó su cerveza de un solo trago y leyó:

> El Partido Revolucionario de Unificación Nacional informó ayer, después de los actos electorales, que el triunfo en todo el país correspondió al candidato a la Presidencia de la República general Juan Andreu Almazán, por un margen de noventa y cinco por ciento de la votación; que en el Distrito Federal hubo 22 muertos y 120 heridos, y que la mayoría de las casillas fueron ganadas por los partidarios del divisionario guerrerense.

¿Veintidós muertos, Urbina? ¿120 heridos? ¡Fueron muchos más! ¡Cientos de muertos y heridos! *El Universal* dice otra cosa, panzón, tiene otros datos, otras cifras. Mira esto, el secretario general del PRUN declaró que a pesar de los atropellos cometidos por la imposición y de las amenazas de los elementos armados dependientes de algunos gobernadores de los Estados, puede asegurarse que el triunfo del general Almazán en el país es de un noventa y cinco por ciento de la votación a su favor. ¿No estarían siendo un poco ilusos?

Un rato después llegó el Fredy Montesinos, muy elegante, de traje y corbata, con el sombrero en la mano.

—¿Ya supieron la que se armó ayer, caballeros?

—En eso estamos, mi amigo, todo un circo deleznable. Siéntate.

Alfredo se sentó junto a Orvelino.

—¿El *Excelsior*, panzón?

—Sí, con sus veintidós muertos, ¿tú crees?

—Y 152 lesionados —rio el Fredy Montesinos—. ¿Qué más leían antes de que yo los interrumpiera, caballeros?

Orvelino sonrió, llamando al mozo para pedir más cervezas y otro plato de camarones al ajillo. Miró de reojo a Alfonso Urbina. Él guiñó un ojo, sin que el Fredy se diera cuenta.

—Pos todos los desmanes que hubo ayer, ¿sabes? Pero encontré un artículo que te puede interesar muchísimo y podría acabar con todos tus problemas.

—¿Mis problemas? —dijo el Fredy Montesinos.

—Así es, amigo —dijo Orvelino.

—¿Y mis problemas qué tienen que ver con el mugrerío de ayer?

—Todo tiene que ver con todo, Fredy —dijo Urbina.

—¿Se dan cuenta que le van a robar las elecciones a Almazán?

—Sí —dijo Orvelino—. Ya nos dimos cuenta. A ver si no se arma un jaleo interminable.

El Fredy le dio un trago largo a su cerveza y aprovechó para engullirse un camarón con todo y cáscara. Movió la cabeza de un lado al otro, lamentándose, y miró al vacío, incrédulo de todo lo que leían en los periódicos.

—¿Ha dicho algo el general Almazán? —preguntó.

—Pues aquí hay un cuadrito chiquito en la primera sección —dijo Orvelino, hojeando el periódico, buscando el recuadro que ya había visto de reojo:

FELICITACIÓN DEL GRAL ALMAZÁN AL PUEBLO MEXICANO

Pueblo de México:

Tu civismo, tu entusiasmo, tu valor y tu dignidad quedaron patentizados hoy con tu victoria aplastante, definitiva y ejemplar.
Es a ti, pueblo de mi patria a quien corresponde toda la gloria de la hermosa jornada de hoy.
Yo sabía de lo que tú eras capaz. Al enviarte este mensaje admirativo, con él va mi felicitación porque de nuevo y por tus propias energías has confirmado tu incontrastable derecho a decidir tus destinos.

Juan Andreu Almazán,

—¿Hermosa jornada, panzón? —dijo Urbina—. ¿En qué mundo vive?

—O no está bien informado —dijo el Fredy—, como todos los políticos.

¿Habrá estado en todos sus cabales el general? ¿Habrá estado tomado, o algo así por el estilo? Con tantos muertos y heridos no veía dónde estaba lo hermoso. Se acercó a ellos el mozo del restaurante, sonriente y amigable: ¿otra cervecita, jóvenes? Por favor, otra ronda, caballero.

—Si de la cerveza pasamos al brandy —dijo Urbina—, ¡cuidado, panzón! Ya ves lo que nos pasó la otra vez, veníamos por un par de cervezas y acabamos a las dos de la mañana en el cabaret.

—¡Y es lunes poselectoral, carajo!

—Préstame tu periódico —dijo el Fredy—. ¿Cuál es ese artículo que dices que acabará con mis problemas?

—Este de aquí —dijo Orvelino, mirando de reojo a Urbina:

DEBILIDAD SEXUAL
Espermatorrea, Derrames Nocturnos, Eyaculaciones Prematuras, Agotamiento General se tratan por medio de la TERAPIA GLANDULAR. Enfermedades del Sistema nervioso, así como la GONORREA, todas las ENFERMEDADES DEL HOMBRE. EXCLUSIVAMENTE Pida folleto y cuestionario GRATIS
DR. RASCHBAUM
Clínica Alemana
Título Registrado en el No. 642 D.G.P.
AV. SAN JUAN DE LETRÁN No. 13

—¡Váyanse al carajo! ¿Me oyen? Ambos dos...

17

Desde Plaza de Santo Domingo caminaron juntos bajo un sol ardiente hasta la calle de Donceles, viendo pasar las calles de Belisario Domínguez y República de Cuba, donde él pensó que darían vuelta a la izquierda, hacia Isabel la Católica o, posiblemente, rumbo a San Ildefonso, imaginándose que un poco más adelante, podrían descansar y tomar una taza de leche con chocolate en la fondita de don Chucho, a un costado de Correo Mayor; pero no, Tirso no dijo nada durante el trayecto, no tomó el rumbo de San Ildefonso, no le mencionó la fondita de don Chucho, ni tampoco habló de una taza de chocolate caliente. Se veía a leguas que venía haciendo cuentas en la cabeza. Y él con un dolor de pies insoportable, esperando que hicieran una pausa cuando se toparon con Donceles, y ahí sí doblaron a la izquierda rumbo a Isabel la Católica. Los zapatos nuevos de charol le lastimaban los tobillos y se negaban a ablandarse con esa caminata extenuante. Extrañaba Jalpa, a veces, sobre todo cuando caminaban horas y horas alrededor de tanto edificio y calles de concreto, visitando tanta gente déspota y sombría. Pero en realidad, pensó, la mayor parte del tiempo se sentía seguro y feliz, sin duda. Prefería no pensar en Jalpa ni en nada o nadie que pudiera recordarle ese lugar. Cuando terminaran aquella faena le pediría a Tirso que lo llevara a la fonda de don Chucho. Él era bueno y no podría negarle algo tan sencillo, sobre todo que lo había acompañado durante toda la mañana, caminando de aquí para allá, entrando y saliendo de bancos y edificios, pagando cuentas y recibiendo papeles. No entendía bien qué era lo que hacía Tirso, pero prefería no preguntar; de hecho, *presentía* que no debía preguntar nada. Se quedó callado, caminando por Donceles, mirando de reojo a Tirso para ver si cambiaba la expresión, pero él seguía con el mismo gesto adusto, áspero, como si estuviera aturdido por hacer tantas cuentas con la cabeza. Podría ser el calor y el hambre a esas horas del día. Cuando tenía hambre, Tirso se ponía de mal humor, y tanto sol también lo ponía de malas. No había mucha gente sobre la acera de Donceles, así que caminaron sin contratiempos hasta Isabel la Católica.

Cuando llegaron a unos pasos de la joyería, antes de entrar, Tirso contó los billetes y algunas monedas nuevamente. Revisó una y otra vez un papelillo que tenía doblado en la bolsa del saco, el mismo que había revisado cuando estaban desayunando en Plaza Santo Domingo. A él no lo miró, no le dijo nada, pero tampoco le dijo que se quedara afuera, respirando el aire cálido de la tarde. Lo siguió hasta el mostrador y Tirso tocó un timbre que estaba sobre el aparador. Él hizo lo mismo, imitando sus movimientos, sonriendo, pero Tirso no sonrió:

—¡Chist! —dijo—. No toques nada.

Se volvió para mirar hacia la calle y constató lo que había visto de reojo al entrar: un policía bien uniformado estaba sentado sobre un banco de madera en una de las esquinas de la tienda. Los miró fijamente, con el ceño fruncido. No respondió el saludo de Tirso.

Volvió el cuerpo y miró nuevamente hacia el escaparte. Al principio no había visto nada, por el reflejo del sol, pero pudo ver que tras el vidrio del aparador había collares y pulseras doradas y plateadas, algunos anillos dispuestos en hileras, en cajitas de terciopelo negro. Quiso preguntar si los brillantes eran reales, pero prefirió quedarse callado. Relojes dorados con correas de piel, maravillosos, como el que traía Tirso en la muñeca derecha. Con la luz del sol que se filtraba a través del cristal los brillantes reflejaban diferentes colores: azul, amarillo, anaranjado, verde. Tirso le había hablado de los anillos con esmeraldas y rubíes, de la fascinación que sentían hombres y mujeres por estas piedras; pero nunca había visto ninguna tan cerca. ¡Claro!, si se trataba de esmeraldas, brillantes y rubíes auténticos. Nadie le podría asegurar que no fueran imitaciones, aunque Tirso le había dicho que él sí podía distinguir una piedra auténtica de otra que no lo era. En verdad, Tirso sabía de todo, hasta de joyería.

De detrás del aparador, donde no llegaba la luz del sol y se formaba una penumbra por el bloqueo de algunos estantes, se abrió una puerta del mismo color de la pared, y, como un espectro inesperado, salió un hombre de traje y corbata, flaco y larguirucho, ofreciendo un gesto siniestro. Él se quedó impávido y enderezó el cuerpo, mirándolo fijamente: en verdad, el hombre aquel parecía salido de alguna película de espantos. Qué caray, ¿de dónde habrá venido ese sujeto? El hombre no dijo nada, solo se acercó a ellos con pasos lentos y cortos. Miró a Tirso pero no lo miró a él.

—Buenas tardes —dijo Tirso.

—Buenas tardes.

—Soy el licenciado Tirso Estrada.

El hombre ese no dijo nada. Apenas movió la cabeza, como asintiendo, sin cambiar el gesto agrio, las quijadas endurecidas por alguna trabazón.

Tirso se quedó callado, esperando alguna reacción del hombre larguirucho, que parecía como lento y aletargado.

—Busco al señor Fabián Ugalde. Hablé con él ayer por la tarde y quedé en venir el día de hoy.

—Es por el asunto del pagaré, ¿verdad?

—Correcto. Él sabe de qué se trata.

—Un momento por favor.

Y desapareció como había venido, desde la penumbra que contrastaba con la luz clara de la tarde. Cuando el hombre desapareció, Tirso lo miró a él con un gesto de fastidio, apenas visible. Escuchó gorgoteos en su estómago, en los intestinos: ¿cuánto más podría durar sin probar algún bocado? Seguro que Tirso también se moría de hambre. Después de diez minutos el hombre regresó con un cuadernillo. Lo abrió y lo puso sobre el mostrador.

—Don Fabián dice que todavía queda una letra por novecientos pesos.

—¿Otro documento? Ayer no me dijo nada.

—Dice que don José Luis Estrada había quedado de pagarlo en efectivo, o con un collar de perlas o un reloj de bolsillo. Que este documento es anterior al que usted está liquidando. Dice que sabe que don José Luis está un poco delicado de salud y que seguramente no podría hablar con él de este tema, pero que él sabe que usted es un hombre de honor y que aceptará la liquidación de este documento. Es este que traigo aquí.

El hombre mostró la letra, pero sin soltarla.

—Permítamela. Soy un hombre de honor, ¿recuerda?

Tirso revisó el documento. Por el paso del tiempo estaba un poco descolorido y arrugado en sus esquinas, pero se podía leer claramente: y sí, ahí estaba, no había duda: la firma indómita y maldita de su padre, aquella firma que aparecía de puño y letra en documento tras documento, como una plaga interminable.

—Dígale a don Fabián que lo pagaré. Ahora mi padre no está en condiciones de explicarme cómo es que firmó la letra, pero el documento será pagado.

—Me dijo don Fabián que si usted iba a responder por el documento, que firmara usted uno aparte.

—Por el momento no estoy en condiciones de firmar nada si no hablo con don Fabián primero. Es algo que no me comentó el día de ayer. Dígale que me acepte el pago del pagaré, para ir adelantando este asunto.

El hombre larguirucho volvió a desaparecer tras la penumbra por donde había aparecido la primera vez y en esta ocasión, tardó casi veinte minutos en volver a aparecer.

—Dice don Fabián que liquide el pagaré y que mañana por la mañana, él le hablará por teléfono para comentar sobre este documento. Que confía en su buena voluntad.

—Tiene mi palabra.

Tirso sacó su billetera del saco y puso el dinero sobre el escaparte. El hombre contó el dinero muy despacio, como si no le corriera la vida.

Cuando salieron a la calle, deslumbrados por el sol de la tarde, filtrándose por los edificios de Donceles, antes de que él dijera algo, Tirso le dijo:

—Uno más y habremos terminado por el día de hoy. Estamos a dos cuadras de aquí, Mateo, no podemos desviarnos ahora.

—¿Uno más, Tirso?

—Acompáñame a ver a esta persona y te juro que después vamos a la fonda de don Chucho. Te lo prometo.

—¿Por chocolate caliente y pan de elote?

—Por lo que quieras. Te lo prometo.

—Está bien. Vamos, Tirso.

Y otra vez a deambular por Donceles bajo el calor de la tarde, caminando sin parar: la acera interminable, el aire tibio de verano, el trajín de la calle, el rumor imparable de las calles y autos y camiones desvencijados, edificios descoloridos. El descanso que tomaron en la joyería de Isabel la Católica los había refrescado un poco y el dolor que había sentido en las plantas de los pies había desaparecido. Quizá ya no tenía hambre, pensó, por haber pasado tanto tiempo desde la última vez que había comido algo, pero sentía el estómago vacío, con algunos retortijones, y le dolía la cabeza. Se distrajo con algunos puestos de periódicos y vendedores en la calle, pero no dejaba de mirar a Tirso Estrada por el rabillo del ojo, intentando descifrar su expresión seria y contrita. Después de unos minutos, sorpresivamente, escuchó de él una palabra que nunca había salido de su boca, ni siquiera cuando estaba enfadado o molesto:

—Carajo.

[ ]

Por la noche, Tomás Donaciano y tres hombres cenaban afuera de su casa: frijoles negros, tortillas, verdolagas en salsa verde y un manojo de chiles serranos. No había aire y hacía mucho calor, como si el calor del día se hubiera refugiado en las sombras de la noche. Comían, con las prendas húmedas por el sudor. Murmuraban.

—¿Estás seguro que eso les dijo a los chamacos, Urbano?

—Segurísimo, Tomás. Eso dijo el profe Tinajero. Que no había forma de que una mujer virgen tuviera un chamaco.

—Y de ahí —terció el segundo hombre— se arrancó para explicarles a los muchachos en qué consistía la virginidad. Dos ataques imperdonables, Tomás.

Él no contestó. Sus ojos enrojecieron notablemente, como si no hubiera podido dormir toda una noche. Percibió un calambre involuntario a la altura de la barbilla.

—¿Me están diciendo que este canalla puso en duda la virginidad de nuestra Santísima María, Madre de Dios Inmaculada?

—Eso mesmo. Lo puso en duda, que ni qué.

Los tres hombres se miraron al mismo tiempo, esperando respuesta. Partían las tortillas en pedazos y los remojaban en la salsa verde de las verdolagas. Masticaban los chiles serranos como si nada, como si fueran insensibles al ardor del chile. De cuando en cuando remojaban las tortillas en la cazuela donde habían servido los frijoles negros.

—Así fue –dijo el tercer hombre—. Y no sólo eso, sino que también puso en duda el nacimiento divino de nuestro Señor Jesucristo.

—Lo que, como podrás ver —dijo el primer hombre—, niega la divinidad de nuestro Santísimo Señor. Un jacobino asqueroso, un comunista que tiene el alma podrida.

—No solo eso —dijo el segundo hombre—, es un peligro para el pueblo mexicano, para nuestra santa Iglesia, para los niños, para los jóvenes, para cualquier católico que cumpla con las santísimas enseñanzas.

—Primero —dijo el tercer hombre—, cierran nuestros templos…, ese demonio aborrecible…, Plutarco…, nuestras parroquias, nuestras iglesias, y ahora intentan venerar al maligno a través de las escuelas.

Mientras los hombres hablaban, Tomás Donaciano se quedó pensativo, ensimismado; su rostro cobrizo se había teñido de un color rojo muy extraño, como si le hubiera brotado un salpullido repentino. Se rascó la cabeza y frunció el ceño; abrió los labios:

—Y entonces —dijo—, si este profesor les dice a nuestros muchachos que una virgen no puede concebir un niño, ¿a quién le achaca la paternidad de nuestro Santísimo Señor Jesucristo?

—Según me contaron —dijo el primer hombre—, este maldito dijo que nuestro Señor Jesucristo, si es que había existido, tendría que haber nacido de forma natural, como nacen todos los niños, y de ahí se brincó a explicar cosas que no le competen.

—…y que los nacimientos de mujeres vírgenes —dijo el segundo hombre— aparecen en historias muy antiguas, desdendenantes a nuestro señor Jesucristo, y en muchos otros pueblos de la tierra. O sea que la Iglesia Católica solamente se apropió de las antiguas tradiciones y que los antiguos mexicanos ya veneraban dioses nacidos de una virgen.

—Maldito ateo —murmuró el tercer hombre.

—Desgraciado infeliz —dijo el primer hombre.

—Perro inmundo —dijo el segundo hombre—. Pero —continuó— pos ya ves lo que le pasó a ese profesor de Valparaíso, en el poblado de Santa Mónica. Dicen que andaba pregonando las mismas sandeces…

—Llegaron como setenta cristeros, Tomás, lo amarraron y lo arrastraron afuera de su casa.

—Lo desollaron, justamente.

—Le cortaron las rodillas.

—Lo agarraron a pedradas.

—Y lo colgaron de un árbol…

—Por ateo.

—Por jacobino.

—Por comunista, igual que este profesor Tinajero.

—No podemos permitir que el gobierno nos mande estos ángeles del demonio, Tomás, a estos malignos con piel de borregos, dizque porque son maestros rurales.

—¿Y qué me dices de la profesora esa de Huiscolo?

—No se quiso ir del pueblo…

—Se lo advirtieron dos días antes. Ya se lo habían dicho.

—Y no entendió…

—No quiso irse…

—Tons la golpearon y la mataron, no sin antes arrastrarla a golpe de caballo…, en las afueras de Huiscolo.

—Los chamacos vieron todo…

—La maestra ya no pudo dar su última clase…

—Era imperdonable que diera una clase más, Tomás…

—Le cortaron los senos, como debía ser, su merecido, por andar de atea y comunista.

—Por andar pregonando el reparto de tierras…

—¿Y qué les pasó a los que hicieron eso con la profesora? —preguntó Tomás.

—Pos…, nada. Los absolvió el cura del pueblo…

—No pasó nada…

—Era demasiado atropello, Tomás.

—Quieren tomar nuestras conciencias…

—Recemos tres padrenuestros y tres avemarías —dijo Tomás.

Y entonces los cuatro hombres rezaron, con los codos sobre la mesa. Bisbiseaban, cerraban los ojos, y se santiguaban con fervor, una y otra vez, murmurando apenas. Cuando terminaron sus rezos se quedaron callados un buen rato, como esperando a que Tomás Donaciano dijera algo.

—Tons, por eso vinieron aquí conmigo —les dijo.

—Así es, Tomás —dijo el primer hombre—. Pa' saber qué vamos a hacer con el tal profesor Tinajero.

—¿Nomás nosotros?

—No, hay más hombres que quieren ponerle fin a todo esto.

—Pero si tú apoyas lo que vamos a hacer, es como un aliciente moral pa' todos ellos, por tu calidad de soldado cristero, ¿entiendes?

—Sí, entiendo, pero, digo yo, nosotros cuatro nos podemos hacer cargo del maestro Tinajero, ¿no creen? ¿Pa' qué quieres meter más hombres? ¿Pa' qué quieres manchar más manos?

—Ellos quieren ir, Tomás. Entre más hombres creo que el mensaje pal gobierno es más claro, ¿no crees?

—Sí, yo también creo eso —dijo Tomás Donaciano—. Déjenme pensar qué es lo que vamos a hacer y aquí los espero mañana por la mañana, después de la salida del sol.

—Gracias, Tomás. Aquí estaremos mañana por la mañana.

—Vayan con Dios.

Los tres hombres se levantaron de la mesa y se perdieron como sombras de la noche, entre arbustos y la arbolada ennegrecida por la oscuridad.

[ ]

Entró al salón como otras veces: silencioso y sin mirar a nadie; se sentó en la mesita de siempre, alumbrada apenas por un candil que colgaba de la pared y que despedía su lucecita amarillenta. Carmelo no apareció; se acercó un mesero joven que jamás había visto en su vida. ¿Coñac, señor? No, esta vez no, le dijo; tequila mejor, tráeme la botella, con una cerveza bien fría. ¿Ya había llegado la señorita Rosario? Está en la cocina, señor, cenando. ¿Quería el joven que le diera algún mensaje? No, no, que la dejara en paz, para que cenara tranquila, gracias.

No se había percatado bien, pero para su ingrata sorpresa ahí estaba otra vez el general con tres de sus gatilleros. Unas cinco o seis mesas más allá de donde estaba él: bebían silenciosos bajo la luz de una lámpara. Carajo, pensó, ¿hasta cuándo me voy a hacer el menso con este? Evitó mirarlos. Ahora estaban más lejos que la última vez que se había topado con ellos, pero alcanzó a percibirlos. Y los esbirros, carajo, daban miedo, como salidos del inframundo. ¿Estos mafiosos habrán estado soltando balazos y amenazas para robarle sus votos al general Almazán? Seguro que sí. Qué desastre, qué engaño, la farsa de siempre, pensó.

Para cuando vio salir a Rosario del fondo del salón, dejando atrás una puerta que comunicaba hacia quién sabe dónde, pero de la cual se filtraba una luz azulada por la abertura de abajo, ya llevaba un cuarto de botella y había pedido otra cerveza fría. Ella se acercó a su mesa, sonriente y radiante como siempre, más guapa que nunca: un vestido floreado con encajes dejaba ver sus hombros desnudos. El collar de perlas combinaba con las flores blancas del vestido. Le sonrió, con su voz dulce y aterciopelada:

—¿Me invita una copa, caballero?

—Por favor, señorita, eso ni se pregunta.

Rosario no se dio cuenta de que el general también había llegado. Ni siquiera volteó a su mesa. Posiblemente sus ojos no se habían acostumbrado aún a la penumbra confusa del salón principal, a esa luz tenue y delicada que se esparcía apenas por los rincones más oscuros. Brindaron: por el reencuentro, mi cielo, por el cariño eterno, por todo lo bueno, por la alegría de estar vivos, mi cielo; pero no por el fraude de Almazán, ni por el ominoso —vergonzoso— triunfo de Manuel Ávila Camacho; no, no por eso, de ninguna manera.

—Tenías razón, mi reina —dijo él—, tenías toda la razón.

—¿De qué? —sonrió ella, viendo que él la veía fijamente—. ¡Ah, ya sé! Claro... Te lo dije, amor mío, te lo dije... Yo sabía que no iban a dejar que ganara el general Almazán. Me da gusto que estés bien, que no te haya pasado nada, Fonsito.

¿Al gordito Orvelino tampoco le había pasado nada, verdad amor? No, gracias a Dios, si es que existe. Ella lo tomó de la mano y le acarició la barbilla. Ni tampoco a tus otros amigos, ¿verdad? No, no les pasó nada, todo bien, por fortuna. Al Fredy Montesinos sí le había tocado una balacera en su casilla, y luego golpes y batazos, pero alcanzó a salir corriendo. ¡Qué horror, mi vida, qué país! ¿Qué esperanza tenía este pueblo con estos asesinos mafiosos, amor mío? Ninguna, preciosa, ninguna, créeme. Aquí la democracia valía una mierda…

Se quedaron en silencio por un instante, bebiendo ese tequila fuerte y astringente. Él se dio cuenta de que ella no se había percatado de la presencia del general. ¿Se habría enemistado —distanciado— del general, esa mujer tan dulce y candorosa? No, eso no era posible: aquella noche estaba distraída, contenta de verlo ahí, una vez más, en su misma mesa, bebiendo tequila y cerveza fría. Lo que sí, es que se extrañó un poco cuando divisó al joven mesero acercándose a su mesa con una copa de coñac sobre la charola. El mesero sonreía, y llegó hasta ahí, diciéndole, casi con un gesto solemne:

—"Bar La Tour", señor, nuestro mejor coñac. Se lo manda el general Sepúlveda, ese señor que está sentado en la mesa de la esquina.

Rosario abrió mucho los ojos, levantó las cejas, se cubrió la boca con la mano; pero él no sintió nada en realidad, simplemente sabía que ese momento llegaría algún día. Se limitó a brindar de lejos con el general, levantando su copa, fingiendo una sonrisa amable.

—Ahí está el hombre —dijo ella—. Ni cuenta me había dado —y rio.

Después de brindar con el general Sepúlveda alcanzó a distinguir, a través de las sombras, que se levantaba de su mesa y se dirigía hacia ellos.

—Buenas noches —dijo—. Hola, Rosarito, ¿cómo está la flor más bella de este lugar?

—Buenas noches, mi general, no te había visto.

—Aquí ando, mujer, como todos los jueves, ya sabes. El jueves es un día muy polifacético, ya saben ustedes, empiezo muy temprano para que la tarde me quede libre y pueda yo jugar dominó con mis amigos, echar unos tragos, platicar un rato, y luego, ¿por qué no?, visitar el salón Venus. ¿Puedo?

—Sí, claro —dijo él—, siéntese por favor... ¿señor?

—General Bernardo Sepúlveda, para servirle a usted... ¿señor?

—Alfonso Urbina, a sus órdenes, general. Gracias por la copa.

—¿A qué se dedica el señor, si me permite preguntar?

—Abogado.

—¡Oh, muy bien! Pero..., no me dirá usted que es egresado de esta universidad de jotos y mochilones que se conoce como... Escuela... ¿Libre de Derecho?

—No, general, claro que no. Mi alma máter es la Universidad Nacional.

—¡Oh, qué bien! ¡Y qué bueno! —sonrió el general—. ¿Y qué celebran los tórtolos enamorados?

—Nada en realidad, general —dijo Alfonso—. ¿Hay algo que celebrar?

Esta vez el general Sepúlveda soltó una carcajada amarga y contenida. Tuvo que sacar su pañuelo para atemperar una tos repentina, a la vez que le pedía una copa al mesero.

—No me diga usted —dijo, todavía con la voz rugosa—, no me diga usted..., que en las elecciones votó por el farsante de Almazán. No me diga eso, abogado, por favor.

—No me gusta hablar de política, general, pero he de decirle que un voto por el general Almazán, no quiere decir que realmente sea un voto por el candidato opositor, sino que más bien se trata de un voto *en contra* del candidato oficial.

—¡Ah, qué caray, licenciado! ¿Me está usted diciendo que no es almazanista pero que votó por Juan Andreu?

—Exacto, general.

El general Sepúlveda se bebió toda su copa de un solo trago. Usaba bigote espeso y tenía los ojos amarillos, profundos y penetrantes. Las pequeñas cicatrices que tenía en la cara, típicas de una erupción cutánea de juventud, le daban un aire más que imponente.

—Mire, licenciado, la verdad, Juan Andreu no tenía muchas posibilidades, salvo por una pequeña burguesía aquí en el Distrito Federal, pero posibilidades *reales*, no tenía. Apenas un cinco por ciento, seis quizá.

—¿Sin contar las urnas que se robaron, los asesinatos, y las casillas amedrentadas?

El general sonrió, ¿sardónico, divertido?

—Bueno, sí, licenciado, sí hubo zafarranchos y jaloneos en algunas casillas, lo propio de una contienda electoral cualquiera, a veces más caliente que otras, a veces menos, pero es lo normal en un país que busca modernizarse.

—¿Lo normal? Muertos, desaparecidos, heridos, boletas quemadas, jefes de casilla amenazados. ¿Eso es normal para usted, general?

—No exagere, licenciado, eso nomás pasó aquí en la ciudad, y no en todas las casillas, por supuesto.

—En *todos* los estados de la República hubo muertos y heridos, general, fue un fraude gigantesco, de una dimensión que abarca todo el país. Disculpe usted, general.

—Bueno, bueno, no vamos a llegar a nada, licenciado; las elecciones fueron lo más limpias posibles, ya sabe usted la cifra oficial, aplastante a favor del general Ávila Camacho. Don Manuel fue elegido presidente por una mayoría de votantes apabullante, que con zafarrancho o sin zafarrancho, las hubiera ganado por igual, digan lo que digan los almazanistas. Qué bueno que usted no es almazanista, porque nomás falta ver el berrinche que seguramente está preparando Juan Andreu. ¿Y le digo algo? No va a pasar nada. Absolutamente nada. Don Manuel Ávila Camacho es el presidente electo de México, punto, y eso nada ni nadie lo va a poder cambiar.

—No tengo ni idea qué es lo que piense hacer el general Almazán, pero no creo que se quede con los brazos cruzados, general, eso se lo aseguro. No tengo ni idea qué es lo que vaya a pasar en este país.

—No va a pasar nada, licenciado. Mire usted, nuestros vecinos del norte, a punto de involucrarse en una guerra de dimensiones mundiales, ¿usted cree que ellos y nosotros vamos a permitir que se arme la trifulca en este país? ¡Claro que no!

—Perdóneme, pero el general Almazán estaría en todo su derecho. Si en este país la democracia no funciona, las instituciones no funcionan. Prácticamente no existe el sufragio efectivo. Se tendrían que tomar medidas más severas, ¿no cree usted?

—No sueñe, licenciado, no sueñe. Usted es un soñador porque está joven. Con los años se va a dar cuenta de que las cosas no son así. México no podía tener mejor presidente que don Manuel Ávila Camacho. Él representa el símbolo de la revolución y de nuestras instituciones; con don Manuel, México será una potencia mundial, el verdadero progreso de este país. ¡Almazán nos hubiera llevado al desastre!

—Respeto su opinión, general. Yo tengo otra opinión.

—Claro que la tiene —dijo el general. Y en voz más baja—: Claro que la tiene.

—Bueno, bueno —interrumpió Rosario—, pero en lo que vemos en qué acaba toda esta historia y esperamos a ver qué hace el general Almazán, a nosotros no nos queda más que tomarnos unas copas y gozar de la vida, ¿no creen, señores?

El general soltó otra risotada con tos áspera. No había duda: su mirada era profunda pero escabrosa. Sus gatilleros no desviaban los ojos fuera de donde estaba su jefe, como si no hubieran perdido detalle de la conversación.

—Tienes toda la razón, Rosarito —dijo el general—. No cabe duda de que eres la única mujer inteligente que conozco. Por ejemplo, veamos al licenciado Urbina, para despreocuparse un poco de lo que pasa en este mundo tan loco, viene aquí, a este lugar, a echarse unas copas con las muchachas y relajarse un poco, ¿verdad, licenciado?

Por primera vez, el general sonaba simpático, como si quisiera demostrar que en realidad no era tan arisco.

—Podríamos decir que sí, general —contestó Urbina con media sonrisa en la boca.

—Porque, déjeme decirle, abogado…, política aparte…, yo a usted ya lo había visto por aquí y en otras partes.

—Es posible que sí, general. Es muy probable.

—No, no. No es que sea posible. Así es. Usted es… amigo o conocido de mi sobrina, y amigo de los amigos de mi sobrina, Teresita Sepúlveda.

—Sí, claro, la conozco desde hace mucho tiempo. Una joya invaluable, su sobrina, general.

—Gracias, licenciado. Es más, ahora que recuerdo bien, usted estuvo en la boda de su mejor amiga, la señorita…, bueno, ahora señora, Hortensia Álvarez. Créame, licenciado, soy un excelente fisonomista, nunca se me olvida una cara, ¿eh?, se lo digo en serio.

—Sin lugar a dudas, general. Efectivamente, tuve el honor de ir a esa boda y, déjeme decirle que sí, que a mí también me parece haberlo visto ahí.

—Claro que me vio, licenciado, porque antes ya nos habíamos visto aquí, pero no había tenido el gusto de platicar con usted. Brindemos por eso. ¡Salud!

—Salud.

Y volviéndose a Rosario, el general, con una sonrisa que mostraba una dentadura perfecta y helada, dijo:

—¿Verdad que sí, Rosarito? ¿Verdad que al licenciado le gusta venir a este lugar?

—¿A quién no le gusta venir a este lugar, mi general?

Los hombres rieron. Nuevamente el general terminó su copa de un solo trago y rechazó la que el joven mesero le ofrecía una vez más.

—Ya me voy para mi mesa, licenciado. Rosarito, les dejo que sigan de novios, ha sido un gusto poder platicar con usted —y estuvo a punto de pararse, pero antes dijo, repentinamente—: Sólo dígame una cosa, ¿conoce usted al licenciado Tirso Estrada, el pretendiente de mi sobrina Tere?

—Sí, lo conozco, general.

—¿Es su amigo?

—Podríamos decir que sí, general. También es amigo de su sobrino, Antonio Sepúlveda, hermano de Tere, y pues, Toño es muy amigo mío. Qué chiquito es el mundo, ¿verdad?

—Sin duda, licenciado, el mundo es un pañuelo diminuto. Y dígame una cosa, ¿qué opina del licenciado Estrada?

—Es muy buen hombre, general, muy educado, un hombre muy culto, muy preparado, diría yo.

—¡Vaya! No lo dudo.

—Sin duda, general.

—Bueno pues por el momento..., yo me regreso con mis compañeros. Buenas noches, licenciado.

—Buenas noches.

Antes de regresar a su mesa, el general Sepúlveda se dio media vuelta y tocó suavemente el hombro de Rosario, diciéndole:

—Mujer linda, cuando termines de platicar con el licenciado te espero en mi mesa. Con permiso...

18

Hacía mucho calor, el día más caluroso del verano. Corrientes de aire tibio entraban por las ventanas abiertas, y si todavía estuvieran las cortinas delgadas que alguna vez colgaron del techo, se hubieran dado cuenta de la intensidad del aire; pero ahora las ventanas no tenían cortinas y la luz del día entraba con toda su fuerza desde el amanecer. Doña Aurora sudaba por el cuello y la nuca. Movía su abanico, desesperada, como el revoloteo ágil de las alas de un insecto, pero no había forma de atemperar el calor de la tarde. Estaba sentada en la mesa del comedor, esperando a que Francisca trajera el guisado que ella misma había preparado, lo cual ya era insólito en esos días; de hecho, doña Aurora había cocinado muy pocas veces en su vida; no soportaba el olor de las cosas crudas ni embarrarse las manos con condimentos de cocina. Muy diligente, Tirso ponía los cubiertos sobre la mesa y se dirigió a una gaveta para sacar vasos y tazas de porcelana.

—Déjalo, Tirso —dijo ella—. Que lo haga Francisca. Tú ya siéntate. Siéntense, por favor. Qué calor, Dios mío.

—Y si hubieras estado afuera, mamá, te derrites en plena calle, te juro.

—Ni me digas, si aquí adentro me estoy asando… Muchacho, dile a Francisca que traiga el agua de limón, por favor… Y ¿qué pasó con este señor Fabián? ¿Le pagaste?

—Sí, mamá.

—¿Todo?

—El pagaré sí, el que me dijiste…, pero resulta que también hay una letra por novecientos pesos.

—¡Virgen María Santísima! ¿Y qué vas a hacer?

—Pues pagarlo, mamá. ¿Qué otra cosa puedo hacer?

Antes de que doña Aurora dijera algo, apareció Francisca con una cacerola humeante en las manos. Sin que la señora Aurora le ordenara, sirvió en los platos arroz blanco y estofado de pollo con verduras.

—Ahora resulta que aparece una letra por novecientos pesos. Dios mío. ¿Qué otras cosas van a seguir apareciendo?

Tirso no dijo nada. De repente, un gemido seco y exigente se escuchó desde la parte de arriba, de la recamará del papá de Tirso. Y luego ese balbuceo incomprensible... Doña Aurora sonrió:

—No te espantes, muchacho... Míralo, Tirso, siempre que lo escucha abre mucho los ojos como si se espantara. No estás espantado, ¿verdad?

—...

—Si hubieras estado la otra noche..., ahí sí te hubieras espantado de verdad. Tú no estabas, hijo, habías salido, el viernes antepasado... Qué cosa, Dios mío. Ya ni te dije...

—¿Qué pasó, mamá?

—Pues, para empezar, tu padre estaba muy intranquilo, dio mucha lata por la tarde y en la noche no se quería dormir. Entonces bajé a la cocina a prepararle un té...

—¿Y luego?

—Pos resulta que ya era de noche, ¿no?, y de repente, estaba yo sirviendo el té cuando unos golpazos en la puerta me pegaron un tremendo susto que derramé todo el té, y para acabarla de amolar, me quemé toda la mano, hijo. ¡Qué susto, Dios mío! Casi tiran la puerta, Tirso... Y otra vez. Y los gritos, ya sabes cuáles, ¿no? Pero ahora con palabrotas, hijo, muy groseros, yo creo que eran otros y no los de la otra vez.

—¡Válgame! Ya hasta se me quitó el hambre, mamá.

—Si por qué crees que está todo así, muchacho, todo cubierto y en cajas, bueno, lo poco que nos queda, ¿verdad, hijo? Sí lo sabe, ¿verdad? Yo ya no soporto más, Tirso. Me duele mucho dejar esta casa, pero…, pues al rato van a aparecer más acreedores, hijo, te lo puedo asegurar. ¡Ve tú a saber quién más!

—Ahorita no pienses en eso, mamá, por favor. Come primero, se te está enfriando…

Se quedaron en silencio. Doña Aurora probó su estofado, sin amor; el arroz, sin gusto, un tanto apática. Tirso se rascó la cabeza y se quedó mirando su plato sin probar bocado. Con el tenedor comenzó a remover el arroz, batiéndolo, embelesado, como si estuviera recordando algo. Despertó de su hipnotismo cuando doña Aurora dijo:

—Tiene buen apetito el muchacho, ¿verdad?

—¿Qué dices?

—Este niño…, Matías…

—Mateo, mamá, Mateo.

—Pos es lo mismo. Sírvele más pollo, que trae cara de niño hambriento— y rio, por primera vez en todo el día.

[ ]

Alcanzaron Jalpa muy de mañana, cuando apenas despuntaba el sol y las sombras de la noche se deshacían como hilachos de sangre. El profesor Félix Tinajero llegaba muy temprano a la escuela, cuando todavía estaba oscuro o con el cielo lívido por el amanecer. Ellos se acercaron como serpientes silenciosas, sin hacer el menor ruido, agazapados entre los arbustos, y se enviaban señales con la mano, rodeando aquella choza de adobe y palos de madera. Por la única ventana pudieron vislumbrar al maestro Tinajero sentado en su escritorio, revisando papeles. Minutos después llegó Urbano Ávila con dos tambos llenos de gasolina. Tampoco hicieron ruido cuando entraron en la pequeña choza y se abalanzaron como zorros en cacería sobre el diminuto profesor que ni siquiera pudo levantarse de su silla y correr para donde Dios le diera a entender.

Cuando el profesor se dio cuenta de que era atacado y sujetado por tres hombres intentó gritar, pero lo amordazaron al instante con un pedazo de tela; ni siquiera pudo distinguir bien a los hombres que lo sujetaban a la fuerza. Le dijeron:

—Pa' que siga usted impartiendo enseñanza comunista, profe. Que Dios lo ampare.

No pudo hablar, no pudo contestar nada el profesor Tinajero; se horrorizó aún más cuando vio que le ataban las manos y los pies con alambres oxidados de púas. Gritó de dolor cuando sintió los rasguños en su piel; intentó mover el cuerpo y agitar los brazos, pero no pudo: lo tenían bien sujetado.

Vio como otros dos hombres arrimaban los pupitres de madera al centro del salón (el único salón de clase) y esparcían libros, leños y pedazos de madera por todos lados.

—Tranquilo, profesor, está a punto de purgar todas sus miserias.

—En el infierno, maestro, a donde van todos los que son como usté, todos acaban purgando sus miserias.

—Aquí están los tambos, Tomás —terció otro hombre.

—Coloquen al profe en el centro de la pila. ¡Rápido!

—¿Le cortamos las orejas?

—No, ya pa' qué, si lo vamos a quemar vivo. ¡Vamos!

Cuatro hombres arrojaron al profe Tinajero en el centro de aquella pila de escombros y uno de ellos lo bañó con gasolina, esparciendo algunos chorros alrededor de él y sobre los pupitres descascarados.

—¡Todos afuera, que llegan los muchachos! Quítale el trapo pa' que se oigan bien sus gritos.

—Que se oigan hasta Zapotlanejo.

—¡Hasta Guadalupe El Alto!

Los gritos del profesor Tinajero erizaron la piel de sus alumnos cuando llegaron a la escuela, justo a tiempo para presenciar el momento en que Tomás Donaciano arrojaba las antorchas a aquella pira funeraria, ardiendo al instante con un fuego abrasante, fuera de control: el espectáculo funesto a la vista de los muchachos que habían aprendido clases de ateísmo con el profesor Tinajero. Algunos de ellos lloraron y lanzaron gritos despavoridos, sujetándose de sus familiares o acompañantes. La pira ardía varios metros sobre lo que quedó de esa escuela, la escuela del profesor Tinajero, el maestro rural ateo. Minutos después quedaría reducida a escombros, a cenizas esparcidas. El fuego infame se reflejaba en las pupilas de Tomás Donaciano, quien presenciaba el espectáculo quieto y tranquilo, como embelesado, como si estuviera soñando despierto. Mientras los gritos de los alumnos continuaban descontrolados, los gritos desgarradores del profe Tinajero se dejaron de escuchar, consumidos detrás de esa pared ardiente.

Minutos después se siguieron oyendo esos chasquidos brutales que provocan el fuego ardiente en la madera y las yerbas cuando se calcinan. La columna de humo se elevó muchos metros hacia el cielo, arrojando cenizas por todas partes, como si el cielo mismo recibiera lo que había quedado del profesor Tinajero.

—¡Viva nuestra Santísima María de Guadalupe! —gritó Tomás Donaciano, súbitamente.

—¡Viva! —gritaron Urbano y los otros dos hombres que le habían ayudado a calcinar al profe Tinajero.

Llorosos e impávidos, los alumnos no gritaron nada, no dijeron nada, aferrados a sus padres.

—¡Que viva nuestro Señor Jesucristo, hijo único de Dios!

—¡Que viva! —gritaron los hombres.

Nuevamente el silencio. Sólo el ruido de la fogata gigantesca que se iba reduciendo bajo la luz de la mañana; el humo inexorable que se esparcía a través de los aires tibios de Jalpa. Luego, la voz de Tomás Donaciano:

—¡Señores!, no vamos a tolerar que maestros ateos y herejes como este que acabamos de incinerar, contaminen las conciencias de nuestros niños. ¡Ya basta! A ver si así entienden… ¡Abajo el mal gobierno! Recemos todos un padrenuestro.

Y algunos rezaron, hombres, mujeres, niños, con los ojos cerrados. Otros, seguían impávidos y aterrados. Nadie supo si alguien rezó en silencio por el descanso eterno del profesor Tinajero.

[ ]

El general Almazán estaba furioso, panzón, encabritado es poco, seguramente armaría otra revolución para que se le hiciera justicia; buscaría el apoyo de los gringos, o por lo menos que no metieran las narices y que dejaran pasar los pertrechos militares, y Orvelino se limpiaba el sudor de la cara con un pañuelo; su carilla regordeta se veía curiosa con ese color rojizo que le pintaba cuando hacía mucho calor. Y luego en voz baja: por ahí me enteré, Urbina, que el general planea viajar a Cuba para entrevistarse con el gringo este…, secretario de Estado…, Cordell Hull…, era obvio, buscaría el apoyo de Roosevelt; aunque yo presiento, mi querido panzón, y te lo digo en serio, que los gringos me lo van a mandar al carajo…

El Danubio era un hervidero de gente; hacía calor, incluso dentro del restaurante, donde los clientes entraban y salían por la puerta principal y, como estaban sentados en una mesa junto a la ventana, alcanzaban a ver las multitudes que iban y venían por las calles del Centro Histórico, aplastadas por un sol pétreo. Pidieron cervezas frías y una botella de tequila.

—Te voy a decir, panzón, que…, con su maquinaria de fraude electoral, en donde acarrean obreros y campesinos como borregos del campo, honestamente no sé cómo le haya ido al general Almazán fuera del D. F., salvo en ciudades como Guadalajara o Monterrey; pero de eso a que diga el gobierno que ni siquiera alcanzó el seis por ciento de las votaciones, ¡por favor!, no me hagan reír, me voy a reír toda la vida, te lo juro. Ten cuidado, panzón, no te vaya a caer mal ese tequila.

—¡Bah!, estoy tan encabronado que no te puedo asegurar nada. Igual con tres copas me ahogo. ¡Pinches perremistas tramposos! ¡Ah, cómo son mañosos! ¿Vas a querer paella valenciana?

—Pero antes una sopita verde, ¿cómo verías? Aunque hay que reconocer que Almazán tiene muchos intereses en el país, muchos contratos con el gobierno. ¿Sabías que sus compañías ya construyeron un hotel en Acapulco?

—Pos sí, ahí está el detalle, basta con que el presidente comience a confiscar fortunas para ponerle un alto a todo esto. También pintan bien los callos a la madrileña, ¿no crees?

—¡Claro! Es el arma más poderosa con la que cuenta el gobierno. Confiscación, panzón, confiscación, y se acabó todo. ¿Otra cerveza?

Urbina le hizo una seña al mesero para que se acercara y le pidieron otra ronda de cervezas frías. También pidieron una orden de callos a la madrileña y un platón de jamón serrano con quesos. La luz del sol entraba radiante por las ventanillas del restaurante y poco a poco comenzaron a acostumbrarse al aire sofocante que rondaba en el interior. El murmullo de la gente se escuchaba ahora como un zumbido lejano. Los clientes continuaban entrando y saliendo del Danubio.

—¿De veras crees que los gringos no van a apoyar a Almazán? —abrió los ojos Orvelino.

—Te lo digo en serio. Ellos sólo van a tratar con Cárdenas y con Ávila Camacho. Se acabó todo, panzón. *La commedia é finnita*!

Orvelino le dio un trago profundo a su cerveza y se sirvió otra copita de tequila. Alfonso se dio cuenta del gesto taciturno de su amigo y, para compensarlo un poco, le dijo:

—¿Cómo ves si antes de la paella pedimos un chorizo español para los dos?

—Me gusta la idea. ¿Entonces aquí acaba todo?

—¿Qué es todo, mi buen amigo?

—Todo: Almazán, el PRUN, la revolución, el golpe de estado, las elecciones, la democracia en México…

—Se acabó todo, panzón. Tómate tu tequila. Así es esto: adiós, Almazán, adiós, democracia. ¿Y te digo algo?

—¿Qué, amigo?

—Se me hace que estos se van a afianzar en el poder por muchos, pero muchos años.

—No jodas…

—Por mucho tiempo, mi amigo, créemelo.

19

—Buenos días, general —sonrió desde su mesita de recepción la asistente del licenciado Alarcón.

A diferencia de la última vez, la joven ahora sí estaba sentada en su silla de recepción, recibiendo a los clientes de su jefe, muy elegante, con un vestido blanco perlado y un collar plateado que hacía juego con los aretes.

—Buenos días, muchachita —dijo él—. Tenemos una cita con el licenciado Alarcón.

—Enseguida, general. Qué gusto tenerlo por aquí nuevamente. Siéntense por favor. ¿Les ofrezco café?

—Sí, linda, muchas gracias —dijo el general Sepúlveda.

La joven secretaria regresó a la salita de recepción y les dijo a los dos hombres:

—El café los espera ya en el privado del licenciado Alarcón, general. ¿Azúcar?, ¿crema?

—Por favor, linda, gracias —dijo el general—. Solamente voy a entrar yo con el licenciado Alarcón.

—Como usted diga.

Lo mismo de la otra vez: el despachito minúsculo con un solo cubículo frente a la puerta principal; las paredes amarillentas, descoloridas, sin un solo cuadro; el licenciado Alarcón ya estaba de pie esperando recibir a su cliente.

—Pase, pase, por favor, general —lo saludó el licenciado Alarcón—. Como siempre, un honor tenerlo aquí.

—El gusto es mío, licenciado —dijo el general—. Tenía yo pensado venir desde la semana pasada, porque estos asuntos hay que atenderlos lo más rápido que se pueda, ¿no cree?

—Sin duda, ni me diga —dijo el licenciado—. Oiga, y hablando de asuntos importantes, estamos felices con el triunfo del generalísimo Manuel Ávila Camacho, ¿no cree usted?

—Una victoria incuestionable, licenciado.

—Sin duda. Me alegro mucho.

—Ya sabemos que el general Almazán va a ir chillarle a los gringos, pero no tiene posibilidades.

—Ninguna, general, ninguna —dijo muy alegre el licenciado Alarcón—. Más le vale que esté en México para la toma de posesión, ¿verdad? Los negocios son primero, ¿no lo cree así?

—Sin duda —dijo el general—. Vamos a ver si se alinea.

—Seguro que sí —dijo el licenciado Alarcón—. Él alega fraude electoral, pero pues…, cómo demostrarlo, primera, y, en segundo lugar, no hubo fraude, ahí está el cómputo oficial, que es el que vale.

—En efecto, licenciado —dijo el general—. No hay manera de que Almazán se siente en la silla presidencial.

—Me alegro por ustedes, una brillante victoria, producto de una extraordinaria campaña electoral.

El detective se puso de pie y abrió el cajón de un archivero. Hurgó algunos segundos entre todas las carpetas y sacó una de color verde con pequeñas argollas. Se sentó de nuevo frente al general Sepúlveda.

—¿Y qué me tiene, licenciado? ¿Concluyó la investigación?

—He concluido, general. Me gustaría tenerle mejores noticias, pero… Si usted desea que continúe investigando, ya sabe que lo hago con mucho gusto.

—Veamos qué es lo que tiene hasta ahora —dijo el general Sepúlveda, apoyando los antebrazos sobre el escritorio.

El detective privado desprendió dos sobres blancos de la carpeta y al abrir uno de ellos con una navaja, sacó varias fotografías que dispuso frente al general. La mirada del inspector se tornó mórbida y fría. Esperó a que el general revisara todas las fotos. No dijo nada: observaba fijamente al general, un poco inquisitivo, como expectante. Finalmente, el general Sepúlveda dijo:

—¿Y este quién es?

—¿Quién es?

—¿Quién es, licenciado? En mi vida lo había visto.

—El hijo de un sinarquista.

—¿Un sinarquista?

—Sí, pero el muchachito no lo es. No es sinarquista. No pertenece a ningún grupo político, revolucionario, o de otro tipo. Vive con un tío aquí en México, al norte de la ciudad. El padre vive en Los Altos de Jalisco y anda de revoltoso con los sinarquistas. Viene muy poco a la capital.

El general Sepúlveda abrió los ojos y frunció el entrecejo. No pudo evitar un gesto de absoluta interrogación, de repugnancia irreprimible.

—Y pues…, ¿qué rayos hace con el novio de mi sobrina?

—¿Novio?

—Pues sí…, eso pensábamos todos…

—¿Novio? —repitió en voz muy baja el licenciado Alarcón, removiéndose en su silla. Con un gesto nervioso e intranquilo, el detective abrió el segundo sobre con su navaja y extrajo más fotografías—. General —ahora con un tono adusto y solemne—, usted lo sabe, una investigación es una investigación, y mi obligación con usted es la de ser muy franco y profesional.

Y dispuso las fotografías delante del general Sepúlveda, una por una.

Como era de esperarse, el general Sepúlveda frunció la boca, se rascó la cabeza, se sobó el cuello… Se reclinó en su silla, moviendo la cabeza, como si optara por un mutismo infranqueable. Después de un momento dijo:

—O sea que…

—Así es, general, lo que está ante sus ojos…, lo siento mucho, se lo digo sinceramente…

Otra vez el silencio asfixiante. Sin estar muy seguro de lo que decía, el licenciado Alarcón prefirió consumar el mutismo de ambos hombres:

—Perdón que le diga, pero esa relación no es más que un parapeto de este señor, una trinchera, un convencionalismo social, podríamos decir.

—Sí, lo veo, licenciado —dijo el general Sepúlveda, con un carraspeo en la garganta—, pero el asunto aquí es que...

—Su sobrina está de por medio...

—Que no se atreva...

—Lo entiendo perfectamente, general. Este joven abogado no supo a dónde se fue a meter, ¿verdad?

—No, claro que no. Parece una broma esto.

—No parece, general, *es* una broma, pero de mal gusto, ¿no cree?

—¿Y el jovencillo ese? Qué carajos...

—Su sobrina no lo conoce, obvio. El señor este coordina muy bien sus tiempos. Ha sabido ser muy discreto, ¿sabe? ¡Claro!, nunca se le ocurrió que mi gente estaría detrás de él. Lo hemos seguido veinticuatro horas durante días enteros. Lo que resulta curioso, ¿sabe...?

—¿Qué?

—Es que el jovencillo entra a la casa de él como cualquier tío, ¿me entiende?, y no sale de ella en dos o tres días... Mi pregunta sería, si me permite, qué opina la madre de todo esto, ¿no cree?

—Sin duda, licenciado, pero eso ya no es de mi incumbencia, lo que opine esa señora ya no es asunto mío. ¡La madre! Qué carajos...

—Otra cosa, general: el indiciado está pagando deudas de juego, pero no suyas, parece ser que son del padre, y serias; y el muchachito lo acompaña siempre a pagar esas deudas, ¿me entiende? Ahí fue cuando nos dimos cuenta de algunas otras cosas... ¿Quiere que continúe con la investigación?

—No es necesario, licenciado, muchas gracias. Le agradezco su esfuerzo y su dedicación. Me envía sus honorarios como siempre, ¿verdad?

—Claro que sí, general, se lo agradezco enormemente.

Al levantarse de la silla, el general Sepúlveda estrechó la mano del licenciado Alarcón, visiblemente aturdido, y avanzó de prisa hacia la recepción del despacho. Ni siquiera se despidió de la secretaria cuando, saliendo de la oficina, le dijo a su acompañante:

—A las tres de la tarde los veo al Negro y a ti en mi oficina. A las tres en punto, Juan, ¿me oíste?

—Sí, general.

[ ]

A contraluz, el confesionario parecía un cuartito fúnebre que inspiraba respeto. Escuchó el eco de sus propios pasos y su respiración pausada. Súbitamente sintió un ligero espasmo como de asfixia. Sintió cansancio y por momentos acogió la idea de regresar por donde había llegado. "¿Qué hago aquí?", pensó. Se arrodilló lentamente y, a través de la celosía, escuchó la respiración del cura, el carraspeo de su garganta. El olor del habitáculo le trajo recuerdos de niñez, como si otra vez fuera un niño.

—Ave María Purísima —dijo el cura.

No contestó. Se quedó mirando la sombra que proyectaba su humanidad. Una ligera náusea le recorrió el cuerpo. Se quedó mudo, escuchando el silencio que se filtraba por la puertita del confesionario.

—Sin pecado original concebido —se contestó el cura.

—Disculpe, padre —atinó a decir.

—Recemos —dijo el cura.

El murmullo de ambos hombres era monótono y amorfo.

—Cuéntame tus pecados, Tomás.

—Lo hago sólo por compromiso, padre, para estar bien con nuestro Señor Jesucristo y su santísima madre.
—Lo sé. ¿Qué pasó? ¿Más profesores?
—Profesoras esta vez. Allá por Los Altos, en Camajapita.
—¿Por qué?
—Pos…, eran de la escuela oficial. De la ranchería. Lo mesmo de siempre, más comunismo, más ataques a nuestra santísima religión.
—¿Qué fue lo que hicieron?
—Pos llegamos ya muy entrada la noche. Yo iba con tres hombres y Urbano Ávila iba con otros dos. Tiramos la puerta de una patada y sujetamos al padre, que estaba sentado. Lo tuvimos que atar con una soga en el cuello porque se nos alebrestó un poco.
—Y las mujeres…
—Pos…, los hombres de Urbano y mis hombres…
—¿Los hombres qué?
—También las sujetaron. Pero yo no intervine, padre, se lo juro por Dios, nomás le corté una oreja a cada de las mujeres mientras mis hombres y los hombres de Urbano las sujetaban.
—¿Les cortaron una oreja? ¿Una a cada una?
—No nomás eso…, yo no intervine, padre…, tengo mujer…, y pos…
—¿No interviniste?
—No.
—Además gritaban mucho, padre. Lo digo en serio, en mi cabeza todavía sigo escuchando esos gritos. Escurría mucha sangre… El corte fue profundo y seco. Urbano me dijo que era mejor matarlas, pero yo le dije que no, que mejor se fueran de la ranchería. Ora que si no obedecían, entonces sí tomaríamos medidas más severas, ¿sabe usté? Y así se los dijimos, padre, que si no se iban de la ranchería íbamos a regresar para terminar con sus días de maestras ateas, así como hicimos con el profe Tinajero.

—¿Estás arrepentido?
—No.
—¿No estás arrepentido?
—No, padre, usté sabe…, son pervertidores de niños. Les deforman la conciencia, les implantan dudas y mentiras escabrosas. No estoy arrepentido, pero vengo a confesarme en nombre de nuestro Señor Jesucristo, eso es todo, pa' tener la conciencia tranquila, nomás… Antes de irnos…
—Antes de que se fueran ¿qué?
—Afuera del jacal hicimos una fogata, con los libros de las profesoras, sus papeles, lo que tenían ahí, pues. Urbano y sus hombres se pusieron a machetear mesas y puertas. Le prendimos fuego a todo, padre. Y luego nos fuimos.
Hubo un silencio largo. El cura rezaba en voz baja.
—Mi absolución, padre… Disculpe usté, pero tengo que irme.
—Está bien, Tomás. Lo de la última vez…, tus oraciones…, el rosario. Todo sea por nuestro Señor Jesucristo… En el nombre del padre, del hijo…

[ ]

—¡Tu última noche en el salón Venus, panzón! —lo abrazó Alfonso Urbina—. Te deseamos lo mejor, mucha suerte en Nueva York. ¡Salud!
—¡Nosotras también te deseamos muchísima suerte, panzoncito hermoso! —y ellas lo besaban, lo estrujaban, Ana Luisa y Rosario.
—Hoy vamos a bailar y tomar toda la noche, amor mío, para que no te olvides nunca de esta noche. Para que no te olvides de mí, de tu Ana Luisa querida.

—Pero no vamos a ir a tu casa, corazón —dijo Orvelino—. Ahí me despides de tu hermano y sus amigos, o sea tus compadres —y los cuatro soltaron una risotada que hizo temblar al salón.

¿Y qué iba a hacer el niño a Nueva York?, ahora con los ojos llorosos, Ana Luisa, acariciando las mejillas del panzón, su pelito castaño ondulado, el nudo de la corbata, lo besaba una y otra vez. Y él les dijo que se iba porque lo habían admitido *at the University of Columbia*, y ellas, ¡oh!, qué interesante, panzoncito, era todo un niño bueno y estudioso, muy inteligente, seguramente no admitirían en ese lugar a cualquier pelado, ¿no era así?, a cualquier menso, y por cierto, ¿lo podían ir a visitar algún día? ¿Se quedaría con los gringos para siempre? ¿Las vendría a visitar a México? ¿Traería regalos?

—Dinos algo en inglés por favor —suplicó Ana Luisa, abrazando, estrujando, besando al panzón, y le mordía la orejita.

—*What do you want me to say?*

Y ellas ¡aaaaah!, qué inteligente nuestro panzoncito hermoso, sí hablaba como los gringos, como los gabachos, Luisa, como el inglesito ese que fue tu novio, se echó a reír Rosario, y Ana Luisa ¿cuál inglesito?, que no se hiciera la mensa, panzoncito, el inglesito ese que tomaba whisky como desesperado, pero pagaba muy bien, y hasta bailaba, y las dos jóvenes se rieron a carcajadas.

—Pero tú no me vayas a poner el cuerno con una güera, amor, ¿verdad que no? —dijo Ana Luisa, fingiendo pucheros—. No te vayas a meter con gabachas, amor mío.

Y Orvelino le devolvía los besos, las caricias, mientras le decía no, cómo crees, mi reina, yo nunca haría una cosa así, yo nunca te traicionaría, amorcito. Y luego Ana Luisa se hacía del rogar, haciendo como si esquivara los abrazos y besos del panzón, y ella le decía que con sus posgrados o lo que fuera ya no la iba a querer ni a buscar, verdad, Alfonso?, ¿verdad que este rufián ya no va a querer verme nunca jamás?, ¿verdad que me cambiaría por una gabacha o una pinche princesita de alta sociedad?, ¿verdad que sí? Con tanto estudio y tan inteligente… y Alfonso le decía, como si la consolara: ¿cómo crees, Luisita?, este hombre es de palabra, yo conozco a mi raza, yo conozco a este tipo, nunca haría una cosa así.

—¿Cuánto tiempo vas a estar allá, panzoncito? —preguntó Rosario, dejándose abrazar por Urbina—. ¿Cuánto tiempo nos vas a abandonar?

—Un par de años, cariño. Un poco más si encuentro trabajo en Nueva York.

—No, no trabajes allá, corazón —balbuceó, sollozó, esbozó una sonrisa melancólica Ana Luisa—. Regrésate con nosotros, amor, a tu tierra, a tu gente…

¿Qué carajos había en Nueva York? ¿Por qué rayos se iba tan lejos?

—Edificios, edificios y edificios, mi amor, museos, restaurantes, galerías…

Seguro extrañaría la comida mexicana, extrañaría a su familia, a sus amigos. Sin duda. Y Rosario pos mucha universiti of colombia, cariño, pero te aseguro que allá no vas a encontrar un salón Venus, ¡te lo aseguro! Y otra vez las risotadas, los abrazos, las caricias, los arrumacos, mientras pedían otra botella de coñac y un platón de jamón serrano. Llévame contigo, panzoncito, llévame a los iunaited esteits, amor, no me dejes aquí sola, por favor, te lo suplico, te lo pido de rodillas, vas a necesitar quién te lave y te planche, mi amor, porque seguramente has de ser un inútil, como todos los hombres, ¿verdad?

—¿Nos permiten un momentito, caballeros? —dijo Rosario—. Estas dos bellezas tienen que ir al tocador. No nos tardamos. No se vayan a ir, ¿eh?

Las mujeres se levantaron de la mesa y se alejaron a través de la penumbra del salón; reían y se tomaban del brazo, cuchicheándose, arreglándose el pelo, como dos grandes amigas. Desaparecieron tras la puerta del fondo. Orvelino cambió la expresión sonriente de la cara; se puso serio y se acercó a Alfonso Urbina.

—En lo que regresan las muchachas, te quiero comentar algo que seguramente ya sabes.

—Dime, panzón. No me digas que… —señalando hacia la puerta del fondo—. ¿Otra aventurita al estilo Ana Luisa y compañía?

—No, no —negó con la cabeza Orvelino—. No se trata de Ana Luisa.

—¿Tons?

—¿Has sabido algo de Tere Sepúlveda?

—No. ¿Por qué me preguntas?

—¿No la has buscado? Te pregunto en serio.

—No, claro que no, no quiero tener problemas ni con Tere, ni con su familia, ni con Tirso Estrada, ni con los amigos de Tirso Estrada —dijo, sirviéndose otra copa: nomás de oír el nombre de Tere sentía una punzadita amarga en el estómago.

—¿No has hablado con ella, ni con Toño?

—A Toño tiene rato que no lo veo, panzón. Y a Tere no la veo desde la boda de Hortensia. ¿Por qué preguntas?

—No quiero hacer una broma con esto, ni aparentar ser un tipo insensible, pero pudiera ser que ahora sí tienes el camino libre con Tere.

—¿Qué?

—Lo que oyes. No es broma, no es burla. Veme bien, estoy hablando en serio.

—¿Por qué dices eso?

—¿Entonces no sabes?

—¿No sé qué? ¡Ya déjate de misterios, panzón! No sé nada de nada, ni de Tere, ni de Tirso, ni de Toño, ni de la familia de Toño…

—Pos sí que estás atrasado de noticias…

Urbina se encogió de hombros. Prendió un cigarrillo esperando a que Orvelino hablara, pero su amigo solo lo miró como si estuviera escudriñando sus pensamientos.

—No sé de qué hablas, panzón.

—Resulta que…, pues…, hace como seis semanas que nadie sabe absolutamente nada de Tirso Estrada. Yo me enteré hace algunos días, ¿eh?

—¿Qué?

—Lo que oíste… Nadie sabe absolutamente nada.

—¿Y la madre? ¿Me estás diciendo que Tere tampoco sabe dónde está *su* novio?

—Nadie sabe nada, absolutamente nada. Me dijeron, Urbina…, y perdón que lo diga…, que Tere está desolada, abatida. Que no come, no sale a la calle, bueno, ni siquiera va a misa.

—Ah, caray, eso sí está muy raro…

—Y otra cosa…

—¿Qué?

—Los papás de Tirso ya no viven ahí, en la Roma, es decir, también desaparecieron. La casa está vacía. No dejaron rastro. Cuando Tere no supo de Tirso en una semana lo primero que hizo, lógicamente, fue a ir a su casa, pero…

—¿Pero qué?

—La casa está vacía. Ya no vive nadie ahí. Yo pienso que se fueron de viaje, o se mudaron de casa, o se mudaron de ciudad, o se fueron del país.

Alfonso Urbina bebió de un solo trancazo su copa de coñac. Orvelino lo imitó fielmente.

—Esto sí está del carajo, panzón. Estrada y yo dejamos de ser amigos por circunstancias que tú conoces, pero… ¡No inventes, panzón!

—No invento, Urbina, es la pura verdad. Al día de hoy nadie sabe nada de él.

—¿Nadie?

—Nadie. Como lo oyes…

Se quedaron en silencio. Estupefactos como estaban, ni siquiera se dieron cuenta que las dos jóvenes se acercaban a ellos, chispeantes y sonrientes, como si nada ocurriera en el mundo. Rosario dijo:

—¡Ya!, mucha plática, caballeros. ¡Vamos a bailar, que la noche es larga, y tenemos que despedir a este gordito!

Y Ana Luisa:

—¡Que quede bien, pero bien festejado, para que nunca se olvide de nosotras!

20

—No tarda en bajar —dijo la señora Angélica, con los ojos llorosos—. No sabes cuánto te agradezco que te lleves a Tere a misa.

La muchacha abrazó a doña Angélica que suspiraba y lloriqueaba un poco, como si la tristeza le estrujara el corazón. Se abrazaron, y Lorenza prefirió quedarse callada, esperando que la señora Angélica se desahogara un poco a que soltara esas lágrimas que tenía ahí guardadas, en el fondo del alma, carcomiéndole el alma.

Cuando Teresa bajó las escaleras, su amiga se dio cuenta de que tenía mejor semblante del que esperaba. La había imaginado con la cara rojiza y los ojos hinchados de tanto llorar; pero no, Tere se había maquillado un poco y solamente traía una expresión seria pero pacífica.

Todavía abrazaba a doña Angélica cuando Lorenza les dijo:

—Si la veo de mejor humor me la llevo de compras.

—Sí, llévatela, m'hijita, por favor —sus ojillos inquietos brillaron un poco—. Llévatela al Puerto de Veracruz, o al Centro, distráiganse todo lo que puedan. No sabes lo que hemos sufrido, mi niña, no lo sabes.

—Me lo imagino, señora —dijo ella—, pero no se preocupe, visitar la casa de nuestro Señor le sentará muy bien.

—Por favor, m'hijita, por favor. Gracias, gracias, no sabes cómo te lo agradezco.

—No tiene de qué, señora.

Y salieron, tomadas de la mano. Cuando se subieron al auto, Lorenza le pidió al chofer que las llevara a la Iglesia de la Sagrada Familia. Eran las doce de la tarde y el día estaba un poco nublado, ligeramente brumoso y espeso. Lorenza sonrió, la tomó de la mano.

—Te veo bien, Teresita, eso me da gusto.

—Ahí voy, Lore, el tiempo va curando todo. Te das cuenta de que después de todo, lo único que tienes es a tu familia —y sintió que Lorenza sujetaba su mano con más fuerza.

El automóvil bailoteó un poco cuando pasaron un pavimento corrugado y maltrecho. Tere miraba hacia fuera por la ventanilla del auto.

—No quiero tocar este tema, amiga, pero, perdón que pregunte: sí fuiste a su casa, ¿verdad?, es decir, cuando ya no tuviste noticias de nada.

—¡Claro!

—¿Y estaba su mamá?

—No. Nadie abrió la puerta.

—¡Qué cosa tan extraña!

—Muy extraño, Lore. ¿Sabes?, no entiendo nada, ya no entiendo nada...

—Lo importante es que te recuperes, amiga mía —preocupada, cariñosa, amigable—. Que salgas adelante. No sé..., no quisiera decirlo..., pero qué tal si regresa un día de estos.

—¿Sabes qué, Lore?

—¿Qué, muñeca?

—Creo que él pagaba las deudas.

—¿Qué?

—El pagaba las deudas. Las deudas del padre, amiga.

—¿Cuáles deudas?

—Las deudas de juego —compungida, llorosa, abatida—. No puedo creerlo. No puedo creer todo esto.

—¿Era mucho lo que debía el padre, Tere?

Ella ya no pudo contestar: un llanto irreprimible estalló como un borbotón de agua cuando llegaron a la iglesia. Su amiga la consoló un buen rato dentro del automóvil.

—Llora, desahógate todo lo que quieras.

Lorenza la abrazaba como si consolara a una niña pequeña, y hasta la mecía un poco, como se hace con los niños pequeños cuando andan lloriqueando.

Más tarde, cuando el llanto enmudeció, Lorenza acomodó el peinado de Tere, enjugándole las lágrimas. Espolvoreó sobre sus mejillas un poco de maquillaje y se bajaron del auto. Entraron muy despacio a la Iglesia de la Sagrada Familia.

Antes del Evangelio, durante la misa, Lorenza volteó a ver a Tere para cerciorarse de que la joven estuviera más tranquila. Notó que por el momento habían dejado de escurrir lágrimas por sus mejillas…

[ ]

Como era martes casi a media noche, Calzada de los Misterios se hallaba tranquila y silenciosa; sólo algunas sombras recorriendo sus calles a esas horas, sombras difusas bajo la luz frágil de algunas farolas.

Tocó la puerta de fierro con los nudillos de la mano y esperó a que alguien le contestara. Como no hubo respuesta, volvió a tocar, con más fuerza. Nada. ¡Qué caray¡, pensó, con todo lo que había pasado en este mal gobierno, el movimiento ganaría renombre y ora sí, agárrense todos, hasta las armas tomarían para acabar con toda esta bola de apóstatas.

Ya iba a tocar la puerta con más fuerza cuando de repente se abrió, soltando un chirrido agudo. Apareció la cara de su primo Gudencio. Y sí, lo notó sorprendido, ya lo sabía, y por eso no le dijo nada; solo se quitó el sombrero.

—¿Tomás? ¿Qué haces aquí, en la capital?

—Aquí ando nomás, primo, dándome una vuelta.

—Yo te hacía por Jalpa, o por Huejuquilla, lejos de aquí. ¿En qué te viniste?

—En tren, y luego en camión. Vengo poco tiempo. Nos vamos a reunir, ¿sabes?

—¿Con quién andas ora?

—Somos sinarquistas, primo. ¿No te lo había dicho?

—Pos es que ya tenía rato que no te veía —dudó un poco, pero dijo—: ¿Quieres pasar?

—No, ya es tarde, gracias. ¿Y la Lupe? Ya debe estar dormida, ¿no?

—Pos creo que no, por ahí andaba en la cocina hace rato; anda con sus desvelos últimamente.

—¿Anda preocupada por algo?

—Pue' que sí, un poco. Mira… qué bueno que te veo… Mateo volvió contigo, ¿verdad?

—No, no ha vuelto.

—¿No?

—No, primo.

—Pos mira, no te lo había dicho porque no había forma de saber de ti, pero a tu hijo ya tiene rato que no lo vemos por acá. Pensamos que se había vuelto pa' su pueblo.

—No, no ha vuelto a la casa. Tons, ¿dices que no ha regresado?

—Ya tiene rato que no lo vemos. Lupe y yo creíamos que andaba contigo, o con Isabel.

—No lo hemos visto. La verdad no sé… Yo pensé que todavía estaría aquí contigo… Qué caray…

El primo Gudencio se rascó la cabeza y luego la barbilla, sin saber qué decir, o qué pensar. Fue Tomás el que le dijo, cambiando de tema:

—Sí te había dicho que estas elecciones iban a ser un fraude rotundo, ¿verdad, primo?

—Alguna vez…, sí me dijiste…

—¿Y que Almazán era un fraude?

—También me lo dijiste, Tomás, de eso me acuerdo bien.

—Nosotros lo dijimos denantes, primo, mucho antes de que montaran todo este circo. El gobierno y él. Nosotros sabemos muchas cosas.

—¿Cómo cuáles?

—Pos que ora quesque Almazán va a armar otra revolución, y quesque otra revuelta, y dizque una rebelión… Puros chismes, puras mentiras.

—¿Eso crees?

—Eso creemos nosotros. Es pura chanza, puro circo de pueblo. Nosotros habíamos dicho que no se podía confiar en Almazán. Y ahí está, ¿lo ves? Dijimos que las elecciones iban a ser pura farsa, puro cuento, y ahí está, ¿no?

—Pero fue un fraude desvergonzado, ¿no crees?

—Sí, pero Almazán no va a hacer nada. Ya lo verás. Va abandonar a su gente, a la buena de Dios, y él va a seguir con sus negocios con el gobierno. Va a regresar al redil, vas a ver. Y con eso… —levantando el dedo, como si estuviera dando un discurso, una lección—, y con eso…, nosotros ganaremos prestigio y querencia.

—¿De quién, Tomás?

—Del pueblo, Gudencio, del pueblo, ¿o qué no lo sabías?

—No, no lo sabía.

—Pos ora ya lo sabes.

—Ta bueno… ¿Algo más, Tomás?

—No, eso era todo, primo. Que pases buena noche. Ve con Dios.

—Tú también… ve con Dios.

[ ]

Afuera de la casa, Alfonso Urbina miró hacia arriba para ver la balaustrada, muy elegante, en armonía con la cornisa y los grandes ventanales en forma de arco, algunos de ellos adornados con mascarones en las claves; el friso de piedra resaltaba porque estaba decorado con flores en forma de campanas. Los ventanales tenían balcones de herrería y las pilastras con almohadilladas le daban a la casa un aire majestuoso.

Orizaba 79, confirmó Alfonso. Sí, allí era, no había duda. ¿Cuánto tiempo había pasado desde la última vez que él había estado en esa casa? Otros tiempos, otra época. En aquellos días eran amigos, pensó, camaradas, colegas, habían tenido amistades en común. ¿Qué había sido de todo eso? ¿En qué momento se había derrumbado todo, y más qué nada, qué había sido lo que cambió el rumbo de las cosas? Él se lo imaginaba, pensaba, buscaba la respuesta correcta, a ratos, pero también meditaba si era necesario torturarse por cosas que ya no tenían sentido.

Tocó la puerta varias veces, pero nadie le abrió. Efectivamente, ya no vivía nadie ahí, ni tampoco estaba la servidumbre, ni la madre, ni el padre enfermo, ni nadie. Entre la enredadera que crecía por los barrotes adyacentes al portón, logró ver hacia el patio delantero de la casa y hacia la fachada principal del primer piso. No había cortinas en los ventanales, como alguna vez las hubo. La jardinera de la entrada estaba descuidada y el pasto ya estaba muy crecido. Los rosales y las azaleas todavía no marchitaban, gracias a las lluvias solamente y, con un esfuerzo en la mirada se dio cuenta, a través de los ventanales de la sala, que ya no había nada en el interior, absolutamente nada, sólo paredes blancuzcas, columnas vacías, el piso empolvado, ofreciendo un espectáculo casi fantasmal. De hecho, ya no había cortinas en ningún lugar. Nada. Nadie abrió. Miró hacia arriba nuevamente esperando ver la figurilla de alguien asomándose desde alguna ventana, pero tampoco hubo nada.

Se quedó un rato ahí afuera, esperando toparse con algún vecino que le pudiera decir algo, pero no pasó nadie, sólo un vientecillo fúnebre.

No había duda, pensó, la casa de Orizaba 79 estaba totalmente vacía y la familia Estrada ya no vivía ahí.

Regresó a su auto y en el interior prendió un cigarrillo, pensativo y ausente. Finalmente arrancó y tomó la misma calle por la que había llegado. ¿Valdría la pena visitar a…? No. No por ahora… No era el momento. Y quizá ya nunca lo fuera…

21

Como a las cinco de la tarde se apacentó el barullo del restaurante Prendes. El calor se había encerrado en la terraza y ellos pidieron una botella de coñac, agua mineral con hielo y dos habanos importados. Se quedaron solos en aquella larga mesa, porque sus acompañantes —colegas de partido— ya se habían retirado. Roberto Sepúlveda repitió la pregunta porque el general no la había escuchado:

—¿Eso fue todo el informe?

Antes de contestar, el general prendió un espléndido cigarro con mucha parsimonia, sin prisa, saboreando el tabaco que tenía en la punta de la lengua.

—Eso fue todo, Roberto —dijo, con sequedad.

—¿Eso fue lo único que te dijo el licenciado Alarcón?

—Eso es todo. Ya te lo había dicho. Tú puedes hablar con él personalmente. No hay más. Ahorita todo está en manos de la policía ministerial. Tú lo sabes. Ya puse al licenciado Alarcón a investigar el paradero de este muchacho. Algo me tendrá la siguiente semana. Eso espero. ¿Cómo está mi sobrina? Me preocupa.

—¿Tere? Está desecha, Bernardo. Aunque hoy ya la noté un poco mejor.

—No me digas.

—Sí, tú no la viste, tú no la oíste llorar por las noches, no se quería levantar por las mañanas. No dormía. Bueno, ahora se está recuperando, afortunadamente…

—El tiempo cura todo, hermano. El tiempo es su mejor aliado. Mi sobrina, caray…

—Pudiera ser que el muchacho tuvo que hacer un viaje imprevisto, ¿no crees?, no sabemos qué pensar, no sabemos nada.

—Qué extraño, ¿no crees?

—¿Sabes?, lo más triste de todo es que mi hija sentía que ya le iba a entregar el anillo de compromiso, lo estaba esperando, era inminente. Tú sabes cómo son las mujeres con eso, la ilusión que les causa, sobre todo a una muchacha joven y bonita como Tere. ¡Es una ilusión muy grande, Bernardo! Pobre Tere, carajo, pobre de mi hija.

—Ahorita déjala con su dolor, que lo asimile poco a poco, con el paso de los días, que pase el tiempo, Roberto. No la presiones…

Se quedaron en silencio por un momento. El general tenía la pierna cruzada y fumaba el cigarro con una calma envidiable. Roberto Sepúlveda rompió ese silencio mortuorio:

—¿Algo más, Bernardo?

—¿Algo más de qué?

—¿Algo más que te haya dicho Alarcón?

—Solo eso. Ya te lo dije antes. Todo apunta a que el muchacho tuvo que hacer un viaje imprevisto pero necesario. De hecho, creo que sí lo sabes, la madre y el padre ya no viven en la casa de Orizaba. El padre tenía deudas de juego, Roberto, entiéndelo, deudas muy importantes que el muchacho pagaba semanalmente, como podía. Y eso habla muy bien de él, créeme.

—Lo sé.

—Y pues…, tú lo sabes, los acreedores de juego son muy violentos. Pregúntale al doctor Ferrero. Pregúntale al capitán Ampudia. Les gusta mucho el rifle, tú lo sabes, y pos a la hora de pagar hay que pagar, punto.

—Lo sé.

—¡Claro que lo sabes! Tú los has visto. Yo juego cartas todos los martes, tú lo sabes y pos cuando hay que pagar hay que pagar, Roberto.

—Sí, claro.

—Razón más que suficiente para que el muchacho se haya adelantado en un viaje, muy seguramente fuera de México, sacando a la familia de aquí, ¿verdad? Razón más que suficiente, Roberto. Y, según entiendo, Tere está al tanto de eso. Las cosas cambiaron drásticamente para ella, todos lo sabemos, pero la situación del joven era muy difícil. El informe de Alarcón es muy completo. El día que quieras hablamos con él.

—No, no es necesario. Estoy de acuerdo con lo que me dices.

—¡Claro!

Bebieron en silencio, fumaron en silencio, viendo pasar la tarde, mientras el restaurante se vaciaba poco a poco.

—Y si la investigación de Alarcón fue muy completa —sugirió Roberto Sepúlveda, arrojando humo de tabaco por la boca—, ¿cómo cuánto dinero debía el padre?

—Mucho dinero, Roberto. Mucho.

—¡Qué caray!

—Te podría decir la cifra aproximada, pero… eso ya no cambia nada…

[ ]

En el patio de la escuela de Alpanoca ha comenzado la ceremonia. Detrás del patio, se divisa el atrio de la iglesia, en donde un enorme laurel concede un poco de sombra bajo los rayos del sol quemante. Ahí están los hombres vestidos de blanco, formados en hileras, a lo largo del patio, y casi todos sostienen sus sombreros con la mano izquierda. En la última fila hay algunos hombres montando a caballo, pero no son militares, y otros, como un contraste, visten saco y corbata, pero apenas son unos cuantos. Los hombres de blanco son campesinos, arrieros o agricultores, y casi todos calzan huaraches deshilachados, dejando ver sus pies curtidos y empolvados por tanta tierra y sol. Algunos de ellos cargan sus sarapes sobre el brazo, o sobre el hombro izquierdo, pero aun no levantan el brazo derecho para hacer el saludo sinarquista. Escuchan atentos lo que un hombre predica sobre una tarima, con voz encendida:

Compañeros, ya lo dijimos antes:
El sinarquismo no es partido.
El sinarquismo es movimiento popular.
El sinarquismo es unión nacional
El sinarquismo es lucha contra lo que divide.
La revolución es un proceso desintegrado.
El sinarquismo no es reacción sino antirrevolución.
El sinarquismo proclama que destruirá la revolución y restaurará el orden cristiano que la revolución aniquiló.
¡Viva México!

—¡Viva!

Él llegó a tiempo para formarse con los hombres vestidos de blanco, y respiró hondo, bajo el sol calcinante, rezando en silencio. Sintió el aire tibio de la tarde, y aquella luz transparente, quemándole la piel. Con orgullo y decisión levantó el brazo derecho y puso la palma de la mano sobre el pecho izquierdo, arriba del corazón. Escuchaba:

Queremos una patria justa en la que no haya hambre,
Ni pocilgas, ni harapos.
El campesino que fue esclavo del latifundista,
lo es hoy del Estado con sus líderes políticos, sus capataces, sus jefes de chusma, y de partido.

El campesino no perdió su libertad, porque ninguna tenía.
La clase campesina de México ha sido la más oprimida,
La más vejada, a la que más se la ha exigido
y menos se le ha dado.
Ha llegado la hora, señores…
Ha llegado la hora…
¡Que los ejidatarios y campesinos
sean dueños de sus personas y verdaderos propietarios de
sus parcelas!
¡Que se castigue a los asesinos y a los ladrones!
¡Viva México, compañeros!

—¡Viva!

Una ventolera repentina y polvosa envuelve a la comitiva y obliga a los hombres a cubrirse el rostro con sus sombreros.

El orador tose por un instante, limpiando su garganta; y continúa su discurso, no sin antes sacudir las hojas ennegrecidas por el polvo.

Él miró al cielo y continuó escuchando con devoción al hombre ese que estaba trepado sobre la tarima. Le ardieron un poco los ojos cuando una ventisca repentina de polvo le golpeó la cara: el tiempo se detuvo…, la vida se detuvo, por unos instantes…

[ ]

Por fin terminaba ese traqueteo incesante por los senderos pedregosos llenos de maleza, las zarandeadas dentro del automóvil, el vaivén continuo e interminable, evadiendo palmeras y cocoteros llenos de esplendor, y finalmente llegaron a esa playa virgen donde el mar plateado brillaba como un espejo fulgurante y él tuvo que despertar a Rosario, que se había dormido hacía rato por tantas horas de viaje, emitiendo una respiración profunda, y sin que se hubiere despertado, momentos antes, con el intenso bamboleo.

—Ya llegamos Rosarito.

Abrió los ojos, desperezándose, sintiendo las piernas y los brazos entumidos por la posición en la que se había quedado dormida; sintió un pequeño calambre en los dedos del pie, al estirarse, y vio ese mar plateado rompiendo en gigantescas olas abrillantadas por el sol; el cielo azul cayendo sobre el mar, como si todo ello fuera un sueño, como si en esos momentos de sorpresa y ensoñación, estuviera viviendo la vida de otra persona.

Tampoco pudo creer que la playa estuviera invadida de palmeras que se alzaban por encima de ellos, dejando pasar, traslúcida, la luz del sol, como un filtro verdoso que contrastaba con el cielo azul. Se deslumbró cuando fijó la mirada en las olas del mar, el océano infinito y la franja de playa, ofreciéndole sus destellos dorados, reflejando también la luz del sol.

—Qué hermosa playa, Fonsito, ¡no puedo creerlo! –dijo ella.

—Te lo dije, mujer, te dije que te traería a conocer la playa más hermosa del mundo.

—Es…, es…, increíble, no puede ser, amor, ve el color del mar, míralo.

—Es una belleza, cariño, todo un espectáculo. Te lo dije…

—Es hermoso, Alfonso…

—Así es, linda… Mira, son las cinco de la tarde. Nos esperaremos aquí para que veas la puesta de sol. En ninguna parte del mundo existen estas puestas de sol, créeme. Voy a ese estanquillo lejano a comprar cervezas. Bájate del auto y disfruta de la playa.

—¡Dios santo! ¡Qué belleza! —y fingió una mueca triste—: ¿Te hubiera gustado traer a la niña Tere aquí, ¿verdad?, en lugar de a mí. Di la verdad, Fonsito.

—¡Cómo crees! No digas eso. Estoy feliz de que hayas venido. Yo cumplo mis promesas, amor, solo eso.
—¡Vaya! No puedo creerlo.
—Pues créelo. ¿Tienes hambre?
—Sí, amor.
—Déjame ver qué consigo para comer. También sé de un lugar donde asan un pescado maravilloso, incomparable. Iremos más tarde, después de la puesta de sol.
—¿Qué lugar es este, cariño?
—Acapulco, mi reina, ahora estamos frente al Pacífico.
—Qué bello lugar, Fonsito. Gracias. Gracias por todo.
—Ahora vuelvo.
Sus pies se hundieron sobre la arena caliente y lodosa, y él avanzó sintiendo la luz del sol acariciándole el rostro, la brisa cálida y vespertina que le llenaba los pulmones de olvido y tranquilidad; chasqueó la lengua y se alejó recitando, murmurando, canturreando:

Como una sombra iré,
perfumaré tu inspiración,
y junto a ti estaré también
en el dolor...

[ ]

—¡Mira nomás cómo me lo trajiste, José Luis! —y ahí estaba: la expresión desolada de la señora Aurora cuando abrió la puerta—. Está lleno de lodo, en los zapatos, en las rodillas. ¡Mira sus manitas!, todas llenas de mugre. ¡Qué barbaridad!

Y se tocaba la frente con un gesto desesperado; con una mueca de disgusto se arregló el cabello, verificando que su peineta estuviera derecha. Besó al niño y lo ayudó a quitarse la chaqueta. La sacudió con el mismo gesto de disgusto.

—¡Mira nada más cómo vienes, mi amor!

—No es para tanto, Aurora, ya sabes cómo es ahí. Donde corren caballos no puede ser un lugar traslúcido y limpio como los pasillos de tu casa.

—Ya lo sé, José Luis, pero ¿dónde se mete el niño? ¡Qué barbaridad! ¿A dónde se metió, Melinda? ¿A las caballerizas? ¿A los campos de estiércol?

—No, señora, cómo cree —dijo ella, que venía detrás de ellos, sacudiendo sus zapatillas, el vestido azulado, y también se arreglaba el cabello con un pasador.

—¿Pos dónde anduviste, mi niño? ¿Dónde te metiste?

—Anduvo corriendo un poco por los alrededores, señora, pero no dejé que se metiera a los lugares que usted dice. No le gusta el boliche, le gusta estar más bien afuera.

—Ya sé que no, pero parece como.... ¡Qué barbaridad! No te chupes las manitas, amor, no te metas los dedos a la boca.

—Que lo bañe Melinda, Aurora, no hagas tanto escándalo por unas manchitas de mugre, no es para tanto, el niño estuvo muy contento —y se dispuso a subir las escaleras de la casa.

—Tú seguramente no estuviste con él, ¿verdad?

—¿Qué dices, mujer?

—Me refiero a que seguro tú nomás estuviste con tus grandes y potentados amigos del *Jockey Club*, ¿no es verdad?

—Pues fíjate que estás equivocada, Aurora, sí estuve con él, antes de que empezaran las carreras. Él ya sabe que tengo asuntos que atender. Se queda muy feliz con Melinda. Lo importante es que me acompañe, que se distraiga un poco, que se aleje un poco de tus faldas…

—Sí, claro…

—Que vea otras cosas, otros mundos, otro cielo.

—Sí, claro, sobre todo en un hipódromo que además de estar muy lejos, está muy sucio.

—No te preocupes, ya lo van a cambiar de lugar.

—¡Dios mío! ¿A dónde?

—Ya lo verás…

—Válgame… ¿Y mañana qué toca? ¿*Bridge,* póker, ruleta?

Pero el hombre ya no contestó. Subió las escaleras sin voltear a ver a su mujer. Las dos mujeres y el niño se quedaron ahí parados, sin decir nada, en la entrada de la casa, viendo cómo el hombre desaparecía por el pasillo del primer piso de la casa. La señora Aurora dijo, finalmente:

—Melinda, llévalo a bañar, por favor. Ahorita mismo. Lávale bien sus orejitas. Y le limpias la mugre de las uñas. ¡Y el ombliguito, Dios mío!, el otro día quedó muy mugroso.

—Está bien, señora.

—Mientras tanto, yo preparo la cena. ¡Qué forma de terminar el día, santo Dios!

Fin.

Humberto Rodríguez

Nacido el 15 de enero de 1968 en México, Distrito Federal, desde muy temprana edad siente fascinación por la literatura, en especial por las novelas de misterio de Agatha Christie, a quien leyó ávidamente antes de cumplir los doce años. Comienza a escribir desde la adolescencia, después de descubrir, profundamente asombrado, la nueva novela hispanoamericana y el boom latinoamericano: Carlos Fuentes, Juan Rulfo, Vargas Llosa Gabriel García Márquez, José Donoso, Juan Carlos Onetti, Jorge Luis Borges, Julio Cortázar, Augusto Roa Bastos, etcétera. A los quince años escribe su primera novela que trata sobre la huelga obrera de Río Blanco, en el Estado de Veracruz, durante la época porfiriana, que nunca se ha publicado. Egresado de la Universidad Anáhuac del Norte, de la Escuela de Derecho, nunca se ha permitido abandonar el oficio de escritor, combinado con su trabajo de abogado.

Made in the USA
Coppell, TX
09 November 2025

62586210R00173